武威故事

【第一辑】

武威市凉州文化研究院/编

读者出版社

武威故事（第一辑）编委会

主　编

梁朝阳

副主编

张国才　王守荣

编　辑

李元辉　柴多茂　张长宝　贾海鹏
杨琴琴　赵大泰　杨彩虹

目 录

历史·名人

地名·传说

历史·名人

马王之尊金日䃅

在中国，提到马神，可能有些人不知道，但一提到马王爷，那肯定有人会脱口而出，不就"长着三只眼"嘛！其实老百姓口中的马王爷就是马神。不过，与其他一些神仙不同的是，他可是历史上真正存在过的一位人物，并且在关键时刻，还曾救过汉武帝刘彻的性命。他就是历史上赫赫有名的、曾与霍光一起辅佐过汉昭帝的西汉名臣金日䃅。

金日䃅，是西汉时期匈奴休屠王的儿子，他的父亲在西汉前期，被匈奴单于委派到今天河西走廊武威一带管理地方事宜，于是金日䃅就出生在了武威城北水草丰美的休屠城。因为从小和马生活在一起，他通晓马的各种习性、性情，而且特别擅长骑马打猎，每次在与匈奴王公贵族子弟的比赛中都是优胜者。

公元前121年，汉武帝派骠骑将军霍去病远征河西走廊。匈奴被打败后，金日䃅的父亲休屠王死于内部斗争，年仅十四岁的金日䃅和他的母亲、弟弟成了汉军的俘虏，沦为汉宫的奴隶。金日䃅则直接被派去黄门署养马，从此金日䃅的命运就被彻底改变了。

有一次，汉武帝在宫廷里举行了盛大的宴会。酒足饭饱之后，群臣朝贺，汉武帝十分高兴。这匈奴也平定了，国家也安定了，四海升平，这不正是因为我的决策英明吗？他突然想起自己养的好马，何不来一次阅马助兴活动？一来大家玩得高兴，二来也可以看一看马养得怎么样。

宫中管事立即安排下去。养马倌一个个牵着良马从台下经过，一匹匹高头大马摇头甩尾，昂首嘶鸣，场面十分热闹。皇帝威武，后妃们个个娇艳动人，锦绣华服，她们交头接耳，言笑晏晏。养马的人多数都是下等奴仆，久居马厩，谁曾见过这种阵仗，于是没有见过皇帝真容的、被后妃宫女吸引的这些养马倌都忍不住偷偷地向台上张望。这时候，有一个身材高大、相貌奇伟的小伙子牵着一匹棕红色的高头大马从台下走过，这匹马神骏矫健，身上的皮毛光亮得就像缎子一样。再看牵马的小伙子，目不斜视，步履方正，气度不凡，人与马和前面走过的养马倌都不太像，这就引起了汉武帝的好奇。汉武帝令人叫来这个小伙子，一问，才知道他竟然是几年前被俘的匈奴休屠王的太子。汉武帝器重人才，因见他养的马格外矫健、与众不同，便任命他为马监，专门管理自己的御马。这个职务虽然不太好听，但那可是相当于皇家军马场的场长呢！

任马监后，金日磾对养马工作更加用心了，每天按时督促养马倌们添加草料，打扫马厩卫生，检查马匹疾病，这里的工作有了很大变化。因为金日磾工作认真负责，不久即被升为皇帝的贴身侍卫，以后又升为驸马都尉、光禄大夫。

金日磾追随汉武帝二十多年，后来成了汉武帝时的朝阁重臣，这与他曾冒着生命危险救过汉武帝有关。征和二年（前91年），丞相公孙贺之子公孙敬声被人告发用一种叫"巫蛊"的法术谋害汉武帝，汉武帝大怒，将公孙贺父子下狱处死。经过这件事后，汉武帝总是疑心重重，担心身边的人要谋害他，就下诏让宦官江充担任使者，负责调查巫蛊案。谁知道江充因为和太子刘据不和，便趁机诬陷太子刘据，刘据有口难辩，被迫自杀。后来汉武帝得知太子是被冤枉的，就把江充宗族和朋党全部诛杀，这就是历史上有名的"巫蛊之祸"。

曾经参与过这件事的侍中仆射莽何罗因为与江充关系密切，害怕汉武帝追查下来自己也逃脱不了干系，便暗中与他的两个兄弟密谋，决定杀了汉武帝以绝后患。由于

金日磾雕像

心中有鬼，莽何罗的行为举止就开始变得不自然起来。因之前就知道他和江充有过往来，金日磾便敏锐地察觉到他的异样。公元前88年春，汉武帝外出巡游住在了林光宫，金日磾与莽何罗等作为皇帝的侍臣随驾前往。莽何罗认为机会来了，就暗中通知他的两个兄弟领兵埋伏在林光宫外，准备行动。当时，莽何罗趁天亮之际，宫内巡逻有所松懈，将一把锋利的匕首藏在袖中潜入汉武帝的寝宫准备刺杀汉武帝。因为有莽何罗在，金日磾便处处小心，注意着他的动向，当他发现莽何罗进入寝宫后，来不及通知其他侍卫，便直接尾随莽何罗而来。莽何罗见状，心中一片慌乱，但事已至此，他便横下心来，准备直接下手。但由于太过紧张，他撞在了宫内的一件乐器上，金日磾趁机追上去抱住了莽何罗，并大声呼喊："莽何罗造反了！莽何罗造反了！"汉武帝听到后忙从床上翻身起来，立即召唤侍卫前来与金日磾共同捉住了莽何罗。之后将莽何罗及其余党一网打尽，避免了一场极其惊险的宫廷暗杀。从此以后，汉武帝对金日磾就更加信任与重视了。

后元二年（前87年），汉武帝病重，临终时，令金日磾与霍光等人一起辅佐汉昭帝刘弗陵。可惜的是，一年后，金日磾病逝，终年49岁。汉昭帝为他举行了隆重的葬礼，赐谥号为敬侯。

汉武帝的"养马官"金日磾，他忠于汉朝，对皇帝忠心耿耿，遇事沉着冷静，是勇武和忠义的化身。因为他驯养的马神骏矫健、非同凡响，在他死后，老百姓尊重他，怀念他，逐渐就把他神化了，将他奉为马神、马王爷，也是实至名归了。

如今，在国内的马神庙里，我们总能见到一位红脸三目、武将打扮、凶猛威武的神像，他就是老百姓口中的马神金日磾，也就是人们俗称的"马王爷"。他三只眼睛炯炯有神，正应了"马王爷三只眼"的俗语。

至于这位"马王爷"为什么是三只眼，有人说，当年金日磾能够救汉武帝，不就是长了"第三只眼"嘛！不然怎么会在别人都没发现刺客的情况下，那般神速地发现并制止了一场宫廷叛乱。当然了，在老百姓的心目中马王爷应该就是这个样子。因为有"三只眼"的马王爷的护佑，他们肯定能够更加及时地洞察、发现马的健康状况，让他们养的马膘肥体壮、繁衍旺盛。

（王丽霞）

段颎破羌威名扬

东汉汉献帝的时候，有一位武威本土将领叫段颎，他因为武功卓著，被载入了唐代武成王庙名将录中。段颎（？—179），字纪明，与东汉平定羌乱的皇甫规和张奂并称为"凉州三明"。

段姓家族的族源可追溯至东周时期郑国的共叔段，段颎的祖先还做过西域都护。据《后汉书》记载，段颎少年时，喜欢骑马射箭、游侠尚武、到处游历。年纪大些了，才知道收敛脾性，开始读书识字。后来因为平定羌乱而成为东汉时期战功最为卓著的将军。

东汉时期羌人在河西地区到处烧杀抢掠，他们主要居住在河西、赐支河和湟河之间。汉武帝派兵在河西驱逐匈奴的时候，也同时对羌族势力施加了军事压力，逼迫他们向西迁移。西汉末年，河西一带又被羌人占领。至后来汉光武帝时期，汉政府便陷入了与羌族旷日持久的战争中。羌人仿佛就是一个在擂台上屡次被击倒却又屡次站起来的顽强拳手，与东汉帝国整整搏斗了一个多世纪，东汉好几个有名的将领都因为与羌人作战而牺牲了。羌人的问题也使边境人民一直处于兵连祸接、徭役繁重、生计艰窘的生存状况中。而段颎的出现，使对峙了百余年的这种局面被打破，从根本上解决了令汉帝国头痛至极的羌人问题。

作为一代名将，段颎不是那种计较得失的将领，他作战时会根据战争发生的实际情形，进行有针对性的排兵布阵。他主张讲究战术，克敌制胜，以歼灭敌人主力为手段最终赢得战争的胜利。

段颎初任护羌校尉时，西羌八部起兵反叛，陇西大乱，金城一带道路被阻。段颎率领汉军以及湟中义从羌（羌族雇佣军）一万两千名骑兵出湟谷，翻山越岭，飞驰千余里斩杀了羌人两千余人，俘虏万余人，剩下的羌胡均四散逃走。第二年，西羌部众又联合其他部落，攻击张掖。凌晨时分，羌人偷偷逼近段颎军营，兵力悬殊之下，段颎亲自下马与敌步战，两军开始白刃战。战斗一直持续到了中午，汉军、羌兵双方损失惨重，羌人开始撤退。段颎率领汉兵追击，且进且战，昼夜相攻，一路上割肉食雪，长途奔袭，经过四十多天，追出塞外两千余里。终于在积石山追上羌人，斩杀烧何部落酋长及其部下五千余人。残余的羌人全部投降。在班师途中，段颎又顺便击败了西羌另外两个部落联盟，斩首三千余人，这就是有名的"积石山大捷"。

最初与羌人交战时，羌人兵强马壮，作战勇猛，常令汉兵胆战心惊。而且羌军战法与汉军也有不同，其步兵善使羌长刀与羌盾，骑兵更是剽悍不已。段颎于是用层层布阵以克制骑兵的方法来迎战羌军，命令军士使用弓箭利刃，排出战阵。先利用三重长矛阵，以减弱敌军骑兵的长驱直入，然后再以强大的弓箭阵射杀骑兵后面跟的步兵，令汉军骑兵在阵的左右两侧伺机合围逃窜的敌兵。这种用兵布阵克制羌人骑兵的方法完全打乱了羌兵传统的攻杀模式，段颎每战必胜。

165年，段颎又击败了来犯的羌族勒姐部落，斩首四百余人，受降两千余人。这年夏天，段颎进军羌人兵犯的湟中一带时，不幸中了埋伏，被围困三天三夜，当时可以

王杖诏书令册简

说"弹尽粮绝"。但就在这种完全失利的情势下，他还乘夜带兵偷袭，又大破羌人，俘虏羌敌数千人。之后，段颍连破诸羌叛军，穷追猛打，转战山谷之间，"自春及秋，无日不战"，诸羌部终于全面溃散。共计杀羌敌两万三千人，俘虏数万人，万余人投降。两年后，又有一支羌胡起兵犯汉，进攻武威郡（今武威市），段颍再次进击，在今天的武威南一带，斩杀敌军主帅，斩首三千余级，西羌这才平定。

不久，又有东羌叛乱，时任护羌校尉的段颍向汉灵帝请兵平叛。汉灵帝准许了段颍的请求。朝廷调集骑兵五千、步兵一万、车三千辆，命其讨伐东羌（指散居内地之羌）。于是段颍率兵万余人，带了十五天的粮草，从今天的镇原东南出发，疾驰至宁夏固原，与先零羌人在逢义山（今固原市北）展开大规模交战。当时羌兵凶悍异常，双方刚一交战，汉兵便败下阵来，羌兵乘势追杀而来，部分汉军兵士流露出惊惧之色。段颍就激励大家说："现在我们都离家千里，进则事可以成，退则必死，我等应努力向前，争取功名！"说罢便身先士卒，大呼冲入敌阵，众将士见主帅如此便也冲上前去，奋勇杀敌，大败诸羌。这一战斩首羌胡八千余人，获牛、马、羊二十八万头。朝廷因为段颍破羌之功，拜其为破羌将军，并调金钱、彩帛为其军费。

"逢义山之战"获胜之后，段颍率领轻装部队，继续讨伐东羌，出桥门谷，日夜兼程，一天一夜飞驰二百余里，在内蒙古乌审旗至鄂尔多斯一带、落川、令鲜水等地与羌军连续作战，取得了一连串的胜利。在灵武谷准备大决战时，形势对汉军已经非常有利了，因为这时候的羌人内部已经完全乱了，部分头目跑的跑、伤的伤，段颍正打算引兵追击时，中郎将张奂却提议对东羌进行招安。段颍听说后立即上书反对，但是朝廷最终却同意了张奂的建议，并派冯禅劝降。此时此刻，段颍分析形势后认为春天正是羌人粮食不足的时候，羌人肯定会来抢掠，所以应该乘机斩草除根，最终解决东羌经常骚扰汉边境的重大问题。于是段颍没有听从朝廷招安东羌的命令，带领军队在凡亭山与羌军决战，汉军大胜，羌军往东逃跑。之后，东羌残兵在射虎谷又聚集了起来。段颍分兵驻守射虎谷的谷口，命部众分两路乘夜上山袭击羌人，自己率领步兵从正面进攻。他派了一千多名士兵在羌人出没之地放置栅栏，层层推进，步步围剿，斩获敌军一万九千多人，获取牛、马、驴、骡、帐篷等物资不计其数。使这场战役后，祸乱东汉边境达百年之久的东羌被平定。段颍因为战功卓绝被封为新丰县侯，食邑万户。

（程对山）

前凉修筑姑臧城

在一千六百多年前的祁连山下，有一座繁华而富庶的都城。这座都城的形状特别奇怪，它南北长，东西向两个方向延伸出两座小城。远远望去，它有头有尾有翅膀，就好像一只展翅南飞的大鸟。因为旁边有盖臧河流过，来来往往的人们就把这座城叫作"盖鸟城"或"翅城"。

城里飞檐斗拱，雄伟壮丽，别的不说，光城门就修了二十二座，是当时中国都城中城门修得最多的城市。另外还有众多的楼台观阁、佛寺塔庙以及稠密的学馆、书屋、商铺和军营，一座在河西走廊赫赫有名的地标性建筑——高达十五米的灵钧台就矗立在城的北边。人们在这座城里安居乐业，幸福而满足。这座城就是东晋十六国时期前凉国的都城——姑臧，其城址就在今天的甘肃武威市区。

都城的建造在我国历史悠久，并且早就有了一定的规制。从传统意义上讲，历朝历代修建的都城，比如说长安城、洛阳城以及后来的北京城等，都是四四方方的。那么，前凉国的都城姑臧为什么会修成一只飞鸟的形状呢？这里边还有个传说。

相传，最早的姑臧城是西汉时期游牧在武威附近的匈奴人所建，匈奴被汉朝赶走后，移民来的汉族人就居住在了这里，到了东晋十六国时期，这里成了前凉国的国都。当时中原战乱不断，许多汉族的名门大族、老百姓纷纷携家带口逃往河西走廊，络绎不绝的逃难者的到来使姑臧城里人满为患，前凉几代国王除了另修城镇安置投奔姑臧的民众外，不得不对姑臧城进行大规模的扩建。

到了前凉第三代国王张骏即位时，他的爷爷张轨、叔叔张茂已经在原来姑臧旧城的南、北两边各依着原来的旧城加筑了一座新城。这样一来，南城、旧城、北城由南向北依次排开，姑臧城就被扩建成长方形了。张骏即位后，出于经济发展的需要，准备再次扩建姑臧城。要是按照从前中原都城的样子修的话，姑臧城应该修成四四方方的，可是这时的姑臧城已经被前凉前面几代国王给修成长方形了，那到底该怎么修呢？一时间这成了摆在凉王张骏面前的一个大难题。

　　而就在这个时候，姑臧城的大街小巷里突然流传开一首歌谣："鸿从南来雀不惊，谁谓孤雏尾翅生，高举六翮凤凰鸣。"没来由地突然传出这种歌谣肯定是有什么征兆的。凉王张骏听说后心里"咯噔"了一下，为什么呢？原来之前张骏的父亲张寔活着的时候，就有一首诡异的歌谣在姑臧城的小孩子间传唱："蛇利炮，蛇利炮，公头坠地而不觉。"当时因为不知道歌谣唱的是什么意思，大家听了以为是娃娃们唱着玩的，也就没当回事。这时候，从关中来的一个叫刘弘的妖道住在姑臧城南的天梯山里。他在山洞里悬挂了一面铸有纹饰的透光镜，然后晃动灯火，营造出一种神秘而诡异的幻象，迷惑了不少信众。张寔的好几个部下都被他拉拢皈依了此教。信众多了，刘弘的权力欲望也膨胀起来，竟想取代张寔。一天夜里，受到刘弘洗脑的张寔的两个部下趁张寔熟睡之际杀了张寔，并砍下张寔的头，准备向刘弘请功。之前城里流传的歌谣，这时就有了答案，"公头坠地而不觉"唱的就是张寔在没有察觉的情况下被人砍掉了脑袋。虽然后来包括刘弘在内的一干人等全部被诛杀，但这首歌谣给包括张骏在内的几代国王心中都留下了不小的阴影。而现在姑臧城里突然又流传开歌谣，那它到底预示着什么呢？一时之间姑臧城里的老百姓都议论纷纷："这次，凉王家里不会又有什么事吧？"

远眺凉州城

　　由于奇怪的歌谣，凉王张骏感到不安，修城的事就暂时不提了。直到有一天，姑臧城里突然来了个白发老翁，他对城里一个小官说："这姑臧城啊，头前有山，东西两边有河，可惜北边都是石头滩，把这姑臧城的风水给压住了，所以前面几代凉王被杀的被杀、绝后的绝后。要是能给它修上两个翅膀，让它像只凤凰鸟一样飞起来，这姑臧城和城里的人就能飞黄腾达了……"说罢飘然而去。小官就把这个白发老翁的话报告给了张骏，张骏一听感觉好像真是这么回事。除了他的父亲被杀以外，他的叔叔张茂确实因为无后才把王位传给了他。现在既然修城能够飞黄腾达，那就先不管那几句歌谣唱的究竟是什么意思了。于是张骏即刻召来修城官吏，一番研究后，张骏令人在姑臧旧城的东、西两侧依城墙各扩建一城。就这样，前凉姑臧城被修成了一只长着翅膀的大鸟形状。其中，南城凸出象征鸟头；中城象征鸟的身体；东西延伸的东苑城与西苑城酷似飞鸟展开的翅膀；北城象征鸟的尾巴。

　　说来也奇怪，"鸟形"的姑臧城从此就真的"飞黄腾达"了。张骏在位的二十二年里，前凉国富民强，疆域一度西达今天的新疆帕米尔高原，东面延伸至今天水附近，光统辖郡治就有二十二个。张骏俨然成了一个"西北王"，当时的西域各国纷纷向前凉俯首称臣。西域的国王们为了讨好张骏，还接连派使臣向前凉进贡火浣布、孔雀、犛牛、大象等奇珍异宝。鄯善国王元孟还向张骏进献了两个能歌善舞的鄯善美女。张骏大为高兴，专门派人在姑臧城里修了迎接贵客的宾遐观，以供鄯善来的美女居住。

　　后来，有个从长安来的会解谶语的术士来到姑臧朝见张骏。这时，张骏想起之前的歌谣，就向术士询问那首歌谣的意思。那个术士解了一下，欣然说道："这里面的'孤雏'说的不就是殿下您吗？殿下年少时失去父亲，就像是失怙的雏鸟。可谁能想到殿下英明卓绝，如今已经成了一只翻飞于九天、可以放声长鸣的凤凰呢！"众人这才恍然大悟。

　　国内一片歌舞升平，张骏也就开始了穷奢极欲的享乐生活。除了扩建姑臧城外，他还对城内自己居住的宫殿进行了大规模的修建。南城与中城里有他的宫殿区，里面建有规模宏大、壮观的宫殿建筑群。在姑臧城东西两边的东苑城和西苑城里，还专门修建了供张骏和家人们休闲娱乐、打猎的西苑和花园。里面养着鱼鸟百兽，种植着奇花异草，还有从西域进献来的孔雀、大象等珍奇动物。北城内还建有一个大的花果园，培育着各种名果异花。

　　要说姑臧城内最豪华气派的宫殿，莫过于张骏时修建的谦光殿了。根据有关史料记载，谦光殿的外部以中国传统的帝王专用的黄色装饰，门窗栏杆上雕刻精美，上面还用黄金、珠翠点缀。整个建筑显得雍容华贵、富丽堂皇。殿门上挂着金丝穿缀的珍珠珠帘，殿内摆放着工艺复杂、可以反射出美丽动人的珍珠般光泽的云母屏风，地面上铺放着厚实的西域地毯。谦光殿的四周还修有代表春、夏、秋、冬四季的"四时宫"。四时宫装修得极为豪华，内部装饰颜色会随着宫殿外部颜色有所变化。殿里吃喝玩乐的用品华丽而奢侈，张骏会按照不同的季节选择不同的宫殿居住。这里是他冬天取暖、夏日乘凉的首选场所。到了晚年，张骏就不再讲究那么多了，只是尽兴任意游玩居住。

　　前凉姑臧城内繁华的街市，规模宏大的建筑，金碧辉煌的宫殿，使得前凉以后的后凉也把这里选作都城。姑臧成了河西走廊历史上建都时间最长的城市。武威至今也保留着"五凉古都"的美誉。

（王丽霞）

张轨联族治凉州

西晋元康年间，梁王司马肜镇守关中，主管凉州、雍州等大小政治军事事务。当时，司马肜手底下有一位中年将官，才华出众，颇有智谋，处事果断，颇得司马肜重用。司马肜将其任为幕府司马。这位中年将官不是别人，就是安定乌氏人张轨。因为公务的需要，张轨曾多次随同司马肜在凉州一带驻守，对凉州的地理人情与社会发展情况极为熟悉。

张轨，原是西汉时期常山王张耳的后代，从小聪明好学、文雅端庄，深通儒术，加上出身显赫，在西晋朝廷中名气很大。他最初任太子舍人，后来又任过散骑常侍、征西军司。他年纪轻轻，但仕途很顺。在西晋末年，随着"八王之乱"的发生，皇室内部都为争权夺利而拔刀相向，政局混乱、社会动荡。中原大地的民不聊生让张轨意识到，洛阳以后肯定不会太平，而自己又该何去何从呢？张轨思前想后，对自己出任的地方一一进行对比琢磨，猛然想起曾经驻守过的凉州大地。他心想既然中原一片战乱，何不效法西汉末年的窦融，去河西做官，保全自己的宗族呢？

虽然有了这个念头，但张轨还是有些犹豫，毕竟当时的凉州为一块半蛮荒之地，难以和京师洛阳的富庶繁华相比。几番纠结思量之下，张轨决定去向卦师占卜一番。不承想，卦师似乎早就窥探出了张轨的心意，一卦卜出，脱口而出："霸者兆也！"张轨听到，心中大喜，马上便去拜见太尉司马肜，提出了自己的想法，请求司马肜举荐自己担任凉州刺史。司马肜没有拒绝张轨的请求，遂向朝廷提议，公卿大臣们也极力赞同，认为张轨的才干足以统辖西陲军事重镇凉州。

第二年，张轨如愿以偿避开祸乱，出任护羌校尉、凉州刺史，开始治理凉州。

由于朝廷内部纷争动荡不断，河西凉州之地更是经常遭受鲜卑族的骚扰，盗匪横行，河西百姓无法正常进行生产生活，凉州大地也是一片荒凉之态。

张轨到任后，心中时常感念以往凉州的安定富庶，便决心要采取措施，好好治理凉州。然而河西地区，一直以来就是各方势力交汇、多民族集聚之地，怎么能更好地处理民族关系，保障凉州百姓的生产生活，成了张轨的一大心病。经过与部属分析研究，张轨终于决定先采取措施，发兵攻打鲜卑部落，迫使鲜卑族秃发部落远迁，从而为凉州地区取得了短暂的安定。

可是没过几年，鲜卑部落若罗拔能卷土重来，再次骚扰河西边境。张轨派遣宋配率兵征讨，斩杀若罗拔能，俘获鲜卑十余万人。张轨军队大获全胜的消息传到京师，晋惠帝极为高兴，随即封张轨为安西将军、安乐乡侯，邑千户。除了平定鲜卑族的动乱，张轨还在凉州颁布严格的法令，剿灭盗匪，终于使凉州安定和乐，百姓生活安顺，生产秩序井然。不到一年的时间，张轨便在河西等地，威名大显。

张轨深知若要让河西等地长治久安，用武力平定叛乱仅是消除外患，而稳固自己的统治，便要借助上层大族的势力，于是张轨便采取了联合凉州大族的举措。

张轨到凉州后把宋配、阴充、阴澹、氾瑗当作自己的主要谋士，而凉州的宋氏、阴氏和氾氏三家均为凉州的大族。宋配原是敦煌人，官至西平太守，是凉州很有势力的地主官僚。张轨任命他为司马，主管军事。阴充、阴澹，都是敦煌大族。阴澹治理有方，能力超群，协助张轨治理凉州功劳卓著。

氾氏原是汉成帝黄门侍郎氾胜之的后裔。氾胜之的儿子氾辑曾任敦煌太守。氾胜之年老时迁居敦煌，氾氏遂成为敦煌世家豪族之一。氾瑗也是敦煌人，曾任中督护。除笼络宋、阴、氾三大族外，张轨还笼络了索、李、曹、张、阎氏等敦煌大族。张轨对索、曹、张、李、令狐等大族的人物都委以重要职位，如任命索辅为太府参军，令狐亚为主簿，张纂为军职。武威、酒泉、晋昌等地也有大族，如酒泉马氏、晋昌张氏、武威贾氏等，张轨也分别加以笼络。任马鲂为太府主簿，张镇为酒泉太守，张琠为武威太守，其余的让他们担任县令、州学博士等各种官职，使他们各为所用。

在河西各大豪族的支持和拥护下，张轨治理凉州取得很大成效。虽然当时的中原地区战乱纷繁，但凉州的社会生活还是比较安定的。永嘉年间，长安城里还流传着一首关于凉州的民谣："秦川中，血没腕，惟有凉州倚柱观。"是说凉州免于战火，使得中原一带来凉州避难的人特别多，人口数量自然增加。而张轨凭借独特的政治才能，依靠凉州的大族势力，采取保境安民的各种治理措施，为以后河西地区一个重要的政权前凉的出现奠定了一定的社会基础。

（程对山）

凉州铁骑行天下

位于河西走廊的武威自古以来就是战略要塞、边防重地。千百年来，在这片热土上，涌现出了一大批智勇双全的本土将领。他们或驰骋沙场、勇冠三军，或戎马一生、战功卓著，谱写了一篇篇可歌可泣的英雄传奇故事。西晋时期，凉州名将北宫纯就是其中杰出的代表。对于北宫纯，有些人还不太熟悉，但提起"凉州大马，横行天下"，那可是无人不知无人不晓。让凉州人民引以为豪、历代称颂的这句千古名言，便与北宫纯有关。

西晋永嘉年间，都城洛阳城里人心惶惶，城门紧闭，气氛十分紧张。造成这种紧张局面的，是一个叫作王弥的人。说起这个王弥，可真不简单，他虽然读过不少书，后来却成了叛军的领袖。他早年做过海盗，当过山贼，以叛乱滋事、打家劫舍而臭名昭著，后投奔建立汉赵政权的匈奴人刘渊。在刘渊的支持下，王弥带领数万人马，先后攻掠青、徐、兖、豫四州，进逼洛阳。

听到前方军情之后，晋怀帝司马炽可吓坏了，他赶紧命令司徒王衍主管军事，自己带着满朝文武一溜烟出外逃难去了。王衍接受使命之后，心知手中兵少将寡，难以抵挡，只好紧闭城门，等待救援。可是，哪里才有可以击退这些叛军的强力援军呢？他看着地图，最后把目光投向了凉州。汉魏之际的凉州兵团那是赫赫有名，冲锋陷阵，战无不胜、攻无不克。王衍眼前一亮，急忙派人向凉州刺史张轨搬取救兵。张轨接到保卫首都的命令后，深感责任重大。他不敢怠慢，对诸将一一权衡之后，觉得唯有北宫纯才能担此重任。

北宫纯，又被叫作北宫三郎，凉州人，当时在张轨手下任督护，是一员猛将，被誉为"西晋军神"。北宫纯领命之后，精心挑选千名精兵，离开凉州，急速向洛阳进发。

万蹄齐发，狼烟滚滚，旌旗猎猎，刀剑闪闪。北宫纯率军抵达洛阳时，叛军王弥已攻至洛阳津阳门。北宫纯入城见过司徒王衍，王衍大喜，当即命令北宫纯的凉州铁骑为先锋，出击叛军。北宫纯挑选了一百多名"敢死队"队员，到洛阳城门列阵抗敌。如果说凉州铁骑是虎狼之师，那么，这一百多名"敢死队"队员就是王牌中的王牌，精锐中的精锐。对方毕竟有数万之众，能不能取胜，王衍心里也没底，凉州铁骑还真没有让洛阳人失望。《资治通鉴》里记载："北宫纯募勇士百余人突陈，弥兵大败。"面对数万叛军，北宫纯带领凉州铁骑横冲直撞，来回拼杀，把叛军阵型冲得七零八落，西晋后援部队趁势冲杀过来。王弥叛军哪里见过这样打仗不要命的，当即仓皇逃走。

　　只此一战，凉州铁骑就打出了威名，打出了气势。但一次战役未免有侥幸之嫌疑。

汉代铜车马仪仗队

直到第二年，凉州铁骑与匈奴刘聪的战斗，才彻底让洛阳人民信服。几年后，匈奴人刘渊又派第四子刘聪率兵南进，大败西晋军队，再次进驻洛阳城。这个刘聪，虽然是匈奴人，却是一位多才多艺、文武双全之人。他善写文章，又习书法，且武艺高强，尤其擅长射箭，能拉开三百斤的弓，勇猛矫捷，冠绝一时。

当时，刘聪与王弥等进攻洛阳，一度进兵至洛阳附近的洛水，洛阳又陷入了敌军的铁桶包围之中。西晋面对强敌，料想不能解围，只好再次请求凉州刺史张轨派兵援助。张轨一如既往，仍然派北宫纯率兵援助洛阳。

北宫纯率领凉州铁骑，千里迢迢，来到洛阳，出其不意，夜袭匈奴大营，斩杀刘聪部将征虏将军呼延颢，军威大振。此时，刘聪手下另一位得力助手大司空呼延翼又死于军中内乱，再加上西晋其他各路勤王军陆续到达，刘聪眼见不能取胜，长叹几声，被迫撤军。

凉州铁骑两次千里增援，都将敌寇打得落花流水，把首都洛阳军民感动得一塌糊涂。他们创作了一首歌谣，纷纷走上街头传唱：

凉州大马，横行天下。凉州鸱苕，寇贼消。鸱苕翩翩，怖杀人。

此歌谣见于《晋书·张轨传》，后人称为《京师为张轨歌》或《凉州大马歌》。现代学者认为，凉州人自古以来好勇善战，是其具有极强战斗力的原因。正因其强大的战斗力，凉州大马在汉魏历史舞台上叱咤风云，声名远扬。

（李元辉）

诗人段业称凉王

北凉国王段业是京兆（今陕西西安）人，他博涉经史，"有尺牍之才"，是当时有名的诗人，创作了许多诗文，可惜只留存下诗名。在群雄纷起的乱世中，他成为割据一方的国主，在位时间仅有三年之余，留下的许多故事却让人悲叹。

建元十九年（383年），前秦苻坚任命吕光为持节、都督西讨诸军事，率领四大部将姜飞、彭晃、杜进、康盛和四府佐将董方、郭抱、贾虔、杨颖，统帅步兵七万，铁骑五千浩浩荡荡出征西域。此时，段业任杜进的记室，随其进入河西。在征伐途中，段业受到吕光的赏识，即升任为参军。

384年8月，吕光大军兵临龟兹城下，龟兹王帛纯携带许多珍宝弃城逃跑，吕光率部进城。那时，龟兹"城如长安市邑，宫室其盛"。吕光见到龟兹城的美景后，"以龟兹饶乐，欲留居之"。他整日留恋于宴饮之间，过起声色犬马的生活。段业见吕光这般志气，诗情大发，写了一首言志且又略带嘲讽之气的长篇大赋——《龟兹宫赋》："瞻彼龟兹宫之为状也，则嵯峨崔嵬，逶迤绵连。视壁画之神奇兮，立佛像之光炎。藏葡萄美酒万钟兮，贮奇珍异宝于千间。愿千祀之厚享兮，却一朝而破灭。佛神勿佑而飞，胡人授首而降。夷酋不绝于朝觐，咸归附我大秦……"吕光读后顿悟，便决定开始东返。

段业虽"无他权略"，却是一个有鲜明政治主见，敢于直言劝谏的人。一次，吕光摆了几桌酒席，大宴部将。这时，段业还只是参军，看不惯吕光的一些做法，就借着三分醉意对吕光说："明公用法太峻。"吕光听到这番话满脸怒色地说："吴起无恩而楚强，商鞅严刑而秦兴。"段业不善于察言观色，借着酒劲继续高谈阔论："起丧其身，鞅亡其家，皆残酷之致也。明公方开建大业，景行尧舜，犹惧不济，乃慕起、鞅为治，岂此州士女所望哉！"段业的这句话点中了吕光的死穴。吕光遂转怒为喜，非常和气地向段业致谢。

385年10月，吕光进入姑臧，自领凉州刺史、护羌校尉。吕光只给段业封了一个著作郎的闲职。段业整日郁郁寡欢，无奈之下便到姑臧城南的天梯山疗养。段业在天梯山养病时，他借傅曜一事向吕光再次讽谏，写了一批影响很大的文章，如《九叹》《七讽》，都是阐明自己政治理想和讽谏吕光不能激浊扬清的诗文。这些诗文自然传到宫廷，吕光猜到了段业的心思，并给予善言安抚。

396年6月，后凉国王吕光登基，大封百官。吕光把段业从天梯山召回，从一个小小的著作郎连升几级，成为后凉国五大尚书之一。由于后凉延用前秦氐族本位政治，汉族出身的段业仍然没有得到重用，同朝为官的侍中房旻、左仆射王详更是处处排挤不谙权谋的段业。397年初，段业被任为建康（治今甘肃高台县西）太守。

段业是如何一步步走上使持节、大都督、龙骧大将军、凉州牧、建康公，乃至凉王的？这要从后凉龙飞二年（397年），吕光征讨后秦乞伏乾归失败说起。

后凉龙飞元年（396年），吕光即后凉国王位后，谋讨西秦。次年，他接连攻下西秦金城、临洮、武始、河关等郡县。但乞伏乾归运用赢师之计，诱吕光弟弟吕延入埋伏圈，一举击溃吕延统率的后凉精兵，并杀了吕延，迫使吕光放弃已经攻占的金城等郡县，退兵枹罕（今甘肃临夏州境内）。

这次战役，临松卢水胡人沮渠罗仇和沮渠麹粥率领部曲出征，败回姑臧后，二人知吕光必嫁祸他人。为了不做替罪羊，沮渠麹粥劝沮渠罗仇率领部曲起义。但沮渠罗仇愚忠，说什么沮渠家族"累世忠孝，为一方所归。宁人负我，无我负人"。结果二人都遭吕光杀害。

吕光擅杀卢水胡豪酋，激发了卢水胡部族对后凉吕氏的反抗。于是，一场反对后凉吕氏的起义爆发了。沮渠蒙逊是沮渠罗仇的侄子，他那时在姑臧"自领营人配厢直"，担任宿卫工作，与诸部首领立盟约推翻吕光。不到十天，部众就发展到一万余人，屯兵金山（今甘肃山丹县南）。驻守在晋昌的沮渠男成也配合蒙逊起兵，潜入赀虏部落，鼓动与赀虏有联系的"诸夷"起兵。就这样，沮渠男成也聚合了千人的队伍，屯驻在乐涫（今甘肃高台县西北）。面对这两股反叛力量，后凉政府派出重兵围剿。屯兵于金山的沮渠蒙逊不敌吕纂的进攻，死里逃生后率领着六七千人逃入深山。而屯兵乐涫的沮渠男成却击退了前来讨伐的后凉军队，并杀掉了酒泉太守垒澄。

这两次战役均发生在段业地盘周围，却未触及到他的利益。此时，段业梦想的是当一位在乱世中安境保民、服从朝廷的太守。然而，命运并不是由自己掌握的。首战告捷的沮渠男成把战火烧到了建康。沮渠男成兵临城下，采用先礼后兵的策略，先派人进城游说段业反叛。非常信奉儒家学说的段业不听那些"逆言"，更不会背叛。他依然选择武力抵抗。他一面飞檄四境，请求朝廷发兵救援，一面率领郡兵登城防守。

迟迟攻不下建康城的沮渠男成让士兵把建康城围得跟铁桶一样。这一战，双方相持了20多天。段业见城内的粮草日渐减少，吕光的救兵也看不到，素日与朝中大臣的种种矛盾……一想到这些他就坐立不安，每晚辗转反侧彻夜难眠。于是，在内忧外患之下，段业接受了高逴、史惠的劝说，答应了沮渠男成的拥戴，并在沮渠蒙逊和沮渠男成的推举下自称使持节、大都督、龙骧大将军、凉州牧、建康公。

397年，段业发兵进攻西郡，其他将领都怀疑难以攻克，唯独沮渠蒙逊坚持认为西郡地势险要，势在必得，使段业坚定了信心。后来沮渠蒙逊引水灌城，活捉了太守吕纯。西郡攻克后，后凉晋昌太守王德和敦煌太守孟敏等相继投降。此后，段业又派沮渠男成、王德进攻张掖，撵走了后凉的常山公吕弘。不久，段业徙治张掖。

399年2月24日，段业迎来了一生中最辉煌和荣耀的日子。他自称凉王，以沮渠蒙逊为尚书，以梁中庸为右丞。这时，又一个以"凉"为国号的政权诞生在河西走廊，史称"北凉"。

北凉的建立，段业主要仰仗沮渠蒙逊。但他称凉王后，却逐渐疏远贤臣沮渠蒙逊，以致军事上的失败接踵而至。面对这一场场的败仗，段业更加猜忌沮渠蒙逊。沮渠蒙逊越是屡建奇功，段业对他的猜忌之心越重。于是，段业便改派沮渠蒙逊去做临松太守，而以马权代之为张掖太守。马权其人武略过人，为人豪放俊拔，一直被段业重用，段业想借此挟制蒙逊。沮渠蒙逊决定使用离间计，他向段业说马权的坏话："天下没有什么值得忧虑的事，您只应当提防马权就可以了。"段业听信谗言就杀掉了马权。后来，沮渠蒙逊采用同样的办法，使段业杀掉了索嗣。

段业的左膀右臂已除，沮渠蒙逊建议沮渠男成起兵取代段业。他对沮渠男成说："段业愚暗，非济乱之才，信谗爱佞，无鉴断之明。所惮唯索嗣、马权，今皆死矣，蒙逊欲除业以奉兄何如？"沮渠男成是个有情有义之人，他认为段业是个漂泊的游子，先举后弃未免不义，于是把这件事搁浅了。

401年3月，西北的天气还有些冷，大晴天里，还刮着丝丝寒风。沮渠蒙逊深感段业越来越忌恨自己，为防不测，他主动提出去偏远的安西做太守。段业也深知蒙逊必不肯久居人下。为防"朝夕之变",他爽快地答应了沮渠蒙逊的要求。其实,沮渠蒙逊在提出去当安西太守时,已经做好了反叛的准备。沮渠蒙逊抓住段业喜馋多忌的性格特点,再次使出惯用的离间计,让段业杀掉了沮渠男成,激起了朝野的愤懑和卢水胡族的反抗。

沮渠蒙逊平常很得人心,当他率领的部众到达氐池,主动参加反叛的人已经超过一万。镇军将军臧莫孩率领的队伍也投降了,羌族、胡人也有许多人响应沮渠蒙逊。

此时,张掖北凉王宫里的段业万念俱灰,非常后悔错杀了沮渠男成。镇军将军臧莫孩不做丝毫抵抗就投降了叛军,手下再也没有可以依赖的将军调遣,百般无奈的段业想到了右将军田昂。因怀疑田昂对自己不忠,段业早已把他投入监狱。他忙叫侍从把田昂从囚牢里放出来,向他道歉,并派他与武卫将军梁中庸一起去征讨沮渠蒙逊。别将王丰孙向段业进言道:"西平郡出来的那些姓田的人,哪一代都有叛变的。田昂这个人外貌看来谦恭谨慎,但是内心里却阴险狡诈,不可信赖。"段业无奈地说:"我怀疑他已经很久了,但是如果不用田昂,我这里就再也没有可用的人了。"果不其然,田昂和五百名骑兵到达侯坞后就投降了沮渠蒙逊。

农历五月的一天,沮渠蒙逊的大军抵达张掖,田昂的侄儿田承爱把叛军放进城内,段业的左右侍从卫士也都做鸟兽状跑散了。沮渠蒙逊骑着高头大马威风凛凛地进城了,段业天真地期望着沮渠蒙逊能够赦免他,便早早地等候在宫门外。见到沮渠蒙逊时,他乞求般地说:"我之前被你推举才坐上了王位,现在孑身一人,只求你留命,让我回到长安,与妻儿相见。"沮渠蒙逊瞥了一眼,回头对身旁的士兵说:"他以前杀人的时候,并没有怜悯别人,如今死到临头,倒要别人怜悯他,你们看可以饶他吗?"士兵们喧哗着要杀掉他,并一齐上前砍去,段业当即丧命。

(柴多茂)

阴仲达编修国史

北魏时期曾秉笔直书参与北魏国史修撰的武威籍史官阴仲达的故事至今流传广远。

阴仲达，北凉姑臧（今武威市）人。他的家族兴盛于东汉南阳新野，汉光武帝刘秀的皇后阴丽华就出自这一家族。东汉卫尉阴纲之孙阴常举家迁往武威姑臧居住，逐渐形成武威郡望，所以武威阴氏乃南阳新野阴氏的后裔。4世纪初开始，阴氏家族在姑臧兴起，得到当时割据河西的前凉张氏的重用。376年，前凉灭亡，阴仲达祖父阴训为避祸而移居敦煌。以后西凉建立，阴训曾任西凉王李暠时的武威太守，阴氏家族多人都在西凉朝中任职，抑或在学术方面有所造诣。417年，北凉攻灭西凉，北凉王沮渠蒙逊对西凉旧臣中有才华者、当地望族皆礼而用之，阴仲达家族也受到沮渠蒙逊的礼遇，以后又跟随沮渠蒙逊回到了姑臧。

五凉统治下的河西地区，社会相对安定，学术文化空前繁荣，经学、玄学、史学成就显著。阴氏家族家学渊源，阴仲达的父亲阴华就是一位有着很深文化修养和专门学问的学者，来到北凉后任姑臧令。受到家学的熏陶，阴仲达9岁时就能属文，诵诗赋，加之他天资过人、早慧敏悟、博览群书，16岁时就以极高的文学素养名闻凉土。

一次偶然的机会，他在父亲任所，发现了族人阴澹所著的《魏纪》。读过后，他开始对史学产生了浓厚的兴趣，便逐渐不满于儒学世家的家庭教育，专心研读有关史学方面的专著。丰富的五凉诸国历史完全吸引了他，他不仅自己专研，还有了再修五凉历史的想法。在得知《略记》《凉书》等史书的著作者刘昞就在姑臧陆沉观教授弟子时，阴仲达还前去拜访、请教学问。这对阴仲达以后的修史工作产生了很深的影响。在刘昞处，刘昞以自己对史官道德素养的认知为阴仲达讲述了春秋时期的齐太史、晋董狐等史官修撰国史的史事。其中，齐太史兄弟三人因秉笔直书被接连杀害一事令阴仲达深感震撼，对这些史官的所作所为他敬佩不已，也使他明白了一个史官应该恪守的道德准则。以后，为了得到有关五凉的历史资料，他离开姑臧，到河西和西域一带作西行游历。所到之处，他对于当地的历史事件、人物遗闻、地理地形、战争场地等都做了广泛深入的了解与调查，搜集了许多珍贵的资料。

就在此时，北魏拓跋氏兴盛，在连续攻下夏国、柔然、北燕后，就掉转兵锋直指北方最后一个割据政权北凉。北魏太延五年（439年）8月，太武帝拓跋焘亲率大军攻至北凉国都姑臧城下，北凉王沮渠牧犍出城投降。太武帝令人将北凉三万余户迁往平城（今山西大同），阴仲达与家人也在此列。到达平城后不久，阴仲达遇到了已投奔到司徒崔浩门下的姑臧友人段承根，段承根于是将他引荐给崔浩。在与崔浩的交谈中，阴仲达对崔浩提出的有关河西五凉时期的历史文化、风土人情对答如流，见解独到，使崔浩对阴仲达的才能和志向欣赏备至，认为阴仲达将来必定在史学上会有一定的建树。

这一年十二月，太武帝再令崔浩为监秘书事，统领中书侍郎高允、散骑侍郎张伟等参著作事，续修国史。

庞大的国史修撰工程是需要大量的人才的，崔浩就向太武帝推荐了来自凉土、才华出众的阴仲达、段承根。于是，太武帝任命阴仲达、段承根二人为著作郎，与同来自北凉的宗钦等人共同修撰国史。

能够得到皇帝的亲诏修撰国史，对阴仲达来说是莫大的荣耀，而修国史也恰好圆了他之前修史的愿望。因此，阴仲达很珍惜这次修史的机会。在修史过程中，他牢牢遵守着刘昞当年所教导的史官所必须恪守的"秉笔直书"这一准则，努力修撰自己所负责的部分。他修史非常认真，在每修一部分历史前都要先去藏书处大量翻阅前人所著史稿，反复比对，怕因自己的疏忽，有所错误、疏漏，留下遗憾。而查找到有用的史料，甚至连吃饭、睡觉都顾不上，总是废寝忘食地将所查到的史料当即整理、记载后才作罢。长此以往，阴仲达身体越来越差，常常感觉胸闷气短，他也不管不顾，休息一阵后仍然坚持着完成修撰工作。

一次，史馆内就太武帝祖上曾被前秦苻坚发配蜀地一事研究究竟要不要编入国史，几个史官争论不休，各持己见。阴仲达听到后，对他们说："写史书最重要的就是实事求是，不能因为是今上先祖就隐藏其丑。前有齐太史秉笔直书，后有董狐良吏，为写史实他们中有的人连死都不怕，这是我们学习的榜样啊！再者，今上令我等'务从实录'就是让我们能秉笔直书，无所避讳！"崔浩听到后，对阴仲达更加赞赏。

经过十年的努力，阴仲达、段承根等史官不负使命、同心协力，使国史《国书》

的修撰终于得以完成，得到了崔浩、高允等人的赞扬。

但此后不久，阴仲达因积劳成疾，心疾复发，不久病故。崔浩、高允听到后皆哀其早逝，惋惜不已。

《国书》的完成，令崔浩有点沾沾自喜，竟听信他人谗言，在平城郊外道路旁将这部自己很满意的《国书》刻石立碑，任由来往民众浏览。据记载，《国书》中的前部分内容依然以邓渊的《国记》为基础，其中涉及太武帝先祖同族间的杀戮、荒暴淫乱等一些不愿为人所知的隐晦史实依然保留，而这些内容竟然还被崔浩刻石立碑，等于将拓跋氏先祖中不光彩的事情昭告于天下。因此太武帝拓跋焘得知后勃然大怒，他不仅尽诛崔浩全族，又族诛了与崔浩有姻亲关系的范阳卢氏、河东柳氏以及太原郭氏。

崔浩被杀后，段承根、宗钦等参与国史修撰的史官也接连被杀，这是历史上史官们的一次劫难，而阴仲达与他们共同修撰的《国书》也由于各种原因早已散佚殆尽。

可以想象，如果不是因病早亡，阴仲达也难逃被杀的厄运。但作为史官，崔浩、阴仲达、段承根等人做到了秉笔直书，这是其作为一个史官所必须遵循的道德准则，是中国史学文化中最重要的道德价值和优良传统。《国书》的修撰完成，有阴仲达呕心沥血的付出，可惜今天都已经看不到了。但阴仲达秉笔直书修撰国史的精神，仍是今人学习的榜样。

（王丽霞）

石窟鼻祖天梯山

　　凉州向南约五十千米，有一座大山，其山峰巍峨，陡峭峻拔，高入云霄，山有石阶，拾级而上，道路崎岖，形如悬梯，故称天梯山。天梯山脚下有一石窟，据说是我国开凿最早的石窟之一，被喻为中国的"石窟鼻祖"。

　　天梯山石窟现仅存三层，大小洞窟十七处。其中一处洞窟高三十米，宽十九米，深六米。窟内有释迦牟尼大像一尊，高二十八米，宽十米，面水而立，右臂前伸，指向前方，巍然端坐。两旁还有文殊、普贤菩萨，广目、多闻天王，迦叶、阿难等六尊者像，造型生动，神态威严。窟内南北两壁绘有大幅壁画。南壁上部为云纹青龙；中

天梯山石窟

部为大象梅花鹿，大象背部驮有烟焰发光的经卷；下部是猛虎和树木花卉。北壁上部绘有青龙双虎；中部绘有白马、墨虎、菩提树，马背上经卷闪光；下部绘有牡丹花卉。整个壁画笔触清新，色泽艳丽，形象逼真，惟妙惟肖。

如此精美的石窟，到底修建于何年？又出自何人匠心和手笔呢？

据史料记载，天梯山石窟是北凉王沮渠蒙逊于412年至439年之间开凿的，是我国历史上第一个由一国之君直接主持修建的石窟。沮渠蒙逊，是匈奴人的后代，他的祖先曾经为匈奴左沮渠（官名），后来就以沮渠为姓。沮渠蒙逊虽是匈奴人，但他博览史书，还通晓天文。《晋书·沮渠蒙逊载记》里称赞他"雄杰有英略，滑稽善权变"。无名氏曰："乃当世之枭雄，能谋善断，以其才志，非明主不能节制。"

397年，沮渠蒙逊起兵反叛后凉国王吕光，拥立段业为凉州牧。段业最初是后凉太祖吕光的部将，在沮渠蒙逊和哥哥沮渠男成的拥立下，定都张掖，建立政权，史称北凉。不久，段业认为沮渠兄弟威名太甚，可能要盖过自己了，于是对他们逐渐疏远起来。段业门下侍郎马权武略过人，于是以马权代替沮渠蒙逊为张掖太守，厚此薄彼，常故意以言语讽刺挖苦沮渠蒙逊。《晋书·沮渠蒙逊载记》载，蒙逊对此心怀不满，便使离间计，让段业杀了马权。

沮渠蒙逊对哥哥沮渠男成说："段业愚昧，没有安民之才，听信谗言，不能明辨是非。让我有所顾虑的只有索嗣、马权两个人，他们两个已经被我除掉了，那现在我们杀了段业，大哥你来当凉王怎么样？"沮渠男成说："段业为人懦弱，我们帮他建国，有我们兄弟在，他才能如鱼得水，但他对你我都一直不错，背叛他不是我们这些仁义之士该做的。"

沮渠蒙逊见苦劝哥哥没有结果，于是向段业要求去做安西太守，段业喜出望外，立刻准奏。

沮渠蒙逊谋反之心已生，迫切需要一个起兵的借口。于是又约大哥沮渠男成一起祭兰门山，然后故意派手下司马许咸向段业告发说："沮渠男成想要谋反，一定会来告假然后去做大逆不道的事。如果他请求去兰门山祭祀，那么我的话就被验证了。"

果然，到了约定时间，沮渠男成去兰门山祭祀。段业于是将沮渠男成抓捕，逼其自杀。沮渠男成这时还一心向着君王段业，他对段业说："蒙逊想要谋反，之前已经告诉过我，我因为他是亲兄弟就没有告诉大王您。现在我在，他还害怕部众不从，与我约定去祭山却向您诬告我。我如果死了，蒙逊必然会立刻起兵谋反。请您假说我已经死了，故意细数我的罪状，蒙逊必然会起兵。我再领兵去讨伐他，一定能够平定这次叛乱的。"

段业这时已经被油蒙了心，怎么可能会相信沮渠男成的话，就硬逼着沮渠男成自杀了。

沮渠蒙逊闻听大哥的死讯，立刻集合部众，悲愤地说："我的哥哥沮渠男成忠于段氏数年，却被无辜杀害，各位能不能和我一起为他报仇？况且段业猜忌之心太强，迫害无辜，枉杀忠良，令大家处于水深火热之中，这样下去怎么能成呢？"

沮渠男成平日里在北凉军中威望就比较高，在沮渠蒙逊的号召下，各部众纷纷响应。不久，聚集的部众已超过万人。镇军将军臧莫孩、右将军田昂等都不战而降，归

天梯山一佛二菩萨

27

附了他。段业听闻此事立即派武卫将军梁中庸讨伐蒙逊，而梁中庸却向蒙逊递交了请降书。北凉天玺三年（401年）五月，沮渠蒙逊攻打都城张掖，田昂侄田承爱开城门为他做内应，沮渠蒙逊攻入城里，杀死了段业，取而代之，成为北凉王。

一代枭雄，终成霸业。有了前车之鉴，如何才能让江山永固，又如何能使社稷长存，这成为让沮渠蒙逊昼夜难寐、辗转反侧的一个大问题。

几番考虑之后，沮渠蒙逊将都城从张掖迁到了富庶的姑臧。在这里他设置了官署，修缮了宫殿，加筑了城门楼。然后，他又派兵占据了敦煌，将西域高僧昙无谶迎接到了姑臧，并拜其为国师。

姑臧乃河西走廊咽喉，因其特殊的背景和地位，一方面吸纳了中原文化的精华，另一方面又与游牧民族有着密不可分的渊源，一度成为北中国佛教文化的中心。

石窟艺术与佛教极其密切。将信仰宗教的佛像与壁画镌刻、绘制在石窟上，正是维系江山社稷长久永固的法宝之一。沮渠蒙逊立即召集高僧和能工巧匠，寻一块风水宝地，开凿天梯山石窟，大造佛像。

开凿石窟不久，他的母亲车氏病逝，沮渠蒙逊特别以其母的形貌在窟中雕凿5米高石像一尊，面向佛祖，做伏身状，形似泣涕之状，表示忏悔。悲伤之外，他是不是想起了哥哥沮渠男成呢？

《十六国春秋·北凉录》记载："先是蒙逊王有凉土，专弘事佛，于凉州南百里崖中大造形象，千变万化，惊人眩目。有土圣僧，可如人等，常自经行，无时暂舍，遥见则行，人至便止，观其面貌，状如其中泥塑形像，人咸异之，乃罗土于地，后往看之，足迹隐隐，今见如此。"

这是个奇异的记载，天梯山一侧，佛、菩萨、飞天、千佛……远远望去，熙熙攘攘，活灵活现，灵动非凡。走近了再看，这些佛、菩萨好像停下来，变成了石窟里的壁画和雕像。

（秦不渝）

谢艾三战败麻秋

东晋永和二年（346年）七月的一天夜里，称霸河西走廊22年的前凉王张骏刚刚下葬，十六岁的新君张重华和他的母后还沉浸在失去亲人的悲痛中，一份加急公文就送到了他的面前。后赵石勒已经派心腹大将麻秋带领数万大军，即将攻入前凉在金城的统辖地广武城了。

麻秋是谁？前凉国上下为什么会如此惊慌失措呢？根据史书记载，在十六国时期的长安、洛阳、邺城、许昌、谯城（今安徽亳州市）五大城市里，麻秋的名字可谓是如雷贯耳。当时他攻城略地，几乎战无不胜，攻无不克，是后赵皇帝长期御用的、可以指挥十几万大军的兵马大元帅。相传他为人心狠手辣、杀人如麻，所过之地，连小孩听到他的名字都不敢啼哭了。就是这样一个狠角色即将攻取前凉，一时间，前凉姑臧城内人心惶惶，有些老百姓甚至做好了往西逃亡的准备。

年少的前凉王张重华更是急得像热锅上的蚂蚁，慌忙召集群臣商议后，急令征南将军裴恒调集城内所有能调动的部队前往广武迎战。没想到裴恒虽然军事经验丰富，却因年事已高，在进入广武城后犹犹豫豫，竟开始按兵不动。已经率兵到达广武城外的后赵大将麻秋见状，就来了个围而不战，凉、赵两军就此在广武城对峙起来。

广武城在今天的兰州西北，是通往河西走廊的大道。这里是前凉国都城姑臧的最后一道防线了，过了广武城，翻过乌鞘岭就是姑臧境地。而且这个时候北方的大部分地区已经被后赵占领了，前凉只是一个西北小国，如果再不想办法阻止，前凉可能就要面临着亡国的危险。

后赵军队来势凶猛，形势已经非常危急。裴恒毕竟年事已高，前凉少主张重华干着急，却又没办法，只能下令部众向他举荐制衡麻秋的人才，以扭转将要亡国的局面。

朝堂之上人心惶惶，群臣各怀心机，只有牧府相司马张耽举荐了自己的朋友主簿谢艾。他说谢艾智勇双全，韬略过人，张重华一听立时召见。当时的谢艾仅二十七八岁，由于常年埋首于公文中，一副白净书生模样，年少的张重华看到谢艾后，有点失望。谢艾却神色坦然，在与之分析局势后，他自信地对张重华说："如果您信得过我，就给我七千人马，我为您消灭麻秋。"大军压境，张重华心中没抱多大希望，但目前别人都不敢领命，只能"蜀中无大将，廖化作先锋"，走一步算一步。于是张重华先任命谢艾为中坚将军，令他率领七千兵马出击。但是姑臧城的大部队已经被裴恒带到广武去了，军营里一时连七千人马都调不出来了。一番折腾后，在前凉朝臣们的哀叹声中，一直埋首公文的谢艾带着经过东拼西凑的五千骑兵、步兵向广武出发了。

广武前线上，经过数天的对峙，前凉与后赵的士兵们已经不像刚开始那样剑拔弩张了。有些士兵思想松散，巡逻也有所懈怠。后赵的主帅麻秋也一样，他认为反正你们前凉的大部队都被我包围在这儿了，那我就坐等时机。等没有粮草的时候，咱就来个坐收渔利，不费多少人马拿下广武城，甚至还有姑臧。那灭前凉国不就是指日可待的事嘛，根本就没想到前凉还会有兵马前来。

这时候谢艾带着他的五千步骑一路疾驰，在翻过陡峭的乌鞘岭，来到广武城北面一个叫振武城的小城后，谢艾下令部队在这里的一片密林里扎营休息，准备后半夜偷袭后赵。因为要夜袭，大家都处于高度紧张的状态，突然有两只猫头鹰飞进了军营，还"咕咕"叫了两声。当时民间迷信遇见猫头鹰是不祥之兆，而如果听到猫头鹰叫了是要死人的。士兵们听到猫头鹰的叫声后个个心生恐惧，觉得这一仗肯定是凶多吉少了。谢艾见状就对大家说："咱们平时玩六博的时候，得猫头鹰者胜。如今猫头鹰飞进咱们军营，这不就预示着我们必胜吗？"士兵们一听主将之言虽然有点半信半疑，但先前紧张的气氛却一扫而空。也许真的是这两只猫头鹰给大家带来的运气，谢艾率领的五千步骑在偷偷向十几万后赵军的大营发起突袭时，后赵军队竟然毫无防备，一时间营内大乱，士兵们惊慌失措，竞相奔走。广武城中的裴恒见状连忙带兵出战，在两面夹击之下赵军开始四散逃窜，当时就斩首五千余人，麻秋带领残众一路逃回了金城。这一场战役之后，后赵石勒暂时没有了攻取前凉的想法，前凉此次危机被解除了。

广武之战后，谢艾一战成名，张重华闻报大喜，诏令赏赐，并直接封谢艾为福禄伯。由于升职太快，谢艾便遭到很多人的嫉妒，他们心里终究不服，暗地里就开始向张重华讲谢艾的坏话。终于，年轻的张重华听信了谗言，把谢艾外放到酒泉做太守去了。

第二年，在听说谢艾被打发后，后赵石勒再次派麻秋进攻前凉。这次的目的很明确，直接对准前凉的国都姑臧。张重华在危急关头，能想到的人还是谢艾。随即派人去酒泉请回谢艾。张重华当场封他为使持节、军师将军，令他率领步骑三万，进军临河。麻秋也率领三万兵马应战。

这场战役是谢艾打得最经典的一场。大战来临，年轻的谢艾没有丝毫怯意，他悠闲地乘坐在一辆轻便的马车上，戴着白色便帽，连护身铠甲都没有穿就出现在了前线战场。麻秋远远看到后，气得发狂，自己再怎么说也是曾统兵数十万的大元帅啊，怎么就被一个初出茅庐的臭小子轻视成这样？这简直是奇耻大辱。于是他大骂道："谢艾，你个毛小子，穿成这个样子，是不是欺人太甚了？"随即命令他的三千黑槊龙骧劲旅一路飞驰而来。旁边将士一看不妙，赶紧劝谢艾骑马退后。而这时的谢艾反倒更加从容，他竟然不慌不忙地从车上下来，有条不紊地指挥起作战来。飞驰而来的后赵劲旅看到谢艾如此淡定，以为后面会有伏兵，反倒不敢上前了。其实呢，谢艾如此淡定的原因，是他已经派部将张瑁沿着河岸向上绕到后赵军的背后，以便对后赵军队来个出其不意，

山乡韵律

然后两面夹击。这时的张瑁已攻入敌人阵营，后赵军顿时大乱，兵马挤作一团。谢艾等的就是这个时候，乘机大举指挥凉军进攻，与张瑁前后夹击，再次大败后赵军。交战中，麻秋的主将杜勋、汲鱼被杀，还斩获后赵一万三千余人，麻秋单枪匹马灰溜溜地逃回了大夏。

此次战役中谢艾与麻秋势均力敌，但谢艾以高超的智慧大胜麻秋，显示了他卓越的军事才能。大敌当前他临危不惧，沉着冷静，也展示了一位成熟大将的风范。

两次被谢艾打败，麻秋颜面扫地，实在咽不下这口气，因此他转而向东挺进，攻占了前凉的另一重镇枹罕(今临夏)。攻下枹罕后麻秋感觉自己总算挽回了点面子。休养一段时间后，他又有点坐不住了，觉得自己不可能那么点背，会次次败在谢艾的手里，于是他又纠集了十二万大军，准备报仇雪恨。

他派先锋王擢率领数万精兵先行出发，直逼前凉首都姑臧。收到麻秋再次重兵压境的密报，张重华惊慌失措，急召谢艾，准备御驾亲征，被谢艾等人极力劝阻。于是张重华封谢艾为使持节、都督征讨诸军事、行卫将军领兵迎战。这场战役中谢艾仅率步骑兵两万，采用伏击战术，埋伏在今天古浪的山岭、村庄中，趁敌不备，将王擢先锋部队从中间拦腰截断。凉军鼓角齐鸣，喊杀声震荡在山岭上空。等麻秋收到消息，王擢已大败而还，麻秋精兵基本全被消灭。他见大势已去，于是传令撤军，将后赵军队撤回到黄河以南。

这三场战役之后，麻秋心灰意冷，大失脸面，不得不相信天意，认为谢艾可能是老天派来专门对付自己的克星。从此以后，虽然他仍占领着前凉重镇枹罕，拥兵十余万，却再也没了进攻前凉的胆气。

谢艾对后赵麻秋的这三场战役，均以谢艾的全胜而宣告结束。谢艾对于战术的运用，为中国古代战争史的经典战役再添精彩，称前凉谢艾为一代名将，绝不为过。在中国古代名将榜上，绝对不会少了前凉谢艾的名字。

可惜的是，就是这样一位驰骋沙场的名将，结局却很悲惨。353年，张重华病死，他的叔父张祚乘机篡位，即命人诛杀了远在酒泉的谢艾。从此以后，前凉内部开始争权夺利，二十年后前凉被前秦苻坚所灭。

（王丽霞）

三国谋士说贾诩

东汉自黄巾起义以后，进入了一个分裂割据的时代。那是一个战火纷飞、硝烟弥漫的动乱时代，同时也是一个男儿建功立业、英杰奇才辈出的时代。所谓时势造英雄，英雄促时势，凉州这块富饶美丽的土地上，也产生了许多杰出的英雄人物，著名谋士贾诩便是其中之一。

贾诩，字文和，武威人。少年时期的贾诩并不为人所熟知，只有汉阳（今甘肃天水）人阎忠慧眼识珠，对他很是赞赏，认为他有张良、陈平之才。后来贾诩的确如阎忠所评价的那样，作为谋士幕僚，足智多谋，献出了许多计策。他的名气虽比不上诸葛亮等人，但在一些学者看来，他是那段历史中最高明的一位谋士，在唐代史书中他被尊为"魏晋八君子"之首。

贾诩的先祖是西汉时期的贾谊，其祖上世代在朝廷为官，从西汉到东汉，贾家出了不少大官。具体到贾诩这一脉，其爷爷曾在西北地区担任太守一职。贾诩举孝廉后被朝廷任命为郎官，后来因为身体不好辞官回家，在回家的路上，遇上了叛乱的氐人。和贾诩同行的数十人都被氐人抓去活埋了，在这生死危难之际，贾诩急中生智，对他们说："我是凉州段太尉的外孙，你们不要埋我，我家里一定会用重金赎我的。"哄骗劫匪说自己是太尉段颎的外孙。段颎何许人也？那可是长期戍边的大将，名气很大，威震西土，是河西地区家喻户晓的人物，劫匪听后必定产生怯意。由此可以看出，贾诩非常懂得心理战，猜透劫匪贪财好命的本性，许诺不要杀他，可以得到丰厚的财物。氐人一听果然不但不敢加害于他，反而还派人护送出境。贾诩凭借临危不乱的沉稳、足智多谋的才识，保住了自己的性命，由此可见其不同一般。

189年，董卓入洛阳，挟制灵帝，开始把持朝政大权，凉州军团的权势随之变得很大。贾诩以太尉掾的身份成为平津都尉，后来升为讨虏校尉。当时董卓的女婿牛辅屯兵在陕西，贾诩就在牛辅军中任职。后来，董卓被司徒王允、吕布等人谋杀。不久，牛辅也在逃窜中被部下所杀，众人惊慌失措。董卓部下李傕、郭汜、张济等人无所依靠，便派使者前去长安请求赦免。但是王允为人刚直，竟没有同意，李傕等人变得更加恐惧，群龙无首不知所为，准备各自解散部队，逃回乡里。在这树倒猢狲散的危急时刻，贾诩为求自保，便出面阻止了他们，献计说："听说长安城有人正在议论要将我们凉州人杀尽，而各位如果单独行动，那么仅一小撮人就能把我们捉住杀了。大家不如率兵以为董卓报仇为名，向西攻打长安。如果有幸成功，则荣华富贵尽有，即使不成功，那时再逃走也不迟啊。"这个计划一提出来便被众人采纳了。于是李傕等人就以替董卓报仇为名，联络西凉诸将，率军袭击长安，等到了长安城下，已聚合十余万人。最终王允被杀，吕布败走出逃，李傕等人任手下烧杀抢掠，官员百姓死伤的有一万多人，尸体积满了道路两旁。一时间，京城腥风血雨，朝野大乱。事成后，贾诩被任命为左冯翊，李傕等因为贾诩功劳最大欲封其为侯，贾诩推辞说："此救命之计，何功之有！"坚辞不受。李傕等又让贾诩为尚书仆射，贾诩说："尚书仆射是百官的师长，是天下人的榜样，我贾诩一向没有什么名望，难以服人。就算我可以贪享虚荣，对国家又有什么好处？"于是改拜贾诩为尚书，掌管选拔人才的工作。

后来，贾诩先跟随张绣，为张绣出谋划策，使其在袁绍、曹操、刘表几者之间周旋。袁绍曾派人招降张绣，并与贾诩暗中接触。张绣准备同意，贾诩却当着张绣的面回绝了袁绍的来使，明确地指出袁绍连兄弟袁术也不能容下，岂能容天下国士。而投降曹操有三点优势：一是曹操挟天子令诸侯，名正言顺；二是曹操此时兵力较弱，更愿意拉拢盟友；三是曹操志向远大，一定能够不计前嫌。张绣听从贾诩的建议，率众归顺曹操。曹操听闻讯息后大喜，亲自接见贾诩，拉着贾诩的手说："使我名扬于天下的人，是你啊！"于是曹操封贾诩为执金吾、都亭侯，迁冀州牧。由于当时冀州为袁绍所占，贾诩便留参司空军事，一直作为曹操的谋士。

200年，曹操与袁绍战于官渡。曹军军粮用尽，曹操问贾诩该怎么办，贾诩说："您在精明、勇敢、用人、决断四个方面都胜过袁绍，之所以相持半年不能够取胜，是想顾及周全啊，抓住机会，便能很快取胜。"曹操觉得非常有道理。后来袁绍的谋士荀攸来投降时，大家都很怀疑，怕有奸计。贾诩却极力劝谏曹操抓住机会偷袭乌巢，最终一举战胜袁绍。后来，曹操于渭南与马超交战时，用离间计打败马超、韩遂时，贾诩也在一旁献计出策。

曹操是一个生性多疑的人，但是贾诩却能很好地处理主臣关系。原因在于贾诩一般不会主动献策，因为曹操麾下谋士多得很，过于聪明容易招致杀身之祸，杨修就是一个很好的例子。曹操在选择接班人问题上，长期犹豫于曹丕和曹植两人之间，致使两子都有各自的支持者，两子正争得火热，曹操有一次就问贾诩的看法。贾诩很聪明，并没有直言支持曹丕，而是用袁绍、刘表废长立幼的前车之鉴来进行回答，让曹操在一阵大笑中，暂时消除了对贾诩在此事立场上的猜忌。

贾诩怕曹操猜嫌，于是采取自保策略，闭门自守，不与别人私下交往，他的子女婚嫁也不攀结权贵。因此，当时天下谈论智谋之士时都十分推崇他，认为他有大智慧。由于在立储问题上的表现，曹丕即位后贾诩的地位更显贵，任贾诩为太尉，晋爵寿乡侯，增食邑三百，前后共八百户。以长子贾穆为驸马都尉，袭父爵，封幼子贾访为列侯。

陈寿在《三国志》中对贾诩的评价是："庶乎算无遗策，经达权变，其良、平之亚欤！"意思是说贾诩的智谋可以与西汉的张良、陈平相比，这一评价是非常高的。贾诩熟知兵法，著有《钞孙子兵法》一卷，并为《吴起兵法》校注。

（贾海鹏）

李白佳句似阴铿

"李侯有佳句,往往似阴铿。"这是"诗圣"杜甫名篇《与李十二白同寻范十隐居》的第一句,李侯即"诗仙"李白,这个阴铿,就是南朝梁陈时期的武威籍著名诗人。杜甫这句诗的大意就是:李白常常有很美妙的诗文,写得像阴铿的诗句那样好。

阴铿,字子坚,生卒年不详。父亲阴子春,字幼文,曾参与平叛侯景之乱,"恒冠诸军",历任梁朝梁州、秦州、西阳太守和宣惠将军、明威将军、信威将军、左卫将军。作为将门之后,阴铿曾任梁朝湘东王法曹行参军,陈朝始兴王录事参军,后官至招远将军、晋陵太守、员外散骑常侍。阴铿家族在东晋末年跟随刘裕南迁,后落籍于南平(今湖北荆州地区)。

阴铿自幼聪慧好学,在其他孩子还尽情玩耍时,五岁大的他就会吟诗作赋,一天能写近千字。长大后,他又读了大量的经史著作,还善于作五言诗,常常有得意的诗作,深受当时文学大家们的好评和看重。

阴铿在任梁朝湘东王萧绎的府邸官员时,有一年冬天的一个天寒地冻、大雪纷纷之日,他邀请好友在一个酒楼聚会喝酒。在宴会上,阴铿看到一位斟酒的仆人时不时地看着他们,有想喝酒的样子。于是,阴铿亲自把酒烫热后端给这名仆人,在座的朋友们都笑话他多事,阴铿却说:"我们每天都酣畅地饮酒,而这个整天都手拿酒杯的人却不知道酒的味道,实在没有道理。"侯景之乱爆发后,阴铿被叛兵捉住,危急关头,有人将他偷偷救走。在逃难路上,阴铿询问这位救命恩人,才知道原来竟是在那场宴会上他赐酒的仆人。

梁朝灭亡后,阴铿投奔陈朝做官,在始兴王陈叔陵的府中任录事参军。当时的陈朝在高祖陈霸先的统治下,政权稳固,经济发达,陈文帝常常与群臣聚宴写诗。有一天,任尚书左仆射、中书监的徐陵对陈文帝说,阴铿是当朝最有才华的诗人之一,应该见一下。当日,文帝便在皇宫聚宴,召阴铿参加,命他为新落成的安乐宫赋诗。此时的阴铿才气超然,提笔即成,写下《新成安乐宫》,诗曰:"新宫实壮哉,云里望楼

收获的季节

台。迢递翔鹍仰，连翩贺燕来。重檐寒露宿，丹井夏莲开。砌石披新锦，梁花画早梅。欲知安乐盛，歌管杂尘埃。"这首诗博得陈文帝赞叹不已，也给他带来了亨通官运，先后任招远将军、晋陵太守、员外散骑常侍等职。

　　阴铿留名于史的是他创作的五言诗。在诗歌创造中，阴铿致力于斟音酌句，追求辞精意切，声律、诗体、对仗等。阴铿的创作实践，推动了齐梁新体诗向唐人近代诗的转化，对唐代诗人产生了重大影响。杜甫以"不薄今人爱古人"的态度，"颇学阴何苦用心"，力求"语不惊人死不休"的艺术效果。即便是才华横溢的李白，也是认真学习并借鉴他的诗风，正如杜甫所言："李侯有佳句，往往似阴铿。"李白的五言律诗，诗味浓郁，风格清丽隽永，和阴铿的诗风非常相似。

（柴多茂）

李轨建立大凉国

隋末唐初，在今天的武威（时称姑臧）有一个割据小国，叫大凉，它的建立者是姑臧人李轨。李轨，字处则。自小家境富裕，他爱好读书，胸有才略。成人后行侠仗义，乐善好施，为他家乡一带有名的侠义之士。隋炀帝改凉州为武威郡，郡置鹰扬府，有郎将、副郎将、长史、司马等官，李轨凭借自己已有的名望和才能，担任了武威郡鹰扬府司马。如果岁月按照它本有的规律无声地但永不停歇地往前推进，历史也许就不会像我们现在所知道的这样波澜壮阔了。

李轨当鹰扬府司马时，有个叫薛举的人起事，割据金城称霸一方。李轨闻讯，以独有的政治敏锐性，感觉到天下要变，于是就召集同乡曹珍、关谨、梁硕、李赟、安修仁等商量对策。面对众好友，李轨慷慨激昂地说："薛举粗暴强悍，野心勃勃。他割据了金城，必然要来吞并河西。"见众好友面露惊愕之色，他接着说道："而今武威郡的官吏们懦弱无能，面对群雄割据、动荡不安的局势，他们没有一点办法。"李轨左手按剑，右手握拳，说："我们要互相团结，共同努力，保据河右，关注局势的变化，绝不能把自己的妻子儿女拱手送给别人蹂躏。"大家都很赞同这个见解，纷纷表示愿团结在一起，效忠于他，唯李司马马首是瞻。于是，就拜李轨为总主。

这年七月的一个无月的夜晚，天黑风急，安修仁先行率领一批胡人，偷偷摸进内苑城，突然举旗高呼，声震于天。李轨率众响应，迅即逮捕了隋官虎贲郎将谢统师、郡丞韦士政。李轨自称河西大凉王，并按照隋朝的职官制度设置了官属。一块起事的好友关谨等人主张，应该杀尽隋官，并把他们的家产全部没收，一部分留用，一部分分配给一块起事的众位弟兄。李轨却说："你们既然推我为首领，一切行动都应该听我的命令。我们今天组织义兵起事，目的在于拯救生民。如果我们杀人放火，擅自取不义之财，和盗贼有什么不同呢？还谈什么救人于急难！"众好友一听深以为然，都面露愧色。于是，李轨仍以隋朝官员谢统师为太仆卿，以韦士政为太府卿。从这时起，李轨这个大凉王就成功登上历史的舞台。

　　果然不出李轨所料，不久，薛举便派他的大将军常仲渡过黄河，企图一举收复河西，归自己统治。幸好胸有韬略的李轨早有防备，派了有勇有谋的大将李赟在昌松应战，斩首来犯敌军两千余级，剩下部众全部俘获。李轨看着吓得战战兢兢的俘虏，心下已有主意，就和李赟商议，想把他们悉数释放。李赟不赞同他的看法，说："这些俘虏是经过竭力奋战才抓到的，现在却要释放回去帮助敌人，这究竟是为什么呢？不如统统活埋了他们。"李轨说："如果老天爷保佑，能将金城也赐归我，我就能擒拿住他们的主人。到那时，这些人统统都是我的。如其不然，即使现在留下这些人又有什么用呢?!"李赟一听，敬服他目光长远，知道他对未来早有谋划了，遂将这些俘虏全部放还了。不久，李轨凭借他的雄才大略和弟兄们的精诚团结，先后攻克了张掖、敦煌、西平、枹罕，占据了整个河西地区。

　　唐高祖李渊想征讨薛举，统一秦、陇，便派人秘密到凉州招抚李轨，给李轨的书信称他为"从弟"。李轨看了非常高兴，立即派他的弟弟李懋赴朝廷进贡。唐高祖李渊封李懋为大将军，让鸿胪少卿张俟德带着诏书任李轨为凉州总管，封为凉王，并赠给羽葆鼓吹一部。可在使臣张俟德还未到达凉州之前的十一月，自命不凡的李轨就急不可耐地即了皇帝位，改元安乐。

　　李轨的吏部尚书梁硕很有智略，李轨常依靠他做出重大决策。而他的另一个重臣安修仁，祖上是凉州望族，境内各少数民族都归附他。梁硕看到诸胡势力强盛，便暗暗劝李轨应及早对其加以防范。谁料隔墙有耳，这话被安修仁听到了，由此引发了安修仁和梁硕的互相猜忌。将相不和的种子一旦埋下，迟早总会萌发。

　　一日，李轨的儿子李仲琰去问候梁硕，梁硕仗着自己是和李轨一块起事的弟兄，又是朝中重大事项的主要参与者和决策者，就没有站起来向李仲琰行礼，而且态度显得有点傲慢。李仲琰心中不快，认为梁硕待他不殷勤、不礼貌，便生了反感，从此怀恨在心。此后李仲琰便和安修仁互相勾结，在李轨面前大讲梁硕的坏话，甚至诬陷梁硕要谋反。李轨不调查核实，就用药酒毒死了梁硕。自此以后，那些与李轨共同起事的旧友同僚都心怀疑惧，不愿给他出力了。

　　姑臧城里有个胡巫，见李轨内乱已生，就想借机捞点外快离开姑臧城，于是他对李轨说："上天将派玉女从天而降，为大王您带来福祉。"李轨听信了胡巫的谗言，召集兵民服劳役筑高台，以迎接玉女的到来。筑台工程耗费甚大，民怨沸腾，再加上河西连年遭受饥荒，出现了人吃人的惨景。在朝臣和士子的劝谏下，李轨拿出了他的全部私财进行救济，但还是杯水车薪，解决不了实际问题。情势紧急，他召集群臣商议，想开仓发粮。曹珍等都赞成说："国以民为本。我们难道只顾爱惜仓库里的粮食，眼看着广大老百姓去死吗？"

谢统师等隋朝官员虽然曾被李轨宽大安置，但他们心里终究不服。秘密与胡人勾结，排斥李轨的好友故人，当庭反驳曹珍等人："百姓中饥饿的人，都是那些羸弱不堪的人，那些勇敢健壮的人就不会这样。国库里的粮食是为了应付意外的事变而储备的，难道可以散给那些羸弱无用的人吗？你们为了讨好这些人，不为国家着想，不是忠臣。"这时的李轨已经昏庸不堪，难以体察百姓疾苦，而且忠奸不分，认为谢统师等说得对，决定不发放仓粮，这就更加激起了广大士民的怨恨情绪，都想逃亡而去。

第二年二月，唐高祖李渊的使臣张俟德才到达凉州。李轨召群臣廷议，说："唐朝的天子，和我称兄道弟，现在已经在长安登基。同姓不可能自争天下，我想去除帝号，受他的封爵，可不可以呢？"曹珍说："隋朝已经灭亡，如今天下称王称帝的何止一人！唐朝的皇帝在关中，大凉皇帝在河西，互不妨碍。再说您已经做了天子，为什么又要退位呢？"李轨采纳了这个意见，派尚书左丞邓晓前往长安向唐高祖李渊递送诏书，信中自称"皇从弟大凉皇帝臣轨"，不受唐朝封的官爵。唐高祖李渊看了李轨的书信非常生气。李轨竟敢与大唐皇帝称兄道弟，这分明就是他不甘做人臣的表现，因此囚禁了邓晓，准备发兵讨伐李轨。

在长安做官的安兴贵（安修仁之兄），上书请赴凉州说服李轨。唐高祖李渊说："李轨依仗他兵力强盛，所处地理位置险要，还可连接吐谷浑和突厥，就拥兵自重。我想派兵攻击，但担心不能取胜，难道光凭你的几句话就能拿下他吗？"安兴贵说："我家在凉州，世代为豪望，境内各少数民族历来都归附我们。我弟安修仁为轨所信任，我们的子弟在李轨要害部门者有几十人。我前去说服他，他听我的话更好，如果不听，我们就近拿下他很容易。"唐高祖李渊于是派安兴贵赴凉州。

安兴贵到达凉州后，李轨即任他为左右卫大将军之职，并询问安兴贵有何自保的办法。安兴贵回答说："凉州偏远，财力不足，虽拥有雄兵十万，而土地不过千里，又没什么险关可守。如今唐家天子据有京师，平定中原，唐军所向披靡，战无不胜、攻无不克，是天命不可违。如果大王您归顺唐王朝，就是汉朝的窦融也不足与您相比啊。"李轨默然不答，过了好一会儿才怒气冲冲地说："从前吴王刘濞统率区区江左之兵时还自己称'东帝'，我现在据有河右，就不能当皇帝吗？李渊虽强大，但他远在长安，能把我怎么样？你不要再为一点小利引诱我了！"安兴贵一看时机不对，就假装后悔地说："我从前听说富贵了不住在家乡，就如同夜里穿着锦绣华服走路，有什么用呢？如今全族子弟蒙受大王您信任，我怎么会对大王您怀有他心？！"

安兴贵眼看李轨不能被说服，就与安修仁等人暗中引胡人兵马围攻姑臧城，李轨率步骑兵千人出战。当初，薛举的手下奚道宜曾率领羌

鸠摩罗什塔

兵投奔李轨，李轨开始时答应任命他为刺史但最后却没有兑现，奚道宜一直心怀怨恨，因此共同攻击李轨。李轨兵败入城，率剩余兵士登上城墙守卫，以等待外援。安兴贵令人向姑臧城剩余兵众传话："大唐天子派我来取李轨，不服者将祸及三族。"因此各城的将士都不敢动了。李轨见大势已去，叹道："人心已失，天亡我啊！"说罢，携同妻子儿女登上玉女台，置酒告别故国。安修仁抓获他后送往京师，之后便被唐高祖李渊下令斩于长安，一命休矣。

（齐作峰）

昌松瑞石从"天降"

古浪县城金三角广场，沉睡着一块色泽青白的大石头，名叫昌松瑞石。它像一头沉睡的石狮，兀自雄踞在小山丘上，目睹着南来北往的过客。

据《新唐书》记载，这块石头是大唐贞观年间从天上掉下来的瑞石，石头上有88个像裂纹一样的天文。原文大致是这样表述的：唐贞观十七年（643年）八月初四日，凉州都督李袭誉上书唐太宗，说凉州昌松县鸿池谷显瑞石五，青质白文，内有成字："高皇海出多子，李元王八十年，太平天子李世民，千年太子李治，书燕山人士，乐太国主，尚汪谭，奖文仁，迈千古。大王五王六王七王，十风毛才子，七佛八菩萨，及上果佛田，天子文武，贞观昌大，圣延四方，上不治，示孝仙，戈入为善。"据记载，唐太宗收到这一上表后震惊不已，当即派礼部郎中柳逞骑快马前去验证。确凿无疑后，于是在这年十一月，又派专使前往凉州鸿池谷进行祭祀。祭文曰："嗣天子某，祚继鸿业，君临宇县，夙兴旰食，无忘于政，导德齐礼，愧于前修。天有成命，表瑞贞石，文字昭然，历数唯永。既旌高庙之业，又锡眇身之祚。迨于皇太子治，亦降贞符，具纪姓氏，列于石言。仰瞻睿汉，空铭大造，甫惟寡薄，弥增寅惧。敢因大礼，重荐玉帛，上谢明灵之贶，以申祇慄之诚。"

从上述记载来看，古浪昌松的这块石头并不是一块普通的石头，它记载的正是唐太宗时立皇子李治为太子的故事。

据说，唐太宗李世民登基后，先立长子李承乾为太子，谁知李承乾不求上进，慢慢染上了不少恶习。他好于声色，不知节制，不少大臣看不惯，就好言相劝，但他依然我行我素。唐太宗心生不悦，觉得自己当时立太子的行为过于轻率，为此懊悔不已。太子府中有个十四岁的女乐手，名叫尹伊，弹得一手好琵琶，长得漂亮，能歌善舞。李承乾对她十分宠爱，还给她起了个绰号叫"称心"，整天和她厮混在一起，形影不离。唐太宗知道此事后非常恼火，派人把尹伊杀了，和尹伊有牵连的几个人也相继被处死。李承乾为此伤心不已，便在东宫庭院中盖起一间房子，里面摆上尹伊的画像，又陈列了许多泥人泥马，命宫人每天早晚祭奠。他自己也常来到这里，整天面对尹伊的画像呜呜啼哭。从此李承乾更无心正事，还把一百多个奴仆组织起来习歌练舞，像胡人那样追逐嬉闹，一点也不顾及太子形象，整日沉浸在歌舞酒宴之中。李承乾自暴自弃，不断亲近小人，远贤才，喜嬉戏，爱美色，求奢侈，厌政务，后来竟然对父亲也逐渐产生了恨意，甚至动了谋反之心。唐太宗发觉后，一怒之下废除了李承乾的太子之位，发配到黔州。

李承乾被废，该立谁为东宫太子呢？唐太宗想到了魏王李泰。李泰是唐太宗的第四子、李承乾的胞弟。他年幼时也非常聪明，特别喜欢诗文，长大以后，对经籍、地理之学尤为有兴趣。李承乾被废后，唐太宗开始对晋王李治也不错，大家感觉到唐太宗有立晋王为太子的想法。可没想到的是，一次魏王李泰到唐太宗身边，唐太宗竟当面许诺要立李泰为太子。李泰激动坏了，当着群臣的面说："我只有一个儿子，等我死后，理当为陛下杀了他，将皇位再传给晋王。"后来褚遂良就进谏说："陛下失言了，立太子的事还是要慎重，哪有当了帝王就杀了自己的儿子，传位给别人的道理？陛下过去立承乾为太子，而复宠爱魏王，礼数有时超过了承乾，所以让太子有了谋反的想法，要引以为鉴。陛下今日既然打算立魏王，就千万别再抚慰晋王，才能安全。"唐太宗听了褚遂良的话，联想到李承乾被废之前李泰便有了夺嫡之意，那时魏王府中传出的谣言说："太子李承乾脚有毛病，当废，魏王聪明，当立。"思及此后朝中许多大臣不断和李泰拉关系，徇私舞弊、行贿等往事，唐太宗非常生气，泪流满面地说："那我也不能立他了。"遂改封李泰为顺阳王，令其迁居均州之郧乡县。

一日，长孙无忌对唐太宗说："听说在太原发现一块瑞石，上面刻着'治万吉'三个字，是不是上天给的意旨，让陛下立李治为太子？"李治是唐太宗的第九子，长孙无忌的嫡亲外甥。唐太宗听信长孙无忌的话，但因反复废立太子的事，不好在群臣面前张口。过了几天，御两仪殿，令群臣退去，只留下长孙无忌和司空房玄龄、兵部尚书李勣，唐太宗说："我有三个儿子一个弟弟，却因为立太子的事弄成这样，我不想活了。"于是自投于床，抽出佩刀假装自杀。慌得长孙无忌等争相上前抱住，取下佩刀递给身边的晋王李治。长孙无忌等急问唐太宗的心思，说："陛下究竟想做什么呢？"唐太宗说："我要立晋王。"长孙无忌非常机警地回答："谨遵陛下旨意，有不同政见者，请陛下杀了他们。"诸大臣中哪有敢反对的，纷纷同意。唐太宗这才对大臣们说：

"现在你们和我的意见一致了，天下会怎么评论？"长孙无忌说："晋王以仁孝闻名天下，没啥不同说法。如有不同，臣愿为陛下死一百次。"于是就立李治为太子，封长孙无忌为太子太师。

立李治为太子的事就这样轻而易举实现了，但唐太宗选强者守业的思想并未彻底消除。既然能废除李承乾，便也能废除李治。在他看来，只要能选出一个理想的接班人，便没有什么事不能做，为此唐太宗还在反复斟酌、举棋不定。不久他又觉得吴王李恪也不错，因其母是隋炀帝的女儿，长相又俊美，善射骑，通文武，唐太宗常在众大臣面前夸赞他。一次唐太宗对长孙无忌说："你劝我立李治，可是李治懦弱，恐不能守住江山社稷。吴王李恪'英果类我'，我欲立之，如何？"长孙无忌当即反对："太子仁厚，将来会是仁君。陛下这样举棋不定必然会后患无穷，况且是立储这样至关重要的事！"唐太宗说："难道李恪不是你的外甥你就反对吗？"

就在唐太宗优柔寡断、举棋不定之时，"昌松瑞石"从天而降。贞观十七年（643年）八月，在曾为唐太宗做过佛事的佛教圣地凉州、丝绸之路要道鸿池谷，背负着神圣的历史使命，这块神奇的瑞石骤然降临。它的出现，像一道闪电照亮了唐太宗君臣混沌的天空。

听到凉州鸿池谷降临瑞石的消息，身为凉州刺史的李袭誉既激动又害怕，激动的是在自己管辖的土地上降落了瑞石，这在凉州的历史上是绝无仅有的事，害怕的是这块石头究竟会给自己带来祥瑞还是祸患呢？斟酌再三，李袭誉还是决定如实上奏唐太宗，将昌松瑞石及所显"天文"奏明唐太宗。

这份奏折马上引起朝廷的轰动，要知道在那个极度相信"天命不可违"的年代，一份"天书"就意味着一份高于皇权的决定和昭示。唐太宗派遣礼部郎中柳逞前往实地查看验证后，又遣使进行了非常隆重的祭奠。同时，因凉州获瑞石，下诏大赦凉州。

这八十八字的"奇文"中，除开头"高皇海出多子，李元王八十年，太平天子李世民，千年太子李治"四句二十五字明白易懂外，其余文字令人费解。

昌松瑞石的出现，彻底打消了唐太宗的疑虑。649年，唐太宗去世，李治登基，时年二十二岁。李治在皇帝宝座上一坐就是三十四年，其间他牢记唐太宗遗训遗嘱，奉行不渝，训令纳谏，爱民如子，实现了边陲安定、百姓阜安。

（李发玉）

弘化公主葬凉州

在武威市凉州区南营乡青嘴村的喇嘛湾，有一个唐代墓葬群，举世闻名，经考证为吐谷浑慕容家族的王族墓地。这个墓群保存较好，出土器物类型丰富，对唐代考古和历史研究具有重要价值。

自民国时期以来，在这个吐谷浑族的墓葬群中，先后发现了吐谷浑家族的九块墓志。从发掘出的墓志内容看，内中有一位唐朝宗室弘化公主的墓志。据墓志记载，这位弘化公主和她的儿子慕容忠死于同一天，母子二人的灵柩也是同时运抵凉州，又于同日葬于青嘴喇嘛湾。

弘化公主是大唐王朝嫁与少数民族政权的第一位公主，她有怎样的传奇经历呢？且让我们细细说来。

弘化公主，生于唐王朝宗室。据墓志铭载，弘化公主容貌绝美、秀外慧中。在唐太宗时期，和亲公主共有两位：弘化公主和文成公主。现在大多数人可能只知道文成公主，对弘化公主不甚了解。其实她比文成公主入藏嫁给吐蕃松赞干布还早，是唐朝第一位和亲公主呢！

吐谷浑是中国古代少数民族政权，最早居住在我国东北地区，后迁居西北。在唐代初期，横亘在西域路上的吐谷浑联合西突厥，控制西域各小国，经常骚扰唐的边境，袭击来往商人，唐王朝对此很是头疼。于是唐太宗采取武力方式，迫使吐谷浑投降。635年，唐太宗李世民派大将军李靖等率军进击吐谷浑。吐谷浑兵败，首领慕容顺率部归顺唐朝。至此，吐谷浑成为唐朝属国。

另一方面，唐太宗采取和亲政策来安抚吐谷浑部众。在慕容顺死后，年幼的诺曷钵成为吐谷浑首领。为使吐谷浑内部更好地接受自己的统治，两年后，诺曷钵入朝请婚。唐太宗答应请婚请求，承诺将宗室之女弘化公主嫁给诺曷钵。

诺曷钵到长安迎娶弘化公主时，唐太宗派淮阳王李道明及右武卫将军慕容宝携带大批陪嫁物资护送弘化公主入吐谷浑。在吐谷浑王城伏俟城（今青海湖西），弘化公主与诺曷钵完婚。弘化公主是唐朝嫁与少数民族政权的第一位公主，有着不同凡响的意义。

弘化公主出嫁的第二年，唐太宗才将文成公主嫁给了吐蕃王松赞干布。由于吐谷浑与吐蕃地理位置联系紧密，在唐王朝从中协调下，吐蕃也将公主嫁与吐谷浑王诺曷钵，双方结成甥舅之国。自641年开始，唐朝、吐谷浑、吐蕃三方和平共处，相安无事。

弘化公主不仅容颜姣美，还有着超人的胆略。她嫁给诺曷钵后，吐谷浑与唐朝的关系日益密切，但却引起了吐谷浑内部不少老臣的不满。在弘化公主嫁与诺曷钵的第二年，吐谷浑丞相宣王和他的两个弟弟密谋在祭山活动时劫持诺曷钵和弘化公主。弘化公主得知此消息后，并没有太多惊慌和迟疑。她骑上快马，和诺曷钵一起带着随从，连夜奔赴鄯城（今青海西宁）。向鄯州刺史杜凤举说明情况后，在杜凤举的帮助下，粉碎了宣王的阴谋，使诺曷钵重新掌控了吐谷浑。

在唐高宗即位后，吐谷浑在弘化公主的影响下，依旧与大唐保持着良好关系。时间长了，弘化公主申请入朝归宁，回娘家省亲。唐高宗同意后，诺曷钵与弘化公主到长安拜见唐高宗，并为其大儿子苏度摸末请婚，唐高宗于是又将宗室女金城公主嫁给苏度摸末，后来弘化公主还为二子请婚。

随着唐朝与吐谷浑和亲关系的日益密切，吐蕃便极为不满，吐蕃在派人探究吐谷浑内部虚实之后，便发兵大举进攻吐谷浑都城伏俟城。由于力量悬殊，吐谷浑王国土崩瓦解。

弘化公主和诺曷钵急忙逃到凉州，归附于唐朝。他们在凉州居住长达九年，希望有朝一日能收复失地，恢复故国。在凉州停留的日子里，凉州美丽的南山风景和淳朴的民风给她留下了挥之不去的影响。也许，从那时起，弘化公主就对凉州有了一份特殊的感情。

670年，为了牵制日益向西扩张的吐蕃，也为了帮助吐谷浑复国，缓解西北边陲及西域的紧张局势，唐朝派薛仁贵率十万之军出击河源地区。孰料，唐军被吐蕃打得落败而逃，最终吐谷浑依靠唐朝力量恢复其势力的希望破灭，复国无望。万般无奈之下，弘化公主与诺曷钵上书唐朝，希望迁居大唐内地。

经过商议后，诺曷钵和弘化公主迁到今青海乐都大通河之南，但还是经常受到吐

弘化公主墓志拓片

蕃骚扰。唐高宗又令其迁往今宁夏灵武县，设安乐州（今同心县）。任诺曷钵为刺史，由其自治管理，辖境为今宁夏河东中宁、同心、盐池三县部分地区。

此时的弘化公主已经年过半百，颠沛流离的生活让她憔悴苍老了许多。但她没有向命运妥协，依然全力协助诺曷钵励精图治，建设新的家园。十几年之后，诺曷钵因病去世，其子慕容忠即位，被唐王朝加封为青海王。六十六岁的弘化公主继续辅佐慕容忠治理安乐州。武则天称帝后，改封弘化公主为大周西平大长公主，并赐弘化公主武姓。此时的弘化公主已经是一位六十八岁高龄的老人了。

698年，在安乐州一直生活了二十六年的弘化公主病逝于红水城，享年七十六岁。其灵柩于次年三月运抵凉州。葬于今武威市城南二十公里的南营乡青嘴喇嘛湾。弘化公主生前辗转奔波于各地，让人称奇。关于她的死也特别奇怪，根据她的墓志内容，她的儿子和她竟然死在了同一天。究竟是年老的母亲接受不了儿子去世的消息悲痛而死，还是有其他什么原因，今已不得而知，也给后世留下了重重谜团，让人不解。

（李元辉）

张议潮收复凉州

唐懿宗时期，归义军节度使张议潮经过血战三年才收复了被吐蕃占领的凉州。凉州作为河西战略要地，自唐代宗时被吐蕃攻占，到张议潮重新收复，已近百年之久，吐蕃势力根深蒂固，那么，张议潮是怎么收复凉州的？收复凉州后唐朝又采取了怎样的措施呢？

天宝十四载（755年），安史之乱爆发，河西、陇右之兵大都被调往潼关重地，吐蕃乘势大举攻唐。吐蕃先后占领凉州、甘州、沙州、肃州、瓜州等地，至此，河西一带全部成为吐蕃人的天下。

吐蕃占领河西84年后，沙州人民在张议潮的领导下，发动起义。守城的吐蕃兵将弃城逃走，起义军占领了沙州，接着一鼓作气又收复了瓜州。唐宣宗听到消息，龙颜大悦，封张议潮为沙州防御使，并将起义军命名为归义军。从848年到851年三年多的时间里，张议潮接连收复了伊、西、肃、甘、兰、岷、河、鄯、廓等州，并派其兄张议潭等人，奉十州图籍入长安报捷，面见唐宣宗。唐宣宗大悦，封张议潮为归义军节度使。

此时，整个河西唯有凉州仍然在吐蕃的控制之下，张议潮审时度势，决定乘胜进攻凉州。

在进攻凉州之前，张议潮做了充分准备。他在归义军各部精心挑选了七千名精壮士卒。这七千名士兵，系由汉族与境内诸少数民族以及僧兵共同组成，其中既有汉族子弟，还有吐蕃降部、回鹘军队，甚至有一大批蕃汉僧兵，他们个个训练有素，人人勇敢善战。

在做了充足的准备之后，张议潮与侄子张淮深率领七千精锐，开始了收复凉州的壮举。

以七千兵力攻打占有地利和人数优势的凉州吐蕃，其难度可想而知，注定了这是一场旷日持久的拉锯战。

唐朝时，凉州辖姑臧、神乌、昌松、天宝、嘉麟五县。作为防守凉州的屏障，吐蕃军队在各县分兵驻守，尤其在凉州西北部的门户天宝、嘉麟等县设置重兵把守，以逸待劳。张议潮率军到达凉州之后，双方在凉州展开了长达三年的拉锯战。

经过三年的血战，咸通二年（861年）九月，张议潮终于攻克了凉州。张议潮收复凉州后，即派使者上告朝廷。随后，唐政府就开始积极采取措施，加强对凉州的控制。

从此，河西走廊又畅通无阻。当时有人写下这样的诗句来赞扬张议潮："河西沦落百余年，路阻萧关雁信稀。赖得将军开旧路，一振雄名天下知。"

为了庆祝这来之不易的胜利，张议潮的侄子在敦煌莫高窟新凿了一个石窟（第156窟），并在主室南部下面绘制了统军出行图，题为《河西节度使检校司空兼御史大夫张议潮统军除吐蕃收复河西一道行图》。诗人薛逢听到张议潮收复凉州的消息后，欣然提笔，写下一首《凉州词》记之，诗曰："昨夜蕃兵报国仇，沙州都护破凉州。黄河九曲今归汉，塞外纵横战血流。"

（李元辉）

诗人王维在凉州

　　唐朝时期的武威，是西部军事重镇和战略要地，鉴于其在战略上的重要地位，唐王朝在凉州设置了河西节度使，布驻重兵，用以抵挡吐蕃。大诗人王维正是在这样的背景下，于737年出使河西，并驻留武威达一年之久，留下了一首首脍炙人口的诗篇，字里行间洋溢着诗人对武威的深厚感情。

　　当时的王维是以监察御史的身份出使河西的。他一边察访军情，一边犒劳对吐蕃作战有功的将卒。这一次出使，使王维与武威结下了不解之缘。

　　这是王维第一次出使边塞，在赴边途中，他深为边塞的美丽风光所惊叹，写下了

大漠风光

著名的边塞诗《使至塞上》："单车欲问边，属国过居延。征蓬出汉塞，归雁入胡天。大漠孤烟直，长河落日圆。萧关逢候骑，都护在燕然。"

到达河西节度使驻地武威后，王维在听取崔希逸等将士述说大败吐蕃的经过后，欣然写下《出塞作》一诗，对节度使崔希逸的机智勇敢给予高度评价，把他比作西汉名将霍去病。

由于崔希逸的赏识与挽留，王维遂入河西节度使崔希逸幕府，被任命为幕府节度判官。就这样，王维留在了武威，在武威度过了一年多的时间，在此期间，王维与武威有了真正意义上的亲密接触。

王维在河西任职期间，每当公务之余，便常常出城到郊外游览，考察民情，熟悉风俗。自然，身处武威的王维也免不了思念家乡。737年秋天，王维的好友崔三从北庭都护府回密州（治所在今山东诸城）探望双亲，路过武威时，见到了王维。同是天涯沦落人，两人相见，不免愁绪共生。分别之时，王维写下《送崔三往密州觐省》一诗赠别，流露出自己远在边塞的无限乡愁。

作为幕府节度判官，王维很多时候要到河西节度使管辖的各地去处理公务，在此期间也写下了大量边塞诗歌。这些诗歌描绘了军队出征时的悲壮、赴敌时的无畏、鏖战时的激烈和凯旋时奋发的情景，着力渲染了边塞风光和戍边将士的英雄气概。这既表现了王维渴望建立边功、跃跃欲试的壮志豪情，也写出了自己的辛酸苦辣与悲怆郁愤。

开元二十六年（738年）五月，河西节度使崔希逸改任河南尹。崔希逸对王维来说有知遇之恩，得知崔希逸要离开，王维心情极为怅然与低落。他在送别崔希逸之际，写下了《双黄鹄歌送别》一诗，流露出对崔希逸的不舍之情。

崔希逸到河南后不久就去世了，王维听到消息后心情非常低落。当初，王维一心要在河西节度使幕府实现自己的人生价值，可随着崔希逸的调离与去世，王维深感孤独无助，觉得继续留在武威已无必要，归意遂决。

王维在武威生活了一年多，回到长安后，仍任监察御史职。此后，他再也没有来过武威。

（李元辉）

岑参赋诗颂凉州

　　弯弯月出挂城头，城头月出照凉州。凉州七里十万家，胡人半解弹琵琶。琵琶一曲肠堪断，风萧萧兮夜漫漫。河西幕中多故人，故人别来三五春。花门楼前见秋草，岂能贫贱相看老。一生大笑能几回，斗酒相逢须醉倒。

　　这首千百年来被人们所乐道的描写凉州的诗歌《凉州馆中与诸判官夜集》，就是唐代著名边塞诗人岑参描写凉州诗歌中的佳作。

　　754年的秋天，著名诗人岑参来到了凉州。在到达凉州的这个夜晚，岑参就受邀在凉州花门楼客栈的酒馆中与多个旧友聚会，热热闹闹的酒宴中，有高适、严武等老朋友。这已经是岑参第二次来凉州了，但这次他不能久留，因此朋友们聚在一起一是为他接风洗尘，二是为岑参继续前往塞北饯行。酒桌上觥筹交错，灯影交融，喝到高兴处岑参与友人们开窗赏月。

　　当时正值秋夜，一轮明亮的弯月挂于凉州城头，融融月光之下，凉州城内热闹非凡。盛唐时的凉州在西北是仅次于长安的大都市，这座城在十六国时期就有五城，到唐朝时扩建成七城。其城南北长，东西延伸出两座小城，就好像一只展翅欲飞的鸟，布局独特，雄伟壮观，繁华而富庶。

　　虽然已是入夜，但凉州城内仍然熙熙攘攘，人群中随处可见深目髯须的胡人、着胡服的汉人，胡语、汉语夹杂。门廊下是迎来送往的胡女，浮动着大唐的繁华与胡风大盛的气息。酒馆里的胡女赤脚跳着西域的胡旋舞，极速旋转中的胡女宛如片片雪花般在空中飘舞，妙不可言。跳到高兴时她们会双目传神，回眸一笑倾城倾国。转眼间，急促的琵琶声不绝于耳。这曲琵琶嘈嘈杂杂，转而又如泣如诉，勾起了岑参的思乡之情。凉州官府中与岑参认识的旧友，今天都来了。与友人们觥筹交错、对月酬和，朋友们多是文韬武略各有千秋，多年来都满怀抱负投笔从戎，而今，虽然又聚在一起，大家却都陡然升起对于人生的感慨。几个志趣相投的朋友聚在一起，更多的时候还是畅谈着战场厮杀、朝廷政事以及报国的热情。

在武威还留下过一段岑嘉州"榆钱"换酒的趣闻和《戏问花门酒家翁》的打趣诗：

老人七十仍沽酒，千壶百瓮花门口。

道旁榆荚仍似钱，摘来沽酒君肯否？

岑参经常住的地方是花门楼客栈，客栈外酒馆一个接着一个，时间长了，他与客栈门口酒馆里的一位七十多岁的卖酒老翁熟悉起来。四月里的凉州，春意盎然，花门楼客栈内的碧桃已经开过，上面结满了小小的绿果。客栈门前面有一棵大榆树，绿油油的榆钱缀满了枝头，嫩闪闪的，逗引得周围嘴馋的孩子们忍不住举了竿子去敲，而大点的孩子便借机也爬上树去，把小手筐、竹篮挂在树枝上，一边大把大把地捋，一边还不忘塞一把到嘴里。看到此情此景，岑参也乐呵呵地顺手摘下几片来，放入嘴里，滑腻甜爽立即凉丝丝地盈满了齿颊。这里的大人还喜欢捋榆钱做一种风味小吃"榆钱饭"，卖酒的老者还请岑参品尝了这种当地的小吃：熟面里杂着榆钱，吃起来甜丝丝的，别有一番风味。榆钱可以这样做面食，岑参还是第一次尝到呢！

一次，岑参的朋友设宴款待他。筵席之后，岑参喝得有点高，从朋友那里晃晃悠悠地往花门楼客栈走的时候，一阵大风吹过，变黄的榆钱纷纷扬扬，被吹得满地都是。客栈门口那个卖酒的老翁还在卖酒不肯收摊，岑参便带着酒意打趣老人："榆钱纷纷，老人家，我用它买酒，行不行啊？"老人一边笑一边说："好好好！我看岑大人还能喝多少啊！"谈笑间，岑参也许真是喝高了，居然就从地上捡起来几个榆钱放在了老人的柜台上，可还没放好，一阵风吹过，榆钱被吹跑了。岑参抬头一看，榆钱不见了，于是就对老人说："老人家，钱您收了，快给我酒！"老翁笑着直摇头，旁边有人看了，说："岑大人，您喝醉了啊？"岑参很认真地说："没有啊，我没醉，我这才买酒回去喝呢！"卖酒的老翁实在被岑参缠得没有办法，就给了岑参一坛酒，岑参抱着酒坛就回到了客栈。第二天，醒来后，发现桌上一坛酒，岑参很奇怪："咦，这酒哪来的？"这时候，侍从进来笑嘻嘻地看着岑参。岑参说："你笑什么？"侍从又笑，岑参更是丈二和尚摸不着头脑。结果听侍从一说经过，岑参霎时间脸红起来，赶忙去向卖酒的老翁赔不是，还给了酒钱。

岑参离开凉州时，这位卖酒的老翁与他依依惜别，送了他几坛凉州的美酒。也许，岑参西行路上的某首诗歌就是这位卖酒老翁送的凉州美酒赋予的灵感呢！

（王丽霞）

大将军契苾何力

642年秋，在凉州境内发生了一件大事。已归附唐朝且立有大功的一位铁勒族将军从京师长安出发，到凉州去探望被朝廷封为"姑臧夫人"的母亲。走到半路时，一个惊人的消息传来，将军听到后下马跪在大路中间，朝着凉州方向就放声大哭。这哭声惊动了周边的百姓，纷纷驻足观望。随从们赶紧劝说将军上马，急令车马加速往凉州奔去。

究竟是什么原因让这位将军如此失态呢？原来是凉州境内的契苾部落的部分族人，听说朝廷大将军要来凉州，就挟持了将军的母亲和弟弟。他们想威胁这位正值盛年的英武将军脱离唐朝，去归附铁勒族的另一个名为薛延陀的部落。

将军到达凉州，忍住愤怒，极力劝阻自己的族人，表明自己绝不背叛唐朝的决心。然而这些族人根本不听劝阻，反而乘将军没有防备将他用绳子捆住，然后把他和他的母亲、弟弟一道扔上槛车。在一群全副武装的士兵簇拥下，这位将军及家人一同被押往漠北边陲的铁勒族薛延陀部落。

这位年轻的将军就是铁勒族英雄契苾何力。

消息很快传至京师长安。唐太宗闻报大惊，不由得泪流满面，急忙派使者到凉州薛延陀部落，说愿意将自己的亲生女儿嫁与夷男可汗，以求交换契苾何力返回京师。契苾何力何德何能，竟令大唐天子愿送自己的亲生女儿下嫁薛延陀部落，以此为条件一定要交换他回大唐呢？这还得从头说起。

隋朝大业二年（606年），契苾何力出生在铁勒可汗世家。在契苾何力九岁的时候，他的父亲莫贺咄特勒可汗契苾葛便去世了。契苾何力于是袭位，降号大俟利发。十多年后，契苾何力与母亲率契苾部落千人归顺唐朝，从而摆脱了西突厥贵族的奴役。契苾何力的行动，有力地配合了唐朝统一西域的战略部署。在契苾何力的带动下，突厥大汗阿史那社尔也效法契苾何力于635年率众东迁内地，臣服于唐朝。接着，高昌王麴文泰、焉耆王龙突骑支、龟兹王白苏伐叠、疏勒王裴阿摩支、于阗王尉迟居密以及康国王、安国王、石国王等，也先后派使或亲自到唐朝，表示愿意归属。这一局面的出现，与契苾何力的第一个臣服密切相关。

唐太宗于是将铁勒契苾何力所部安置在甘、凉二州，封契苾何力为左领军将军，封其母为姑臧夫人，封其弟契苾沙门为贺兰州都督，从此契苾何力及其家人世居凉州。

634年，契苾何力首次参加了唐朝进讨吐谷浑的战争。此次用兵，总指挥为名将李靖，契苾何力以左领军将军的身份，会同凉州都督李大亮及薛万均、薛万彻兄弟作战。次年，契苾何力率精兵千余人，突袭吐谷浑王帐，俘获吐谷浑王后，并获骆驼、马、牛、羊二十余万头（只）。吐谷浑首领慕容伏允兵败，逃至鄯善一带自杀，从此吐谷浑分成东西二部。西部吐谷浑由慕容伏允次子达延芒波结率领，居鄯善，后来投降了吐蕃。东部吐谷浑由伏允长子大宁王慕容顺率领，慕容顺斩天柱王，率部归顺唐朝，被封为甘豆可汗、西平郡王，吐谷浑成为唐朝属国。唐西北边境从此得到安定。不久慕容顺死，其子慕容诺曷钵即位，唐朝封他为河源郡王，号乌地也拔勒豆可汗。唐朝还把弘化公主嫁给他，加封青海国王。他的两个儿子又分别娶唐朝的金城公主和金明公主为妻。吐蕃强大后曾发兵进击东部吐谷浑，吐谷浑被迫迁移。今天武威城南青嘴喇嘛湾弘化公主及吐谷浑王族的墓葬遗址及其碑刻，就是吐谷浑在凉州活动的佐证。唐朝征讨吐谷浑战役为唐军在西北各部族树立了威信，也向西扩大了唐朝疆域的实际控制范围。

薛万均与契苾部落酋长契苾何力共同参加了由唐太宗发动的征讨吐谷浑部落的战役，论功行赏时，薛万均却当面说谎，把契苾何力的战功说成是他的。唐太宗知道内情后，特别生气，表示要把已经封给薛万均的官职改授契苾何力，契苾何力没有接受。他说："因为我而罢免薛万均，恐怕其他将士听到后，以为陛下厚待外族首领而不重视汉族将士，不利于官员间的安定团结。"这番深明大义的言论出自一位少数民族将领之口，唐太宗怎能不从内心里表示感佩呢？即使在今天看来，契苾何力的言谈举止，依然充满凛然正气。从此，唐太宗极其看重契苾何力，将契苾何力从凉州调往长安任北门宿卫、检校屯营事，并以唐宗室女临洮县主许配给他为妻。

唐太宗将契苾何力从凉州调往长安后，他的母亲姑臧夫人和弟弟贺兰州都督契苾沙门等亲眷均在凉州居住。思念家乡乃人之常情，契苾何力于是向唐太宗提出要去凉州看望母亲的请求。七年之后，唐太宗才同意契苾何力回凉州看望母亲，并封契苾何力为朝廷钦差大使抚巡凉州少数民族部落驻防边事。此时薛延陀称霸漠北，兵力强盛，契苾部一些首领欲前往叛唐归顺。这年秋天，当契苾何力以大唐使节重臣的身份前往凉州时，这些人就挟持了契苾何力的母亲和弟弟，想威胁契苾何力脱离唐朝去归附薛延陀部落。契苾何力当时就表示："我弟沙门孝而能养，我以身许国，终不能去也。"当孝亲与忠国二者之间发生矛盾时，契苾何力竟然毫不犹豫地做出了"以身许国，终不能去"的选择。诸首领见亲情不能动摇其爱国之诚心，于是发生了本文开头所述的一幕。

据史书记载，在薛延陀夷男可汗面前，何力席地而坐，拔出佩刀朝东面大喊："哪有大唐壮士在异族面前这样受辱的?! 天地日月，愿你们知道我对唐王朝的忠心!"于是便割下自己的左耳以表明自己绝不会投降。薛延陀夷男可汗勃然大怒，即令人要将契苾何力拖出去斩首，最后在他妻子的劝说下方才作罢。唐太宗得知契苾何力被带到薛延陀的消息时，便深信"此人心如铁石，必定不会背叛于我"。半月后，契苾何力在漠北抗薛延陀并将自己左耳割下的情状传来时，唐太宗不禁为之潸然泪下。半月后又有消息传到京师，说契苾何力因誓死不归附薛延陀已被打入死牢。闻听消息，唐太宗再次落泪，急令兵部侍郎崔敦礼持节至薛延陀，决定答应嫁亲生女儿新兴公主给夷男可汗，以求换回契苾何力。夷男可汗这才大喜，于是释放了契苾何力。契苾何力回到长安后被唐太宗封为右骁卫大将军。

第二年，唐朝就灭了薛延陀汗国，令铁勒诸部分置管理都督府州。契苾何力对战局的清醒而又准确的判断为唐朝君臣所感佩，其以身许国、威武不屈其志的优良品德赢得了大唐帝国民众的普遍赞誉。

（程对山）

段秀实治军有方

广德元年（763年），为祸大唐帝国七年多的"安史之乱"在唐朝军民的合力抗击中终得平定。当时，天下兵马副元帅郭子仪因平定乱兵功劳甚大，权倾朝野。儿子郭晞为检校尚书领行营节度使，屯兵邠州（今陕西彬县）。郭晞仰仗父权，飞扬跋扈，所带部队军纪败坏。军中士兵随意抢夺财物，捣毁器物，撞杀孕妇。本地官员迫于郭子仪威势，敢怒而不敢言，老百姓怨声载道。

这时候，一位凉州籍官员站了出来，找到邠宁节度使白孝德，请求坚决依法惩治这些乱兵贼党。

这位官员就是唐朝文学家柳宗元在著名散文《段太尉逸事状》中，曾记述过他的事迹的凉州人段秀实。白孝德是一位行事较为谨慎的武官，他同意段秀实的治乱请求，并任命段秀实负责处理。不久，郭晞部下十七名士兵到市场买酒却不付钱，酒翁不答应，他们就杀死了酒翁，并破坏酿酒器具。段秀实闻报，当即下令逮捕这些士兵，并当街予以斩首示众，百姓无不称快叫好。

郭晞军中部将士卒大为震动，大部分人竟然披上铠甲，准备发动兵变。段秀实决定亲自到郭晞军中安抚。他从容不迫地解下佩刀，命跛脚老卒牵马，到了郭晞营中。军士见段秀实来到营中，纷纷拿着兵器上前。段秀实笑道："杀我一个老卒子，何须这么多铠甲勇士?! 我带着我的头来了。"众士卒见状，才不敢轻举妄动。段秀实乘机道："郭尚书难道对不起你们吗？副元帅难道对不起你们吗？为什么要用暴乱来败坏郭家的名声？替我告诉郭尚书，请他出来听我说话。"郭晞出帐，段秀实说道："副元帅功勋盖世，应当善始善终。今天阁下放纵手下恣意作恶，这样做势必引起混乱，影响国家安定。皇上追究下来将罪及副元帅。祸乱起于阁下，人们会说阁下依仗副元帅而不守法，使令尊大人的一世英名毁于一旦，恐怕灾祸就要降临了。"郭晞听后觉得有理，赶紧谢罪："承蒙您用大道理开导我，对我恩情很大，我愿意率领部下听凭您来处置。"即令左右解甲归营。段秀实特意留在郭晞营中吃了晚饭，并要求在郭晞营中过夜。郭晞怕出意外，就带着护兵一直陪在段秀实的身边。次日早晨，二人到白孝德营帐，郭晞谢罪，请求改过，并发誓从此以后严格军纪、管束士卒，不再发生掳掠事件。

之后，马璘接替白孝德兼任邠宁节度使，便上奏请加封段秀实为开府仪同三司。马璘对段秀实极为信服，遇事常常与他商量决断。当时军中有一位能拉开二十四石弓的士兵犯了偷盗罪，马璘想赦免，段秀实说："将军如果对人有了偏爱，法令就不严了，即使韩信、白起再生，也不能治理好。"马璘认为说得对，于是下令处死了那个士兵。马璘决定的事中如有不合理的，段秀实会一直争辩，直到马璘认错改正为止。又过了几年，马璘到泾州修筑城防，段秀实留驻军营。马璘归来后，段秀实因在节度府管理军务勤恳有序被加封为御史中丞。马璘随后奉命移任泾州节度使，军队曾从西域四镇、北庭到中原勤王，在外地频繁调动，因辛苦导致很多人埋怨。刀斧将王童之见人心浮动，阴谋组织叛乱。有人报告了这事，并且说："应严加戒备，他们约定以打更鼓声为号。"段秀实就把打更人招来，假装因打更报时不准确而愤怒地批评他们，然后告诫他们说："每到一更筹码到了的时候，一定要准时前来报告。"打更人每次前来报告，段秀实都命令延长几刻时间。这样一来，四更刚打完天就亮了。军中报时不一致，致使王童之的叛乱难以发动。第二天，报告人又说："今天晚上将烧草料场，约定救火人一起叛乱。"段秀实便号令军士严加戒备。半夜里果然起火，段秀实就派人在军中传令："敢去救火者一律斩首！"王童之住在外边营地里，他请求进来救火，段秀实不答应。第二天即发兵逮捕了王童之，同党十余人一起被斩首示众，段秀实趁势颁布了军令："胆敢推迟迁移的人灭族！"于是部队顺利地按时迁到泾州。当时驻地的仓库储粮不多，外城没有居民，朝廷为此担心，便命令马璘管辖的郑、颍两州来供应泾原军备，命令段秀实留任后方征集粮草。军队不缺钱粮，两州因此太平。马璘嘉奖段秀实功绩，奏请朝廷任命其为行军司马兼都知兵马使。

大历八年（773年），马璘在盐仓与吐蕃交战中失利。马璘被敌军围困，直到傍晚仍未突围出来。泾原兵马使焦令谌等人突围出来，带领败兵争相夺门入城，怕吐蕃追兵将至，就劝段秀实闭城拒守。段秀实严厉责问："主帅还不知道在哪里呢，哪有闭城拒守的道理？当前的任务是攻击敌军，救回主帅，难道你们要苟且偷生吗?！"段秀实又斥责焦令谌等人说："按军法规定，失去大将，部下都得处死。各位忘掉了军法军令吗?！"焦令谌等人一听十分惶恐，跪拜在地，请求段秀实下令去救主帅马璘。于是段秀实派所有城中没有参加过战斗的士兵出城，马璘带领被困士卒趁机突围回城。吐蕃军队不敢贸然再行进攻，最终连夜引兵退去。

这之后段秀实在泾州担任营田副使。有一年秋天，有农民状告泾原兵马使焦令谌抢夺他人土地，自己强占了几十顷租给农民。段秀实还没来得及处理，没料到这年恰逢大旱，田野寸草不生，有农民便将灾情报告给焦令谌。焦令谌蛮不讲理地说："我只知道收入的数量，不知道天有大旱。"催逼田租更急，农民将要饿死，没有谷子偿还，只得去求告段秀实。段秀实写了份判决书，口气十分温和，派人求见并通知焦令谌免去农民田租。没有想到焦令谌大怒，对农民说："我怕姓段的吗？你怎敢去说我的坏话！"就把段秀实写的判决书铺在农民背上，用粗棍子重打二十下，农民被打得奄奄一息，让人扛到段秀实府上。段秀实见农民被打得血肉模糊，不由得潸然泪下道："是我害苦了你！"段秀实马上自己动手取水洗去农民身上的血迹，撕下自己的衣服为他包扎伤口，亲自为他敷上良药，早晚服侍农民吃饭养伤。段秀实把自己所骑的马卖掉，换来谷子代农民偿还焦令谌的田租，还叮嘱农民不要让焦令谌知道。驻扎在邠州的淮西军主帅尹少荣是个刚直不阿的人，闻听此事气愤不已，找到焦令谌破口大骂："你还是人吗？泾州赤地千里，百姓将要饿死，而你却一定要得到租谷，又用粗棍子重打无罪之人。段公是位有仁义讲信用的长者，你却不知敬重。段公只有一匹马，贱卖以后换成谷子交给你，你居然收下，真是不知羞耻！一个人不顾天灾，冒犯长者，重打无罪之人，又收下仁者粮谷，使主人出门没有马骑，你将怎样上对天、下对地？难道不让作为奴仆的人感到羞愧吗？！"焦令谌听了这番话后，才知道田租是段秀实卖马后换来的谷子。再加上其他官员严厉的斥责，他便惭愧悔恨到不能进食的地步，说道："我以后再没有脸面去见段公了！"不消一晚，就自愧而死。

大历十二年（777年）九月，段秀实被正式授任泾州刺史，兼御史大夫，四镇、北庭行军和泾、原、郑、颍节度使。在任三四年间，吐蕃不敢侵犯边关。

（程对山）

智勇双全李抱玉

唐代天宝年间，安禄山与史思明诈称奉密旨讨伐杨国忠，在范阳起兵反唐，很快席卷河北，史称"安史之乱"。唐玄宗诏任李光弼为摄御史大夫，持节河东节度副大使，平定安史之乱。

755年，有一位凉州人名叫安重璋，在李光弼麾下参加了收复常山郡九县之战，因功受到提拔重用。次年，唐肃宗李亨因安重璋作战有功，赐名"抱玉"。后来，安史之乱爆发，安抱玉因耻于与安禄山同姓，便上书唐肃宗，要求改姓。于是，唐肃宗下诏赐姓李，同时准其把户籍迁至京兆，全族都姓李。从此，安抱玉改名为李抱玉。

李抱玉原是唐高祖时期平定凉州的功臣、凉州昭武胡人安修仁的玄孙。唐高祖时曾派部将安兴贵从长安来到凉州，意图说服割据河西的大凉王李轨投降。怎奈李轨不听劝说，安兴贵便和其弟安修仁带领胡兵包围了姑臧城，捉拿了李轨，押解至长安。李轨被唐高祖斩首后，安兴贵功授为右武侯大将军，封凉国公，赐帛万段，食邑六百户。其弟安修仁为左武侯大将军，封申国公，赐给田宅，食邑六百户。安重璋从小就生长在河西边陲，他好骑善射，对军旅生活早就耳濡目染。长大后从军于李光弼部。由于沉毅有谋略，处事忠诚而谨慎，屡建战功，安重璋很快脱颖而出，升任为右羽林大将军。不到两年，安重璋就由右羽林大将军升为持节郑州诸军事兼郑州刺史等职。

在激烈的边关战争中，李抱玉成长为大唐一代名将。

史思明攻陷东都洛阳时，李光弼率军固守河阳（今河南孟州市东南）。当时，朝廷援军还需两天才能抵达，情势极为危急。特别是河阳南城位于军事要冲，若南城固守抗击敌人进攻两日，朝廷援军可望到达。李光弼对李抱玉的毅力和机警是十分了解的，就将驻守南城的重要任务交给了年轻的李抱玉。李光弼召见李抱玉，希望他能率领兵士坚持驻守南城两日。李光弼还直接授意李抱玉，只要坚守两日，如果朝廷援军还没有赶到，李抱玉可率军弃城而去。次日，周挚、安太清、徐黄玉等率大批叛军到达河阳，果然首先进攻南城。李抱玉率领军民浴血奋战，但叛军攻势凶猛，南城危在旦夕。

看到死守已不可能，李抱玉便走上城墙，对叛军将领喊话："我军城中粮食已经耗尽，等收拾清点一下城内物资，明天一定出城投降！"周挚、安太清等叛军首领因打得精疲力竭，听到李抱玉这样说后，喜出望外，收军以等待李抱玉率兵投降。李抱玉则利用这争取来的有限时间，立即动手整顿内部军事防御，调整守城布防措施。李抱玉派一将领率千名士兵组成"敢死队"乘夜潜出，在城外设立埋伏。等天一亮，周挚拥兵前来受降，没有想到李抱玉却"坚壁请战"。周挚自知中了缓兵之计，便率叛军再次发起进攻。已经做好充分准备的李抱玉指挥城上军民奋力抗击，叛军久攻不得。此时，一声炮响，城外埋伏的"敢死队"吼声齐出，向叛军发起猛烈进攻。叛军突见奇兵，阵脚大乱。李抱玉又自城内派出军队向叛军正面掩杀过来，内外夹攻之下，叛军死伤甚众，周挚、安太清等在慌乱中不得不率叛军撤退。后来，李光弼率领大军大败史思明于河阳，并乘胜收复了怀州。李光弼上奏朝廷，河阳一役，李抱玉功居第一。李抱玉因功升任泽州刺史兼御史中丞，封栾城县公。唐代宗即位后，李抱玉兼泽潞州节度使，统相州、卫州和邢州等十一州兵马。

不久，史思明、蔡希德发兵十万进攻太原。当时，李光弼所部精兵都已调往朔方，太原所剩只有河北驻兵五千多人，加上团练之众，也不满万人。面对叛军的强大攻势，诸将都惶惧不安，主张修城自固。李光弼认为，太原城方圆四十里，叛军将至而动工修城，是未见敌军而先使自己陷于困境。于是他率领军民在城外挖掘壕沟，并做了几十万个土坯。等到史思明的大军攻打太原时，他命令将士用土坯修筑营垒，哪里被损，就用土坯补上。史思明派人去山东取攻城器械，以兵三千人护送。李抱玉听从李光弼的调遣，带兵拦击，将其全部歼灭。史思明围攻太原一个多月，竟然攻不下，便选精锐士卒为游兵，进攻城南，再转攻城西，自己则率兵攻城北，而后转攻城东，试图寻找唐军的防守漏洞。然而李光弼治军严整，警戒巡逻无丝毫懈怠，使史思明无机可乘。李光弼又派人挖掘地道，通至城外，叛军在城外叫骂挑战时，冷不防就被唐军拖入地道，拉至城上斩首。叛军被吓得胆战心惊，走路时都低头看地。叛军用云梯和筑土山攻城，唐军便在城下先挖好地道，使其靠近城墙便塌陷。为阻止叛军强行攻城，李光弼还命人在城上安装大炮（抛石器），发射巨石，一发可击毙叛军二十余人。史思明士卒死于飞石之下者不在少数，虽然被迫后退，但围困也愈加严密。为打破叛军围困，李光弼决定诈降，与叛军约期出城投降，暗地里却派人挖掘地道直至叛军军营之下，先以撑木支顶。到约定之日，李光弼派李抱玉率数千人出城伪降。叛军不知有诈，正在调动出营时，突然营中地陷，死伤千余人，敌营顿时一片慌乱。唐军擂鼓呐喊，李抱玉乘机带兵猛烈攻击，歼灭叛军一万多人。

正当太原之战紧张进行时，安禄山被他的儿子安庆绪所杀。安庆绪夺取帝位后，命史思明回守范阳，留蔡希德等继续围困太原。二月，李光弼命令李抱玉等将领率军出击，大破蔡希德军，歼其七万余人，缴获大量军资器械。蔡希德率残兵仓皇逃走，太原之围得以解开。"太原之战"是唐军取得的平息安史之乱的第一次重大胜利。战斗结束后，李抱玉以军功升为右羽林军大将军知军事，迁鸿胪卿员外置同正员，持节郑州诸军事兼郑州刺史，摄御史中丞，领郑州、陈州、颍州和亳州四州节度使。唐代宗即位后，提升他为泽潞节度使，潞州大都督府长史兼御史大夫，加领陈郑二州，兼兵部尚书，封凉国公，进位司徒。

安史之乱使唐朝由盛转衰，国力虚弱。为了讨伐北方叛军，西部的军队大部被撤走调离。吐蕃乘虚深入内地，大举攻唐，占领了陕西凤翔以西、邠州以北的十几个州。是年十月，又占领了奉天 (今陕西乾县)，很快打到长安城下，吓得唐代宗逃到陕州避难。吐蕃军占据长安城十五日后被唐将郭子仪驱逐，撤军退出长安又屯军原 (今宁夏固原)、会 (今宁夏中卫)、成 (今甘肃成县)、渭 (今甘肃陇西) 等地。吐蕃在陇右的进攻势头并未减弱。唐代宗委派李抱玉统兵镇守凤翔。凤翔县古称雍、雍州、雍城，地处关中平原西部，坐落于秦岭、贺山之间，地形复杂多样。境内地势总特征是北面为山、南面为塬、西部为河谷，历为阻挡青陇一带吐蕃入侵的关隘之地。

李抱玉镇守凤翔十几年，加固军事防御设施，增设军事防御防线，劝导吏民勤于种地植桑养蚕，使这一时期的军粮充足，保证了军储后备，从而也有效地制止了吐蕃入侵，使边疆百姓安居乐业，为时人所称道。

(程对山)

西夏重修感通塔

西夏天祐民安三年（1092年）正月十五，西夏国皇帝李乾顺和他的母亲梁太后来到凉州，与凉州吏民共度元宵佳节。朝廷官员大多纳闷，元宵是民间大节，作为一国之君的皇帝和辅政皇太后不在京城兴庆府过节，干吗要到千里之外的凉州去呢？

一打听，原来是凉州护国寺的感通塔重建工程要顺利完工了。凉州圣容寺、护国寺提举（住持），亲自主持重修护国寺感通塔的高僧药乜永铨奏请皇太后、皇帝亲自来到凉州护国寺，主持举办盛大的感通塔开光庆典法事。

药乜永铨是河西高僧，大约于1058年生于河西，其先祖为河西吐蕃或甘州回鹘。出家后曾抵兴庆府随国师白智光学习佛法，兼通梵番文字及佛法经论。后来他回到了凉州，驻锡圣容寺。药乜永铨颇识文字，善解经论，《西夏碑》里称他为"解经和尚"，数年后即被西夏皇室任命为圣容寺提举。"提举"原义为"管理"，宋夏时期设立主管专门事务的职官即以"提举"命名。圣容寺因寺存北魏时创建的"番禾瑞像"，成为西夏皇家寺院。据西夏文《御驾西行烧香歌》记载，西夏仁宗晚期因病重之故，曾专门到圣容寺烧香礼佛。隋唐时期，曾将圣容寺称感通上寺，将大云寺称为感通下寺，故而两寺曾互为属寺。之后，西夏敕大云寺为护国寺，药乜永铨兼任圣容寺和护国寺两寺"提举"。因为圣容寺和护国寺敕封为凉州皇家寺院，寺院住持僧人即为僧官，称为"提举"。

到了西夏第四代皇帝李乾顺即位时，年仅三岁的李乾顺因为年幼，其母梁太后辅政。梁太后是一位能征善战的沙场女帅，她掌权期间曾多次指挥过大的战役并带兵亲征与宋军交战。药乜永铨奉诏到兴庆府拜见皇太后时，曾向太后提及凉州护国寺感通塔显灵的说法，梁太后便常派高僧到凉州向感通塔祈福。据传，凡是被祈祷过的战争总能取得胜利。梁太后大喜，敕赐药乜永铨为行宫三司正、兼圣容寺感通塔两众提举和"律晶赐绯僧"称号。西夏对僧人实行赐衣制度，即以皇帝名义赏赐僧人袈裟。按照规定，三品以上"赐紫"，五品以上"赐绯"。药乜永铨被赐绯色法衣，属于地位较

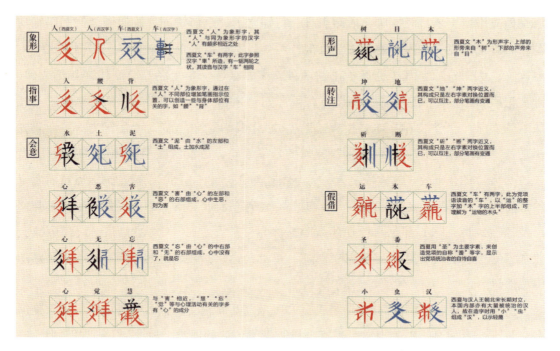

西夏文造字法

高的僧人。《西夏碑》记载，西夏惠帝在位时某次羌兵来犯，是夜雷雨大作，塔现神灯，曾骇退羌兵。西夏邑民对佛塔显灵的传说深信不疑，护国寺的香火越来越旺。

1092年，凉州发生大地震，护国寺佛塔倾斜，药乜永铨到京师奏请朝廷拨款修塔。崇宗李乾顺准奏，下令修复。据传，药乜永铨从兴庆府返回凉州，还未及动工佛塔就自行复原。梁太后一听，大为高兴，敕命护国寺佛塔为"感通塔"，下诏对佛塔重新修建装饰。修建护国寺感通塔就成为西夏举境的一件大事，皇帝特命药乜永铨为"庆寺监修、都大勾当"，主持监修佛塔。"都大勾当"为党项语，为"亲事官"，即指政府部门负责办理某项具体事务者。除药乜永铨外，朝廷还任命大臣梁行者乜、铭赛正曮挨黎以及律晶赐绯僧、卧则罗正兼顶直啰外母罗正卧屈法师同为"庆寺都大勾当"，另有官员三司正右厢孽祖乩介臣埋马等二十多人为负责修建佛塔的"领导小组"。这年六月佛塔修葺工程启动，两年后才完工。完工之后，药乜永铨奏请皇太后、皇帝亲自来到凉州护国寺，于正月十五举办了盛大的感通塔开光庆典法事。

西夏皇太后和皇帝亲抵凉州，举办这样盛大铺张的法事活动，使凉州护国寺感通塔在西夏举境声名日隆。庆典活动当日，特别立了"重修护国寺感通塔碑铭"以纪功德。石碑由西夏文和汉字两种文字雕刻，西夏皇室成员、批浑嵬名遇撰写两种文字内容碑文，大书法家、汉臣张政思书写两种文字并篆额，由十名石匠制作并雕刻成碑。碑文记载了西夏梁太后和崇宗李乾顺莅临凉州，亲自主持护国寺感通塔重修竣工开光法事的盛况。"今二圣临御，述继先烈，文昭武肃，内外大治"，而后极力称颂西夏先祖功德。碑文描述了"西夏辅郡"凉州的繁华景象，"况武威当四冲地，车辙马迹，辐辏交会，日有千数。故憧憧之人，无不瞻礼随喜，无不信也"。盛赞护国寺富丽堂皇的景象，"五彩复焕，金碧增丽。旧物维新，所谓胜利"。落款中还提到了当时参与修塔及监造臣员九名，药乜永铨在落款中被称为"庆寺监修、都大勾当、行宫三司正、兼圣容寺感通塔两众提举、律晶赐绯僧"，可见药乜永铨在当时的凉州有着非常显赫的佛法地位。

重修护国寺感通塔碑高250厘米，宽90厘米，两面刻文，正面刻西夏文，背面刻汉字，是迄今所见最完整、内容最丰富、最有学术价值的西夏碑刻。它是研究名刹大云寺历史沿革，特别是研究西夏语言文字、社会经济、帝后尊号、纪年官制、佛教仪轨、绘画书法艺术的重要资料。"重修护国寺感通塔碑铭"现存武威西夏博物馆。

（程对山）

明代修筑武威城

明代，政府对西北边城武威进行了多次加固与维修。第一次是在洪武年间。朱元璋曾派宋国公冯胜西征，平定武威等河西诸路。不久，冯胜班师回朝，但驻守武威的官兵并没有随大军撤退，而是担负起防守的重任。

清乾隆年间的《五凉全志》记载：明洪武五年（1372年），宋国公冯胜定河西，元凉公乃北遁，胜视凉境空，以兰州等卫官军守御之。由此可知，冯胜与傅友德率军收复凉州后，见凉州守备空虚，便抽调兰州等地的官军驻守武威，对武威实现了有效管控。当时的武威经过连年战乱，再加上蒙古统治者的掠夺，经济十分萧条。冯胜西征后，元朝残余势力仍然不断骚扰河西等地。为防御和打击北元的残余势力，明朝统治者采取一系列举措加以应对，最主要的就是在1376年设置凉州卫，配置军力五千六百人，加强军事防御力量；另外就是加固增修武威城。

至明初，凉州城只剩下隋末李轨修筑的周围十五里的城池。1377年，都指挥濮英开始对凉州城进行规模较大的加固增修。这个濮英是谁？他曾经担任过陕西地方军事长官，率军出甘肃连平元军，俘获北元将领千余人。他平定哈梅里，打通甘肃、陕西商旅之路，是为明王朝初期陕西、甘肃的发展做出了贡献的一位功臣。

濮英在加固增修凉州城时，主要是在隋朝李轨筑的城墙基础上"增高三尺，周减三里许，为十一里一百八十步，厚六尺"。改建后，凉州城保留了原姑臧中的北城，切除了南城，又向西延伸了约一里。由于东西长、南北狭，有凤形，老百姓们也将其叫作凤凰城。

二十多年后，凉州总兵宋晟又对武威城进行了大规模增修。宋晟是定远人，先后镇守凉州长达二十多年，与塞外民族交战无数，战功累累，官至平羌将军、西宁侯。据《明史》记载，宋晟曾因犯法被降为凉州卫指挥使。不久，宋晟讨伐西番叛乱首领，到亦集乃路时，擒获元朝海道千户也先帖木儿、国公吴把都剌赤等人，俘虏和斩杀一万八千人。宋晟将他们的酋长送到京师，挑选出精锐千人补充进军队中，其他人全部放还。宋晟被召回，重新被委任为都指挥，升为右军都督金事，仍镇守凉州。

宋晟增修的凉州城是在旧城原有东南北三门的基础上增开西城门，并修建了东、南、北三大城门楼。南城楼是一座重檐歇山顶、面宽七间、高二层的建筑，上面飞檐翘角宛若展翅欲飞的鲲鹏，给南城楼增添了无限的壮美。每当夜晚人们进入南城门城楼时，还能听到淅淅沥沥、铮铮之声，被称"夜雨打瓦"。但走出城楼站在城墙上仰望夜空，只见明月皎皎，万籁俱寂。那么雨从何来？可能是当初建造城楼时工匠们有意或无意中留下的玄机。南城门楼下有瓮城，城门开在南边。进城时先进瓮城门，再向西一拐有一条很短的街道直通东城门。

传说南城门还装有"分水剑"。南城门正对着祁连山麓下的金塔河，祁连山时常暴发洪水。为防止山洪暴发冲进城中，当初筑城时在南城门安装"分水剑"以分洪水。

北城门楼是一座单檐歇山顶、高三层、面宽七间、四周有廊柱的建筑。北城楼上的通天大柱都是选用完整的木料构建的，厚重宏伟，建筑艺术高超。相传当人们从北

城楼北面格子门的一个窟窿里向北眺望时，民勤的大漠驼队和连绵起伏的红崖山尽收眼底，还可望见百里之外的民勤县城，因此被称作"千里眼"。

西城门当时没修城楼，只是堆了七个土堆，因是按北斗七星的分布形状堆成的，所以名曰"七星剑"。

在修城楼的时候，宋晟还命人修了四座吊桥，挖了深达六米多的壕沟，在城墙四周修建瞭望楼、巡逻铺共三十六座。在北城墙的西边独建一高楼，专门用来眺望远方，警报敌情。

明朝万历年间，甘肃巡抚廖逢节、总督石茂华，又命人用大青砖包砌了土城墙，并增开了集贤门(东小南门)，工程历时两年才正式完工。从1377年都指挥濮英开始加固增修，到1576年总督石茂华用砖包砌城墙，经过近两百年的增修加固，凉州城变得战守有备，成了河西走廊一座名副其实的"固若金汤"的城池。

（齐作峰）

海藏湿地公园

余阙誓死守安庆

安庆自古以来战略位置极其重要，素有"长江万里此咽喉，吴楚分疆第一州"之说。在安庆保卫战的历史上，有一位祖籍武威的忠臣，被誉为元朝第一忠臣，名叫余阙。

余阙，字廷心，一字天心，唐兀氏（党项羌族）人，世代居于河西武威。他的父亲沙剌藏卜，在庐州做官，遂为庐州合肥人。余阙很小就失去了父亲，长大后靠教书来奉养母亲。曾和吴澄的弟子张恒为友，学业日进。后来考中进士，被授同知泗州（治今江苏泗洪等地）事。余阙为政严明，豪绅猾吏都很怕他。州内农业歉收，缺粮的农民不敢向上级如实反映情况。余阙请示中书省批准，凡缺粮的农民可以减免赋税，可以用金钱代替交纳公粮，农民非常高兴。百姓主动凑钱给他送礼，表示感谢，他拒不接受。不久，他被召入朝，为应奉翰林文字，改任刑部主事。他对权贵不阿谀奉承，并向宰相上书揭露权贵的劣迹，宰相不理，乃弃官归里。不久，朝廷又召他修辽、金、宋三史，再次入翰林为修撰，官拜监察御史。后出任湖广行省左右司郎中。广西山路险峻，农民交公粮往往要花费几倍于公粮的代价，余阙便让农民用布帛代交公粮，大大方便了农民。湖南章宣慰给余阙赠送了一盒婆律香，余阙接过香盒一掂，感到很重，怀疑有其他东西，坚辞不受。原来盒内果真藏有黄金。章宣慰叹息说："凡是我送过礼的达官，没有人推辞过。廉洁如冰壶的，只有余公您一个人啊！"之后余阙又被召入朝，为集贤经历，迁翰林待制，又出任浙东道廉访司佥事。当地贪官污吏听到余阙来这里任职，有人吓得自动离职而去。衢州长官燕只吉台杀害过无罪的人，余阙将他逮捕入狱，依法治罪。行台御史与燕只吉台有牵连，便设法给余阙罗织罪名，进行诬告。适逢余阙母亲有病，他便再次辞官回家。

余阙在军务稍暇时，注释《周易》，率诸生在郡学会讲。将士都在门外听课，使他们都能懂得尊君亲上的道理。余阙很注重经学，对《五经》都有撰述。尤其工于诗文，他的弟子将其著述辑为《青阳山房集》五卷。当初危素以文学被征入朝。有人问翰林直学士兼国子祭酒虞集："危素的才学怎么样?"虞集说："危素的才学我不清楚。要说寻求有才学的人,余阙就是一个。"论者问他："你怎么知道余阙的情况?"虞集说："我从余阙的文章中发现他的。"后来事实证明,虞集的话是对的。

余阙后来代理淮西宣慰副使、都元帅府佥事,分兵守安庆。有一年恰逢境内遇到了重大的自然灾害,余阙从他的薪俸中拿出了两百石粮食,每天让人做饭给饥饿者吃。他又向中书省汇报,得钱三万锭,救活了许多人的性命。至正十五年(1355年)夏,暴雨成灾,城中积水如泉涌出,余阙主持救灾,水势平息。秋天获得大丰收,军屯得粮三万斛。余阙考虑到兵士的吃饭问题已经解决,又深挖了没有水的护城壕,增修了城上的女儿墙,城外筑了三道大护城河,城上盖起瞭望楼,加强了城内外的防御设施。

这时候,淮东部分城池都已沦陷,余阙独守安庆,成为江淮的保障。余阙旧日的朋友甘言受起义军委托,前来劝说余阙投降。余阙将甘言拉在外面,用铁链打烂他的牙齿和脸颊,并将其斩首于东门外。

余阙后来又升任左丞,赐二品官的冠服,他愈发勤奋,发誓以死报国。一次,在训练过程中,他把将士集合在旌忠祠下,对他们说："男子活着应该像韦孝宽,死了应该像张巡,不能屈服于那些邪恶势力。"将士听了,都深受鼓舞。

至正十八年(1358年)初,赵普胜、陈友谅、祝寇三支起义军从东、西、南三面围攻安庆城。余阙身先士卒,与最强悍的陈友谅军力战于安庆城西门外,杀敌无数,身受创伤十余处。此时敌军从其他城门攻入安庆城。余阙见大势已去,引刀自刎,坠入清水塘中。这一年他才五十六岁。之后,他的妻室子女也相继投井自尽。余阙治军,号令严明,能与部下同甘共苦。当他有病的时候,将士都向天乞求,恨不能以身代替。余阙看到将士拥戴自己的一片好心,便会勉强穿衣戴冠而出,免得他们担心。每临战斗前沿,左右都会用盾牌替他遮挡,他推开盾牌说："你们也有命,为什么来保护我?"所以人人都愿意以死报国。看到余阙自尽,部下士卒跟随跳河自刎者不计其数。

余阙阵亡后,被追封为豳国公,谥号忠宣,后人称余阙为元代第一忠臣。起义军首领陈友谅敬佩余阙的大义,用重金赎回了他的遗体,将其收棺葬于安庆西门外。明朝建立后,朱元璋为余阙在安庆城内外均建碑立庙,命当地官府在重要节日均要前往祭奠。明朝嘉靖时,又建大观亭来纪念余阙。

(齐作峰)

志满修复大云寺

武威大云寺最早叫宏藏寺，前凉国王张天锡沉迷佛教，把凉州城北一处宫殿旧址施舍出来修建了此寺。630年，玄奘法师西行取经，路过凉州，曾经在这座寺院里住过一个多月。武则天当政时下令在全国广修大云寺，宏藏寺遂改名大云寺。

史书中有关志满的生卒年不详。根据现有资料推算，他大约生活在14世纪，也就是明朝朱元璋统治时期。他是日本净土宗第十一代弟子，因为从小聪颖好学，很小的时候就能诵读《华严经》与《法华经》。日本净土宗传自中国。志满感觉到自己佛学浅薄，在其国内寻法无果后，于明代洪武年间，决定与寺里其他几名净土宗弟子到遥远的明朝寻求佛法。

经过几天的海上漂泊，志满在今天的宁波登陆。因佛教传自西方，志满便告别同伴，决定像高僧玄奘一样向西寻找佛法的真谛。西行的路上，志满走走停停。在进入甘肃地界后，他听说了玄奘法师曾在凉州大云寺驻留后，就想来朝拜这座寺院。

明洪武十五年（1382年），经过长途跋涉，志满终于到达了凉州。而令他没有想到的是，这时候的大云寺内大部分建筑已经毁于元末的战火。明政府收复凉州后，虽然当地百姓有所修复，却没有大的改观，已失去了作为河西佛教圣地的地位。

于是志满决心重新修复这座昔日辉煌的古寺。要复兴庙宇，首先就要努力修炼自身，四方化缘。在这种思想的支配下，志满便开始了他募化重建的历程。

刚开始的时候，志满只是每天从外面捡回来一堆别人拆房或丢弃的废砖，搬到大云寺里。经过不间断地搬运，大云寺墙边堆满了志满从城内大街小巷捡回来的砖块。有个老僧看到后，问志满："小和尚，你这是干吗呢？"志满说："我要修大云寺啊！"老和尚一听："照你这个样子，什么时候才能把寺修起来啊？再说了，修庙还要木材、石料和匠人，光有砖头不行啊！"

志满一想，也是啊，光有砖，没有木材和工匠这可怎么修呢？于是他就把自己要重修大云寺的想法和寺里的僧人说了。僧人们便一边省吃俭用，一边出去化缘，希望化回来些钱财修建大云寺。经过一个月的努力后，大家把化缘的钱集起来一看，并没有多少啊，这样下去该怎么办呢？这一天，志满经过一天的化缘筋疲力尽地回到了大云寺，又是两手空空，怎么才能化到更多的钱财呢？这时候，扔在寺内伙房拐角的石磨盘引起了志满的注意。他突然就有了想法。第二天在凉州城的大街小巷里，老百姓们到处都在传，说城里有一个"怪和尚"，傻乎乎地用草绳拴了一个大石磨盘一边拖着走路，一边在化缘呢。

志满和尚拖着大石磨艰难地行走在大街上，身后还跟满了看热闹的大人小孩。这重达几百斤的石磨盘可不是那么好拉的。他蹒跚地走几步停一停，走几步停一停，累得满头大汗。草绳勒着肩膀很疼，他就换到另一个肩上。几天后，志满的肩膀已经被草绳磨得血肉模糊，旧伤没好，新伤又出。随便上了些草药后，他仍然坚持不懈地天天出去化缘。

一天夜里，已经很晚了，志满才拖着疲惫不堪的身体，回到了大云寺。他走到寺里一座他经常去拜的弥勒佛面前，面对着残破的佛像，忍着肩膀上火辣辣的疼痛，他不断地默念磕头，希望佛祖保佑自己化到更多的钱财，能重修大云寺。因为太累，他竟然迷迷糊糊地就在佛像前的蒲团上睡着了。不知不觉中，志满看到有一个长着黑红色方脸、络腮胡子的人，站在他的面前，向他指了指佛像东面乱瓦堆中的一根柱子。见志满不说话，就又敲敲他的脑袋，然后就不见了。志满猛然惊醒。他连忙翻起身，拿起佛龛上的油灯，走到那根柱子旁，扒开堆在那里的乱瓦。借着灯光，他发现柱子下的砖缝有点大，就试着掀了掀。没想到砖是松动的，他揭开旁边的砖块，发现有个洞。他伸手探了探，摸到里面有个坛子，拿出来一看，竟是满满一坛碎银子。志满高兴极了，赶紧跑起来叫醒了寺里的其他人。大家都很高兴，说起那个黑红色方脸的人，都认为肯定是寺里那口几百年的唐钟显灵了。是钟神被志满的虔心所感动，知道修庙需要钱财，才把庙里藏有银子的事告诉了志满。

钟神显灵的事一传十传百，一时间凉州城内人尽皆知。好多老百姓纷纷议论钟神显灵时，也在议论这个日本和尚在凉州城的四街八巷里化缘修大云寺的事。统管凉州事务的官员们听到后，觉得一个来自异域的和尚都知道修大云寺，我们怎么能把自己祖宗留下来的东西丢下不管不顾呢？于是，官府就召集凉州的名门望族、乡绅，并号召老百姓们有钱的出钱，有力的出力。就这样，志满和凉州当地的官员、百姓们一

大云寺

起在凉州东北隅大云寺的旧址上重新建造了一座金碧辉煌、佛容庄重的大云寺。

除了修复大云寺内主体建筑，志满还请人为大云寺内那口显灵的唐钟修建了钟楼，并主持修建了一座五级佛塔。可惜的是，按照明朝律法，外国人在中国待的时间只有一到两年，因此在大云寺内这座五级佛塔还没有修到塔顶的时候，志满返回日本的时间就差不多到了。志满在大云寺僧众和凉州老百姓的依依不舍中离开了凉州，而这座未完工的佛塔也就此停工。直到大约两百年后的万历年间，凉州副将鲁光祖又捐资将志满留下的这座五级佛塔尚未完工部分进行了续建。完工后，这座佛塔真正成了一座中日人民友好象征的"友谊之塔"。

志满募化重修凉州大云寺的这段事迹，被记载在明天启二年（1622年）的《增修大云寺碑记》中。但在志满募化重修大云寺以后的数百年里，这段往事渐渐地被人遗忘。志满"乞化修寺"才使明代凉州大云寺得以重建，是数百年来中日友好的又一佳话。与唐代鉴真一样，志满也是促进中日友谊的使者，而他的事迹也不应该被历史所忘记！

（三丽霞）

毛忠勇武守甘凉

明朝的时候，古浪有位叫毛忠的名将，他骁勇善战，所向披靡，所到之处敌人无不闻风丧胆，被后世誉为"塞上长城"。

毛忠（1393—1468），字允诚，原名哈喇，蒙古族，扒沙（今古浪县大靖镇）人。毛氏一族，历代从军，战功赫赫。毛忠的曾祖父叫哈喇歹，是元朝时带兵打仗的名将。洪武年间，他带领部队归附了明廷，被封为千户，后来在作战中牺牲。毛忠的祖父叫拜都，一直驻守在新疆哈密一带，牺牲在了哈密战场上。毛忠的父亲叫毛宝，骁勇善战，官至总旗。明永乐年间，因平定了沙州的叛乱，被朝廷封为伍长，并授永昌卫百户。

毛忠继承父亲毛宝的官职时年仅二十岁。他身材高大，膂力过人，善于骑射。永乐十四年（1416年），明成祖北征，毛忠在主帅年宝的指挥下出征宁夏，至贺兰山。后又北征，足迹几乎踏遍多半个国家，杀敌无数，立下了赫赫战功。后来因征讨叛军曲先有功，被升为了永昌副千户。毛忠在战场上英勇无比，多次打败敌人，将敌人首领捕获归来，深得朝廷信赖，后来荣升为指挥同知。因为守边疆有功，毛忠升为同知、都指挥使，并得到皇帝赐姓。

毛忠不仅武功过人，军事指挥才能也十分出众。有个哈密使臣到朝廷觐见，回去的路上被玉门至安西一带的劫匪给绑架了，于是朝廷命令毛忠带兵去救援。毛忠到达哈密使臣被劫之处，并没有直接动用武力征讨，而是同绑匪和谈。他亲自出面，向绑匪头目讲道理、论是非，用仁义之道说服了他们。最后，绑匪不仅心甘情愿地归还了所劫掠的财物，还和气地送哈密使臣回去。同一年，沙州都督喃哥的弟弟伪祁王锁南奔，暗通蒙古瓦剌部，被毛忠利用智谋抓获，同时俘虏了他的手下一千两百余人。毛忠文武兼备，智慧过人，深得朝廷信赖，皇帝十分高兴，赐名"忠"。不久，升任右参军，协守甘州和肃州。

景泰元年（1450年），毛忠遭奸臣陷害，被处以死刑，幸亏明代宗念他功劳卓著，

乌鞘岭明长城

刀下留人。死刑虽然得以免除，但因罪他被降职并发配福建一带戴罪立功，同时朝廷下令甘肃守臣将毛忠的家眷送往京师。后来到明英宗时才又将毛忠召回京城，为他平反昭雪，赐玉带和明甲凤翅盔，官升都督同知，任左副总兵，并命他和西宁侯宋晟一起出征甘凉一带。

明英宗时，镇番一带兵乱频繁，毛忠领兵向敌人发起进攻，三战三捷，大大挫败了敌人的锐气。毛忠论功升为右军左都督。

不久，蒙古哈喇慎部领主孛来带领数万骑兵分几路进攻西宁、庄浪等地，毛忠与总兵卫颖分兵追击，首战告捷，将敌人打得四散逃走。

初步取得胜利，毛忠带领三千骑兵，在凉州十三里铺安营扎寨。一天晚上，突然遭到数万敌兵的四面偷袭。一拨又一拨敌骑兵不断冲来，毛忠率领将士苦苦迎战一昼夜。箭矢几乎都射尽了，但敌人越来越多，包围圈越来越小。毛忠以坚强的意志和超人的胆识，立马当前，冲锋陷阵，并安慰将士们与敌展开殊死搏斗。毛忠的战马所到之处，敌人闻风丧胆，竭力逃窜。毛忠一边杀敌，一边大骂逃跑的敌人。士兵们在他的带领下愈战愈勇。敌人看到无法战胜毛忠，而且毛忠的援军也已赶到，随即败走。毛忠在这场战斗中，杀敌无数，自己竟伤亡很小。

成化年间，宁夏固原有个叫满四的，在石城聚集了数万人准备谋反。明宪宗命右副都御史项忠带兵到固原平叛，同时又命令毛忠率领甘凉军马在石城汇合共同征讨。项忠命毛忠带领甘凉军从木头沟进军。毛忠命令部下："你们听到炮声响起就往前冲，看到烟火举起就往回撤。"次日，毛忠亲自带领两百骑兵向炮架山进攻，杀敌无数，连续攻破七座山峰，特别是夺得了山北、山西两座主峰，为夺取胜利奠定了基础。正当敌人绝望之时，忽然天边升起浓雾，军士们以为哨兵点燃了撤退的烟雾，纷纷后撤。敌人见状，集中优势兵力将毛忠包围，以死决战。毛忠与剩余将士同敌军相持，战到日落。箭射尽了，拾起敌人箭再射；拾的箭也射尽了，还在坚持战斗。不幸的是毛忠最终被流箭射中，为国捐躯，终年七十五岁。

听到毛忠英勇寇敌、为国捐躯的消息，明宪宗不禁落泪。追封毛忠为奉天翊运宣力武臣、特进荣禄大夫、柱国，追赐为伏羌侯，谥号武勇，子孙世袭伯爵。同时，赐以铁券制书。

(李发玉)

达云与松山战役

明代万历年间，凉州卫所兵府张灯结彩，礼乐频响。地方官员鱼贯而入，百姓极为好奇，莫非凉州发生了什么大喜事？

原来，这一天，皇帝的使者带着一道圣旨从京师来到凉州，地方军政人员组织了隆重的欢迎庆典活动。万历皇帝的圣旨不为别事，仅为凉州达府族人主持修撰族谱而颁布的一道诏书。圣旨称：

奉天承运皇帝诏曰：昔者圣王之治天下也，必资威武以安黔黎，未尝专修文而不演武。朕特仿古制，设武职以卫治功，受斯任者，必忠以立身，仁以抚众，知以察微，防奸御侮，几无暇时。能此，则荣及前人，福延后嗣，而身家永昌矣。敬之勿怠。制诰。

皇帝为一家族修谱而特颁圣旨，在凉州当地政府和老百姓中引起巨大震动。达府位于凉州城的南面，今天甘肃省武威一中所在街巷至今仍称达府街。至今仍称达府街。达府主人是谁？有什么功勋竟让当朝皇帝颁下圣旨予以嘉奖？

原来当时达府的主人叫达云，是万历年间武威籍的名将。《明史》把这位达云和麻贵、张臣、杜桐、董一元列为"五大边将"，称达云"为将先登陷阵，所至未尝挫衄，名震西陲，为一时边将之冠"。据《达氏家谱》记载，达氏始祖"名恪纳牙，原籍哈密畏兀城，畏兀儿族人。明洪武初年恪纳牙以护卫和使者身份代父由哈密进贡赴京，成祖嘉奖之，升其试百户，派驻凉州卫带俸赴任，恪纳牙系忠顺王安克帖木儿第三子"。明朝政府任命达云的先祖恪纳牙为凉州卫试百户后，恪纳牙就住在达府巷这里。恪纳牙的儿子叫达里麻答思，为凉州达府的第二世，他承袭父职。之后，达里麻答思就以自己名字的第一个字"达"为姓，这是达云家族姓氏的来历。达云生于明代嘉靖年间。这时候，蒙古土默特部首领俺答汗屡次前往宣府、大同各边军署驻地，请求和中原通贡互市（一种带有政府行为性质的边境贸易）。他的儿子脱脱率十余骑到达宣府宁远堡暗门，大声呼唤让通事官员出来商谈通贡互市事宜。不久，又将明朝叛军朱锦、李宝捉来献给明朝,表示和明朝政府交好的诚恳心意。明政府因前期俺答汗的示好,又迫于俺答汗的威势,不得不开马市于宣府、大同等地。后来因为通贡互市关闭,蒙古部落和中原的战事就频频发生。僻处西陲边关的凉州祁连山一带,便成为抗击蒙古入侵中原的重要军事屏障。达云从小就生活在这样的蒙汉战争环境中,并成长为一代"勇悍饶智略"的明朝边关战士。

达云袭世职后经过十八年的征战,逐渐被提升为庄浪参将,为其日后的发展奠定了基础。1575年,甘肃抚台侯东莱听说达云生性威猛,处事公正而又有决断之才,就传令调庄浪参将达云任"综理互市"一职,即协调管理蒙古和中原通贡互市中出现的问题。达云到任后即宣布明朝廷对通贡互市的恩威方针,并发布号令,严格督查,在中原官民和蒙古头领中都极具震慑力。任满之后,甘肃抚台向朝廷反映了达云任职期间的功绩,朝廷因此升任他为西川防守职事。

有一段时间达云还代任过镇夷游击一职。镇夷为明朝设在甘肃镇的十五个卫所之

松山战役遗址

一，其管辖范围在今酒泉市肃州区下河清乡一带。这里是西北地区极为重要的战事防卫区，也是河套一带的蒙古乱兵入侵中原的必经之路。这些乱兵在这一带经常出没，民怨不断。达云任镇夷游击以来，他根据镇夷地形修筑了长达五里的边墙，有效地抑制了这一带的蒙古敌兵。达云也因为协助参将杨浚"斩获炒胡儿部落功"，获赏银数十两。不久，达云因宁夏兵变而重获起用，被朝廷调往庄浪卫任参将。

后来，蒙古族永邵卜部千余人入侵南川。达云与刘敏宽奉命前去迎战。当时永邵卜部驰入朵尔硖，明军就埋伏于此，达云亲自率领两千多名精兵正面迎战。明蒙两军短兵相接，杀声震天。达云挥臂高喊："我们一定要杀光这些乱兵！"说完身先士卒，冲入敌阵，亲手将之前杀害明朝副将李魁的"虏酋"把都尔哈斩于阵前。南川一役，明军前后共杀敌六百八十余人，那些逃跑到朵尔硖口外的蒙古乱兵又被其他少数民族部落所杀，俘获骆驼、马匹和兵器无数。《明神宗实录》中记载："海虏入犯甘肃，参将达云游击白泽设伏邀击，馘首虏六百七十余级。"这次战役结束后，达云对刘敏宽说："蒙古鞑子遭受重创，一定会伺机报复，我们应该秣马厉兵，以防不测。"果不其然，永邵卜和瓦剌等部一万五千余骑于这一年十月中旬再次入侵西川等地。达云等人采取诱敌深入之计，以"四千之众，当万有五千之夷徼"。共斩敌八百有余，"俘获统来西番二百头，畜数千众"。西川大捷后，青海蒙古各部四散逃窜，逐渐没落，西海从此太平。当时有人称赞达云"决胜于未战之先，料虏于获捷之后，用兵如神""大雪国人之愤恨，再逞中国之威风"。说他是盖世奇才，古代的名将又有几个可以超过他的呢？

平乱之后，朝廷论功行赏，再升达云为署都督同知管事。同年五月，明廷恩准其子达奇勋荫授凉州卫世袭指挥使职。《明史·职官志》载，都督同知为从一品官员，隶属于都督府。而卫指挥使则为正三品官员，隶属于京卫指挥使司。可见，在当时达云父子二人的官职都是很显赫的。

明朝中后期，甘肃一带边境问题尤为严重，其症结在于明蒙双方对祁连山一线的争夺。松山是祁连山的咽喉所在，具有重大的军事价值。明军控制此地，便可以切断西海蒙古与河套蒙古的联系。但是松山为蒙古阿赤兔等部落占据，已经有三十多年了。鉴于这样的情况，田乐和达云等人决定乘湟中大捷之际，发兵收复松山。万历二十六年（1598年）三月，甘肃巡抚田乐、总兵达云和西宁兵备刘敏宽等人出兵驱逐松山蒙古贼寇，收复了松山。

这次战争中，达云不怕艰险，统率大军直捣松巢扒沙一带，将敌军消灭殆尽，只有蒙古部落首领阿赤兔带领剩余的数十人逃跑了。至当年六月，明军全面收复了松山。至此，由田乐和达云领导的两河之众，集七路之师分道进兵，四面围剿，历时半年之久，彻底将占据松山三十余年的阿赤兔等边寇剿灭殆尽，从而改变了"松虏"连连入寇、边警不断的局面。"松山之役"后，三边总督李汶上书请求"修营堡，筑新边"。明朝政府采纳其建议，并令达云具体实施。达云于到达松山后的第二年开始修筑松山城。同年三月至九月，达云带领军民西从泗水堡（今古浪县泗水）汉长城开始，东到景泰县乌兰哈思吉黄河索桥一段，修筑长城约两百里，保障了松山地区的安定。从此，西海和松山及河套之间的蒙古部落不能互通来往，西北战事逐渐减少。达云因恢复松山及创筑松山边城之功升右军都督府左都督，官职由从一品升秩为正一品。

万历二十七年（1599年），达府修族谱时，皇帝因此特别颁布了圣旨，令达云十分感动。在《达氏家谱自序》中，达云就写道："云固愚，亦知世受国恩，图报什切，虽塞上微树，不足言功，误蒙圣恩隆渥，升赉封荫，顾自天表之赐，实为望外之荣，愧竦益深，莫能报称。惟誓矢此躯于疆场已。"叙述了对皇恩浩荡的感恩心情，表达了自己誓死效忠国家的决心。

（程对山）

甘肃名将杨嘉谟

明朝崇祯年间，凉州杨家将的代表人物杨嘉谟在任甘肃镇总兵时，因平定关中农民起义"有功"，被陕西巡按御史特向朝廷幕府呈报请功。也是这个原因，杨嘉谟从此名声大振，而被调任为蓟镇总兵。

明朝九边重镇中，蓟州镇和甘肃镇都具有举足轻重的战略边防意义。崇祯年间举人查继佐曾上书朝廷说："以守之难易论，诸边皆难，而辽东、甘肃尤难。何则？辽东僻处海滨，三面皆敌；甘肃孤悬天末，四面受警也。"同为重要的边关重镇，朝廷为何将凉州将士杨嘉谟从甘肃镇调往蓟镇呢？这还得从一年前蓟辽军事集团中的首领相互攻讦说起，其影响了边境安宁，朝廷遂有"议叙补蓟门总兵"之举。

在这之前是河南唐县人曹文衡任蓟辽总督，山西偏头关人王维城任蓟镇总兵，大太监邓希诏任监视中官。然而，邓希诏与蓟辽总督曹文衡为争抢一把手，相互揭短，互相扯皮。朝廷过问时，蓟镇总兵王维城就替蓟辽总督曹文衡说了几句话，却没料到这邓希诏竟然是崇祯皇帝的人。所以当时兵部给事黄绍杰巡视完蓟辽边关，回京后向皇帝进言，请求重用曹文衡而罢免邓希诏时，崇祯皇帝不仅没有采纳黄绍杰的意见，反而将曹文衡、王维城调往他处闲置起来，重新调杨嘉谟任蓟镇总兵，总领蓟辽边防军务。邓希诏仍留蓟镇军中任监视中官一职。邓希诏原本是皇帝身边的"红人"，经曹文衡等二人去职一事，更在军中建立了他位尊权重的威严，便开始在军中指手画脚，颐指气使，根本没把来自甘肃镇的杨嘉谟放在眼里。诸将虽然看不惯，却也无计可施。

在明朝，太监监军的主要任务就是监视总兵官的行动。如果总兵官不和监军太监搞好关系，就会事事受制，甚至会被罗织罪名密奏到皇帝那里，轻者罢官，重者杀头。反之，如果和监军太监相处得好，沆瀣一气，打胜仗固然可升官封爵，打败仗却也可以谎报战绩而得到封赏。太监监军实为明代弊政，严重制约和打击了边关武将征战杀敌的积极性与主动性。崇祯即位初年，鉴于魏忠贤祸败朝政，就将各镇监军太监全部撤了。后来因为"东林党"为主的文官朝臣陷于门户之争，朝廷军饷入不敷出却又无计可施，崇祯考虑过再用太监一事。当时诸太监在军中多克扣军饷，遇到战事来临自己先逃之夭夭，兵务管理混乱不堪。吏部主事周镳曾极力陈述过太监监军对边疆战事的祸害，崇祯皇帝不仅不听，反而将周镳贬为庶民。杨嘉谟能够于此时被崇祯皇帝任命为蓟镇总兵，反映了崇祯皇帝对他的信任与重视。

杨嘉谟第二次戍守蓟辽边关时，蓟辽前线的战事已经发生了很大的变化。数年前孙承宗、袁崇焕构建的宁锦防线已经被后金军队攻陷，大凌城、锦州城相继失守，明朝名将祖大寿、孔有德、尚可喜、耿仲明、麻登云等先后投降了后金，"宁锦大捷"时的豪壮气象似已荡然无存。和甘肃镇相比，其时蓟州镇已危在旦夕。只是崇祯六年（1633年）后，后金对明朝用兵战线逐渐偏移至旅顺、宣府和大同一带，蓟辽边关战事稍稍变少。杨嘉谟在蓟镇总兵任上的事迹在史料中至今没有发现任何文字记载，让后来那些试图为杨嘉谟作传的人十分头疼。但奇怪的是，蓟辽边关的雾灵山上的一块石头上铭刻了杨嘉谟任蓟镇总兵的一段文字。

雾灵山为燕山主峰，坐落于北京密云和河北兴隆交界之处。山上有一天然花岗岩巨石，因为巨石正面平滑处有明代石刻文字，被当地邑民称之为"大字石"。从这些石刻文字的内容及年代痕迹可以看出，这块碑刻是分三次完成的。明洪武年间，刘伯温首次在石头上题刻了"雾灵山清凉界碑"七个大字。万历年间，蓟辽总督杨兆命李逢时在大字左侧镌刻了九十三个字。之后杨嘉谟又命状元协守在大字右侧镌刻了九十个字，文曰：

崇祯乙亥岁，季春吉旦，镇守蓟镇总兵杨嘉谟、整饬密云兵备高斗光、密云户部郎中王徵俊、监视西协军务张升、巡抚顺天都院张鹏云、监视西协军门邓希诏、总督蓟辽军门丁魁楚。吉家庄守备、黑谷关都司、曹家路游击、状元协守。

这些文字记载的是崇祯八年（1635年）三月初一，杨嘉谟、王徵俊、张升、邓希诏、丁魁楚等众多官员在视察燕山一带长城边防时，登上了久负盛名的雾灵山，看到开国军师刘伯温赐名的巨石，感其风光无限，气势恢宏，遂刻字留念。一块大字石，跨越了洪武帝至崇祯帝之间数百年的峥嵘岁月，反映了蓟辽边关数百年来战火纷飞的史实，几乎涵盖了整个明朝历史。

满族势力日渐强大，皇太极称帝，改国号为"大清"。既而多罗武英郡王阿济格统领八旗十万军队攻打明朝。七月，清兵攻陷昌平，后相继攻下良乡、顺义、宝坻、定兴、安肃、大城、雄县、安州等近畿州县。燕山一带烽烟迷津，战乱频仍，生民流离失所，哀鸿遍野。

遗憾的是，在这些史料典籍中，找不到蓟镇兵马及杨嘉谟参与作战的文字记录，流传下来的《杨氏家谱》也没有杨嘉谟蓟镇总兵任上的事迹描述。考古发现的《杨嘉谟墓志》论及传主在蓟镇总兵任上时，仅有"身亲矢石，躯躯戎马，庶几四十年"的文字，似乎是对杨公一生戎马生涯的概述。不过《杨嘉谟墓志》中倒是清晰地记述了他从蓟镇离任的时间及原因，称"丁丑岁，公忽遭疾，乞骸得允，归里调养"。"公忽遭疾，乞骸得允"，意思是说杨嘉谟因病请求解甲归养。朝廷准奏，于是他离开了蓟镇，回到了凉州老家养病。

杨嘉谟晚年居住凉州，他主持修撰了凉州《杨氏家谱》。崇祯十五年（1642年）五月二十四日，浩气枕戈的明末边关勇将杨嘉谟因病逝于凉州，享年六十六岁。朝廷闻报，准予杨嘉谟之子、固原镇游击将军杨光烈回乡奔丧。处在内忧外患中的崇祯皇帝没有忘记边臣之功，颁旨敕封杨嘉谟为上柱国、光禄大夫。崇祯皇帝特遣进士、翰林院侍读王锡衮从京师来到凉州，宣读敕封谥爵，协助办理了杨嘉谟的丧事，以示厚遇。

（程对山）

民勤义士王扶朱

王扶朱的祖父叫王言，是明代武德将军王刚四世孙，原名王允言，明万历二十二年（1594年），以世袭方式获得百户身份。刚开始通过竞技比赛就被选拔担任了玉泉游击一职，之后调往镇番（今甘肃民勤）代理参将。王言和手下士兵一起打击鞑靼部族的盗掠，清除地方的不安定因素，使镇番保持了长期的稳定局面。

王扶朱的父亲王国靖，字灵台，是民勤历史上投笔从戎的典型人物。万历年间，他连续考取了武举人、武进士。他身材高大，武艺超群，每次带领军队抗击鞑靼劫掠，都能得胜而归，立下了很多战功，后来他升任山西省大同府总兵，掌管征西前将军印玺。王国靖能自制火铳等兵器，杀伤力非常强，在战场上发挥了很大作用。他不仅是一个军事发明家，还是一个军事理论家，他曾根据自己的军事思想，结合实战经验，编写了《阵图》，为民勤地方的长治久安做出了贡献。他曾挑选近万名青壮年，依照兵法把他们按军事单位编队进行对抗、追逐、搏击、骑马障碍跨越等训练，这可以说是民勤最早的民兵组织。这些骑兵队伍曾经到京城参加过比武检阅，万历皇帝检阅后非常高兴，赏赐了很多布匹绸缎，颁发了旌旗，亲笔书写了奖牌，赞扬王国靖是一代名将。

王扶朱，字翊宸，本来按照明朝惯例，他可以直接世袭指挥职务，但他却宁愿凭自己的能力考取功名。明崇祯九年（1636年）王扶朱由县衙举荐参加举人考试，取得第二十八名的功名。崇祯十七年（1644年），李自成的军队攻陷长安（今西安），王扶朱非常愤慨，他在县里到处倡议，准备拉起一队人马要去长安救援，结果县上知事没有答应。长安沦陷，王扶朱强烈的爱国心受到了极大的刺激，对朝廷忠心耿耿的他放声大哭。其后他为恢复大明王朝到处奔走，谁料到还没有什么结果时，明朝廷的气数已尽，崇祯皇帝在煤山自杀，大明江山瞬间易主。王扶朱救援长安的举动虽然就此作罢，当时却获得了武威一带民众很高的评价。清朝建立以后，王扶朱心如死灰，对仕途功名没有了一丁点儿的兴趣。朝廷多次向他发出任职通知，他假装有病，多次谢绝。

为此他写了好几份辞呈，朝廷才答应他的请求。

王扶朱性情孤傲，不喜欢与人交往。他在县城南面两里多的地方修建了一座土台，名字就叫扶朱台，三丈多高，占地一亩多。高台上有八间房屋，房屋各自独立，在高高的墙壁顶端用梯子连在一起，从一间房子进入另一间房子，必须从梯子上过去。有八九年的时间，王扶朱住在房子里，潜心读书、著书，不与外界往来。

之后，王扶朱又在土台旁边建造了怀明楼。怀明楼与扶朱台用活动的木板相连接，人走的时候搭上木板，不用的时候卸去木板。怀明楼与扶朱台高高在上，旁人无法靠近，更谈不上进到里面了。

王扶朱的著作有诗文集《三笑草》《忧违草》。他的诗文特别受欢迎，当时的读书人都要想办法找来一看。清光绪年间，镇番举人傅揆远无意间听到甘泉有一个姓张的读书人收藏了王扶朱的《三笑草》书稿，就想找来一看。傅揆远骑着一头小毛驴，过沙蹚河，昼行夜宿，走走停停，一个多月时间，终于到了甘泉。可是不巧，姓张的读书人出外游玩去了，等了几天也不见人，只能回来。回来的途中，小毛驴由于连续的

民勤瑞安堡

行走，劳累过度，病乏而死。傅揆远就对别人说："走了一趟甘泉，尽管有些劳累，没有看到《三笑草》书稿，又损失了一头小毛驴，但是我的一桩心愿了了，以后再也不必为看不到《三笑草》而牵心了。"

同治六年（1867年），镇番城里发生战乱，怀明楼未能幸免。当时有人看见，一个巨大的火球从天空跌落下来，落到楼里，火光冲天。这场大火一直烧了十多天才熄灭，王扶朱被烧死在楼里。据王氏家人说，王扶朱是夜里死去的。自此以后，房子里每天夜里都会有窸窸窣窣的声响，细细一听，就像是王扶朱在咳嗽，十分吓人。扶朱台的房子就更没人敢去了。

今天民勤县保存的另一本古志书《镇番宜土人情略纪》里有这样一段记载，说县城以南两里多的地方，有一个高高的土台，人们叫它扶朱台。平常又叫作王家台，现在又叫孙家台，是明末举人王扶朱修建的。房子干净干燥，明亮透气，登上高台，进入房间，你会觉得尘世间的一切庸俗杂念全部消失，真是一个特别好的地方。王扶朱没有子嗣，曾领养了他妹妹的儿子孙克明做义子。他死后，孙克明恢复了孙姓，所以王家台又被人叫作孙家台。孙家台上有一棵孤柏，相传就是王扶朱亲自栽植的。

（邱士智）

崇文知县徐思靖

古浪历史上有位响当当的县官，虽然在任短短三年，但是口碑十分了得，他的名字叫徐思靖。

那时候，要想当个县官，必须先得好好读书，考不上个举人什么的，想戴个乌纱帽那是绝对不可能的事。你就是想做个武官，也得中个武举，这是不容置疑的。徐思靖，字哲次，号鹤沙，出生于江南常州府荆溪县。自幼聪慧过人，勤奋好学，在雍正十三年（1735年）中举后，考任内廷教习。

八年以后，徐思靖才被委派到古浪县任知县。

徐思靖骑着毛驴，背着包袱，日夜兼程，从京城出发，整整走了二十六天才到古浪地界。一路上，徐思靖操心最多的是包袱里那枚官印。一枚两寸见方的铜印，一半刻着满文，一半刻着汉文，"古浪县印"四个大字怎么看怎么舒服。他怕丢了，直接用红丝绶带把官印拴在手腕上。做官凭印，做人凭信，有了这官印，人家才认你这个县官，家谱上才能给你上注，不然连光宗耀祖都无从谈起。

毛驴清脆的踏蹄声响彻古浪峡的时候，太阳刚刚升起。徐思靖刚睡醒不久，打了个哈欠，抬眼望去，山高水急，苍松碧野，哗哗的溪水在峡谷流淌。一座古刹若隐若现在半山腰上，浑厚的钟声在山谷间回荡。他不觉精神抖擞，诗兴大发。向路人打听了半天，才知是香林寺，便急忙把毛驴拴到路边的一棵松树上，从包袱里拿出纸笔，奋笔疾书：

路旁土屋香林寺，山梁对面钟声肆。铁柜峰凌万仞高，参差十庙红墙置。

最是山顶一木通，飞云复道难为从。隔山尚有居民住，一片钟声挂晨树。

徐思靖擅长诗文，每到心情好的时候，或者碰到名胜古迹什么，绝不会放弃作诗的机会。在古浪担任知县三年，留下了脍炙人口的《古浪十景诗》：天梯雪霁、鸳池水色、雷峰兴雨、危岩坠险、香林晨钟、石峡涛声、河桥夜月、柏台春暮、漪泉流饮、孤山晚照。

徐思靖是个怪人，用现在的话说，就是有点另类。

他在府衙里蒙头睡了三天，才缓过神来。也不急着升堂，却通知当地名流绅士们开会。名流们自然懂得规矩，大大方方备上见面礼，到府衙会见新来的知县大人。徐大人不紧不慢地打开绅士们送来的见面礼，都是些碎银、玉石、字画、古玩什么的，每个包袱里还没忘记附上一张便条，写着一些诸如恭贺徐大人莅临本县，小民某某奉献薄礼，不成敬意等客套话。

徐大人拿起一张北关烧酒坊苏姓老板写的便条，并点了他的名字。苏老板毕恭毕敬走上前来作揖，心里忐忑不安，担心自己送上的银两太少。不料，徐大人指着便条上一个错别字问他："你们苏府孩童有几个？"苏老板答："大小十多个。"徐大人又问："读私塾的有几个？"答："一个也没有，我们家那些孩子都不喜欢读书，他们喜欢杀猪。"徐大人一脸不悦，又转头问大家："谁家孩子有上私塾的？举举手？"绅士们稀稀拉拉有人举起手。徐思靖又问，全县有几所义学。答，只有一所，在邑之东北廓。

徐大人皱起眉头："你们说说，连你们这些人家的孩子都不上学，可见整个古浪的教育都成了什么样子了！这些见面礼，本官受之有愧啊！统统捐给当地的义学。"

徐大人说着，从官服中掏出一张便条放到案上，说："这是本官上任第一月俸粮，总共四石，提前悉数捐上。以后每年按期捐上，各就本仓领取。学不可以不广，这个义学办不好，本官寝食难安！"

徐大人这一举动，着实感动了在场所有人，大家纷纷慷慨解囊，兴办义学，一时间古浪上下掀起一股兴办义学热潮。

义学，又名义塾，是由私人集资或用地方公共资金筹办的免费供学童求学的学校。那时候，古浪全县只有一所义学。《古浪县志》上记载，这所义学设在"邑之东北廓"，也就是现在的城关一小所在的地方。

接下来的日子，徐思靖坐在轿中，先后走访了黑松驿、土门、大靖等地，被沿线的美景深深打动。他过去常年身居内廷，看到大西北苍松遍布、清泉四溢的美景，不禁诗兴大发。

他一边走，一边吟诗，抒发情怀的同时也不误公事。他在村寨中发现到处是不识字的、辍学的儿童，不觉心痛。

徐思靖回到府衙后急忙开会："仅邑之一所义学，择其勤业者益以膏火，而四乡之士，如黑松、安远则去邑或三四十里，或六七十里；如土门、大靖则相距并七八十里，更百有五六十里，如是而欲其以总角之年，担簦负笈，以从事邑廛城关中难矣！"

在徐思靖的倡导下，各坝绅士和富户纷纷捐助办学。一时间，在土门、大靖、安远、黑松等集镇建起义学四所，聘请有学识有德行的人为师，一所义学一名先生。他倡导义学所遵循的办学宗旨是："其事洒扫应对，其业礼乐诗书，其行孝友睦姻任恤。""盖养之于童稚之，雕琢其天良。"

除了倡导办学，徐思靖还在闲暇时候，轻车简从，亲自到各学堂去授课。"尝于课桑视稼之余，单车简从""示以礼让，诹以课程""授以读书亲师之旨"。

他主张各学校之间，要互相观摩、切磋，交流教学和学习经验，取长补短，"独学无友，则寡闻孤陋"，不交流是不可能造就有用人才的。他以为一个地方的兴盛，全仰仗人才，培养人才则重在办好义学，只有这样才能"士风则盛，雅化之成，未必不基于此也"。

除了办义学，徐思靖还提倡兴办义仓。也就是用众人所集之粮，解决偶然遇到的灾祸。这事徐思靖喊了几年但收效甚微，最后不了了之。倒是在离任前，他为后人干了一件漂亮事，那就是修志。徐思靖崇尚文化，在他任职后的第三年，聘请土门堡人，雍正四年（1726年）举人，前四川省阆中县（今阆中市）知县赵磷，编修了第一部《古浪县志》，于乾隆十四年（1749年）刻印刊行，深得后人称颂。

（李发玉）

孙诏愠怒打宫监

孙诏是清代凉州府武威县第一个进士，也是一位非常有名的循吏。他的父亲孙文炳是一位秀才，人称"孙文学"，在仕途无望后便以教授蒙学为业。

康熙四十一年（1702年），孙诏赴西安参加乡试，一举考中举人。十年后，孙诏又赴京参加会试，考中进士，选为翰林院庶吉士。三年散馆后，孙诏被改任为知县。孙诏性格刚直，对上级不会阿谀奉承，以致在官场中有些人对他多有恶语和诋毁。

有一年冬天，雍正皇帝有事去先帝陵，途经孙诏所在的县境，天空突然下起了鹅毛大雪，雍正只好暂时住在了行宫。大雪下了一夜，早晨一打开门，积雪有几寸厚。按照惯例，宫门内外的清扫工作由宫监负责清扫。但是宫监来自朝廷，气派很大，不仅不清扫，反而向孙诏勒索钱财。孙诏没有答应，所以宫监就叫县内衙役来扫雪。孙诏手持扫帚对宫监说："县官为天子扫雪，难道是什么耻辱事吗？"于是他弯下腰不停地扫。宫监的头儿恼羞成怒，感觉受到了侮辱，便招来了一些宫监竟然想动手殴打孙

文庙状元桥

诏。孙诏让他的衙役逮捕了这位宫监，当场用杖狠狠责打。这时，州府的官员都在行宫内伺候皇帝，听到这件事都怕得发抖，写了奏折呈给皇帝请罪。雍正帝看了奏折愉快地说："这个知县好大的胆量！宫监闹事，就是不能饶恕，交给有关部门治罪。"随后，雍正帝召见了孙诏，一再勉励、安慰他。不久，孙诏升任为宁波知府。

孙诏在任宁波知府时，两浙地区发生了抗交公粮的事情。孙诏下令不准本地举人到北京参加会试，还设置了观风整俗使开展教化。同时，孙诏还到各府学、县学对士子说："你们应当把树立优良的品行道德的观念当作最重要的事，如果你们认为自己是读书的士子可以不关心国税，这就是很大的错误。"他规定，凡是举行会试时，有关部门应当考察当地的公粮纳完了没有，如有拖欠公粮，该地的举人不得参加京师举行的会试。士子们听到这一禁令怨声载道，而孙诏却丝毫不肯让步。后来学使到了宁波，听到孙诏的这种做法后大为赞赏，而且要求在全省范围内实行。这一年，浙江是纳完公粮最早的一个省份。雍正帝对于浙江百姓能很快认识和改正错误感到很满意，于是特准该省举人参加会试。这时候，百姓才恍然大悟，原来孙诏这是为浙江人民办了一件好事啊！

后来，孙诏历任宁绍台道、两浙盐运使和江西按察使等职。孙诏想，朝廷这样重用自己，应当尽力报答，尤其在处理刑事案件时一定要慎重。他曾说："我不能保证不冤枉一个好人，但我至少要做到问心无愧。"雍正十一年（1733年），孙诏升任为湖北布政使，还未上任，就病逝于南昌。

（柴多茂）

张澍发现西夏碑

清代嘉庆年间，武威籍学者张澍在凉州城大云寺发现了一块被史学界称为"天下绝碑"的石碑——西夏碑。

张澍（1776—1847），字伯瀹，号介侯，甘肃武威人。嘉庆四年（1799年）进士，选翰林院庶吉士，历任贵州、四川、江西等地知县，并先后任教于兰州兰山书院、汉中汉南书院。他是清代著名经学家、史学家、金石学家，著有《姓氏寻源》《姓氏辨误》《西夏姓氏录》《续黔书》《蜀典》《养素堂文集》《养素堂诗集》《诸葛忠侯文集》等。他发现西夏碑的大云寺，始名于唐武则天时。武则天信奉佛教，曾令两京及天下诸州俱建大云寺，凉州即把前凉张天锡所建的宏藏寺改建为大云寺。元末，大云寺毁于战火，明洪武时由日本沙门志满募化重建。每至傍晚，寺内传出清越的钟声，与周围景色构成一幅"大云晚钟"美景，为"凉州八景"之一。

这一年秋天，回到家乡的张澍约请同乡挚友郭楷、何承先、张美如等到凉州城东北隅的大云寺游玩。张澍等人一路谈笑，不觉已走到寺院深处。突然，张澍看到眼前有一座四面被砖泥砌封得严严实实的亭子。好端端的亭子为什么要砌封起来呢？张澍好奇地询问寺里的住持，住持悄声细语地说："这是一座碑亭，里面有一块石碑，无人识得上面的字。传说，凡是打开这个封砖的人就会遭到风雹之灾。所以几百年来，没人敢靠近这座亭子半步。"出于好奇的天性和对古碑石刻的特殊偏好，张澍遂向住持提出要找人来打开砌封看个究竟。张澍还并对天发誓，说开封后如有灾祸，全由自己承担，绝不连累别人。在张澍的再三恳请下，住持总算答应了。随着封砖被一点点凿开，一块高大的黑色石碑显露了出来。这就是被史学界称为"天下绝碑"的西夏碑。

西夏碑的发现，令张澍激动不已，在其撰写的《书西夏天祐民安碑后》中写道："此碑自余发之，乃始见于天壤，金石家又增一种奇书矣！"从此，张澍开始了对西夏历史的探索和研究。张澍原本计划编撰一部西夏史，可惜一日和朋友们去城北郊的松涛寺避暑，家人将其"六巨束"草稿误认为废纸烧毁。这给他以沉重打击，从此他不

张澍行书作品

再编写西夏史。直到晚年编纂《凉州府志备考》时，作《西夏纪年》两卷附录于后。同时，还从姓氏的角度对西夏的历史和文化进行了研究，写成《西夏姓氏录》，作为"姓氏五书"之一《辽金元三史姓氏录》的附录。

西夏碑的大部分篇幅讲述了一个神奇的故事，大意是：印度阿育王造塔八万四千奉安舍利，武威郡塔即其数也，自周至晋也有一千余载，中间兴废，经典莫记。前凉张轨修建宫殿，正修在此塔遗址之上。到张天锡时，宫中多现灵瑞，张天赐很诧异。有人告诉他：宫殿修在了阿育王造的故塔基上。张天赐遂舍宫置寺，复建其塔。传至西夏，古塔已倾斜，正要加以修缮，当夜风雨大作，周围的人听到斧凿声，第二天一看，宝塔已直立如初。寺塔也多次显灵，如西羌人攻凉州城时，夜里亦有雷电，在昏暗中，塔上出现神灯，光焰万丈，吓退了敌兵；北宋和西夏交战时，西夏王到寺内祈祷，每战必胜；1092年，凉州大地震，房倒屋塌，人畜伤亡惨重，寺塔严重倾斜，摇摇欲倒，西夏崇宗下令修缮，正在紧锣密鼓准备修复之际，寺塔神奇地自行复位，直立起来。西夏朝野一时大惊，于是皇帝和太后下诏重修寺塔。工程竣工之后，刻石树碑，颂扬寺塔的灵瑞和西夏王朝的功德。

（柴多茂）

凉州画家张美如

咸丰二年（1852年），书画名家和收藏大家蒋宝龄选择了乾隆以来的清代名画家1286人，辑为《墨林今话》18卷。《墨林今话》中所记录的多为江浙一带名画家，而"陇右张玉溪"却赫然收录在这本书中。

张美如，字玉溪，是清代武威著名画家。蒋宝龄曾在《墨林今话》里这样评价张玉溪的画作："工山水，澹远似云林，苍厚似大痴。"这句评语中的"云林"即云林子，是元代大画家倪瓒的号。"大痴"乃大痴道人，为元代大画家黄公望的号。因此在蒋宝龄看来，张美如的书画艺术创作风格介于元代大画家倪瓒与黄公望之间，这样的评价对张美如来说是非常高的。中华民国二十五年（1936年），《中国画家人名大辞典》曾收录了"张美如"的词条。1974年，在商承祚、黄华编纂，香港太平洋图书公司出版的《中国历代书画篆刻家字号索引》中，也对张美如有着高度的评价。

乾隆年间，张美如生于武威。他从小聪明灵慧，除日常读书外，也专攻绘画。青年时期的张美如除准备科举考试外，大部分时间在今武威民勤的苏山书院教书。远离家乡，在苏山书院教书授徒的生活是极为清贫的，张美如依靠授徒的微薄收入奉养双亲。

1807年张美如考中举人。次年，他又考中进士，选为翰林院庶吉士。那时的内阁大学士、六部尚书、军机大臣等高官要员基本出自翰林院，因此，就有"非进士不入翰林，非翰林不入内阁"之说。能进入翰林院，就意味着有更多的机会在京城做官。并非所有进士均有资格进入翰林院，能进入翰林院的只有两种人：一是一甲前三名，即状元、榜眼、探花，可以不参加"朝考"，直接进入翰林院，授予修撰和编修。二是二甲的进士，也就是"赐进士出身"。可见，张美如的才学之高。

其后，张美如在京师为官，授户部主事，后因双亲年老多病需要人照顾，便辞官回到家乡，居于凉州。这次离开京城，张美如在凉州一住就是十三年。当时，"凉州魁杰"张澍也因病从兰州返回家乡凉州，张美如、郭楷、何承先等人与张澍惺惺相惜，多次聚会相谈甚欢。后来张澍离开凉州时还作诗一首，名《惜别曲赠家玉溪孝廉》，赠给张美如。张澍在诗中写下了"鲁恭卓茂果何人？黔南有我甘棠树！君乎尚乃纡青袍，有如鹰隼伏奇毛"的诗句，既表达了诗人为施展抱负而再次"出山"的美好愿望，又抒发了鼓励同乡友人张美如放眼世界、建功立业的深厚感情。

1822年，张美如再次入京做官，这次升官为户部员外郎。但任职仅五年，就因失察捐纳事案被朝廷降职。捐纳，俗称卖官鬻爵，是中国古代政府为弥补财政困难，允许士民向国家捐纳钱粮以取得爵位官职的一种方式。道光年间，安徽发现捐纳职衔者数目不符，查看部文核对时，数目也与户部所留文件数目内容不符，并且没有捐纳者详细情况的册子。凡此种种，均与所列的捐纳情况不符，于是上奏朝廷。道光帝下令户部、刑部严查。数月后，审出户部、国子监等衙门造假办理的经过，从而得知其中虚报有一百多人，从中获取白银数万两。户部员外郎张美如，就因为对这件事失于检查、监督而被降职。这次变故对张美如刺激很大，使他深刻认识到了人性的丑恶和官场的险恶，于是无意再留职京师，便辞官返回家乡，开始了专职从事书院讲学和吟诗作画的生活。

张美如既是诗人，又是书画名家，故被人们称为陇右诗书画"三绝"。其书法作品在地方历史典籍记载中被称为"风流圆润，运笔如行云流水，极其自然"。他的山水画所营造点染的丘壑山水，深受"文人画"影响，笔墨淡远雅致，画面气韵生动，宛如一曲飘绕回旋的优美乐章，至今为收藏家所赏识。

（程对山）

张美如行书作品

豪侠仗义潘挹奎

潘挹奎（1784—1830），字太冲，甘肃武威人，祖籍山东。到其祖先潘治世这一世，因曾代理凉州总兵，就举家迁往武威。到潘挹奎时，其家族已经有数代生活在武威了。潘挹奎的父亲潘炯，于乾隆年间，任陕西城固县教谕。潘挹奎于嘉庆年间中进士，任吏部考功司主事（七品）。在此任上，因为得罪了权贵，年年考核不合格，长久不能升迁，遂务心文学。道光六年（1826年），他自知前途无望，加上父亲病重，便告假离开京城回乡了。直到几年后，应一位新任监督山海关税朋友的邀请，到山海关税科谋了个税差。谁知不出半年，潘挹奎得了一场重病，到京城求医，结果无法医治，年仅45岁就辞世了。

潘挹奎一生豪侠仗义。他做秀才时，曾在肃州（今甘肃酒泉地区）知州季某家里任家庭教师。季某使国库亏空三万两银子，总督将要派人来检查，事情十分紧急。季某没有办法，只好找潘挹奎商量。潘挹奎说这么一点小事，很简单。酒泉地方虽小，暂时从有钱人手中借三万两银子还是能办得到。你先把国库的亏空填上，等事情一过，尽快还给他们就是了。季某说："我为人很一般，在社会人士中也没有较高的威信，这可怎么办呢？"潘挹奎说："我只是个穷书生，家里穷得空有四堵墙壁，再什么财产都没有。但信誉还好，我可以替你去想办法，或许能对你有些帮助。"潘挹奎出去一说，果然立刻就有朋友答应帮忙，几天时间内就将三万两银子凑足让这个季某先上交国库，暂时补上了亏空。总督派来的使者来盘查时数目无误，季某避免了一场大祸，刚打算松口气，可没想到的是这些银子被使者运到省上去了。季某一听着了急，却又没有办法。正在走投无路之时，给潘挹奎借了银子的人听到这消息，对他说："我们相信您，才帮助知州度过暂时的困难，现在事情到了这种地步，是我们事先没有顶料到的。您什么时候做了官，还我们这笔钱好了，我们也不会向知州去要，免得碍了您的面子。"这话一说，令潘挹奎与季某感动不已。

潘挹奎在京城为官时，热心支持陇上教育事业，凡是进京赶考的河西学子都得到过他的资助，甚至提供住所，人称"潘歇家"。武威每科到北京参加会试的有一百多人，发榜后往往还要留下十多人。潘挹奎请这些人在他家住宿和吃饭，饭食都很丰盛，而他自己和全家人都吃得很简单。他每天早晨去吏部办公，下班后和同人们谈论文艺，规定课程，督促他们作文，不让浪费一点时间。有时这些人想去住旅馆，他出钱包房间；这些人不愿住了，再去到他家食宿，他一切照常供应。而他自己却是经济拮据，没有一文多余的钱。潘挹奎和大学问家张澍虽是同乡，但他们过去并不熟识；潘挹奎在吏部做官时，张澍在武威料理完父亲的丧事，其后进京补官时，两人相见握手言欢，好像早就是老朋友了。张澍有什么事，总要找潘挹奎商量，而他总要帮助谋划好才罢休；张澍有什么要办的具体事务，也总是请潘挹奎帮忙，而他不顾吃饭睡觉，不管天冷天热，直到办妥才放心。张澍被任命为江西永新县知县，赴任时，潘挹奎把他送到长辛店，晚上睡在一起，畅谈了一夜。次日天亮，潘挹奎看着张澍上了车，才依依告别。张澍上任三个月以后，潘挹奎给他寄赠了四首诗，劝他要把过于刚直的脾气改一改，不要老是硬碰硬。还是在京城的时候，一次，潘挹奎和张澍两人正在一起吃酒，潘挹奎忽然长叹了一声。张澍问："你有什么事不高兴？"潘挹奎说："从你的才能来讲，你著书可以传世；从你刚直不阿的脾气来讲，你很不适宜为官。"张澍："我自从进入政界，就处处感到不协调，这我是知道的。即使著了书，难道不会招来诽谤吗？"潘挹奎说："不然，你的经学诸书我没有全部读完，《姓氏五书》我只读了《寻源》《辨误》二种，你对经学、史学融会贯通，这在以前还没有人这样做过。"张澍说："我从小就有一种抱负，我觉得做一个文人是可耻的，做一个官吏可能会有所建树，我希望自己能跟在古代的循吏后面，做一个当代的循吏。"潘挹奎听了哈哈大笑："你的性格方而不圆，上级有点什么不对的地方，你立即表现在面色上，还直言不讳地讲了出来。人家都在想方设法毁伤你，你的宏图大志怎么能实现？即如方葆岩、那绎堂、蒋砺堂，他们在当今号称好总督，而你还屡次上书责备，揭人家的短处。只有方葆岩爱听你的话，认为你心直口快；而蒋、那都对你生气，更何况他人。"张澍说："确实如此，我已经认识到了自己的过错。"

潘挹奎是一位诗人兼散文家，他一生著述甚丰，现仅有《燕京杂咏》《文集》《武威耆旧传》存世。在辞别京城回家后闲居的几年，潘挹奎著诗甚众，善用竹枝体写诗，辑京城风物类诗一百首，取名《燕京百咏》。《燕京杂咏》共收五言律诗一百首，每首诗均有小序。这些诗"鉴古劝今，得风人之旨""诸小序考据详明，言简意赅"。内容重在歌咏北京的文物名胜，诸如寺庙建筑、名园故宅，多有考据，富有掌故知识。但是潘挹奎很少直接描写里巷的市井生活，对于一般吃食和民俗等，亦少记载。因此这部竹枝词与同类书相比，似无显著的特色。他对于先朝的人物深怀敬意，如写《于少保祠》，指出明代英雄于谦的祠，在崇文门内西裱褙胡同于谦的故宅内。堂中塑有于谦像，道光时祠已废，仅留下一座福德土地祠，即其原址。诗曰："故宅崇门敞，荒初古木森，事同晋立围，谋黜宋和金。社稷还先帝，天人鉴此心，夺门功罪定，千载泪沾襟。"关于白云观，潘挹奎是这样写的："神仙燕九集，见道似师希，殿宇辉金碧，牲牢谢杀机。白云送来往，元庙认依稀，一钵容如许，何为贱羽衣。"从中可见当年香火之盛。一首题为《丰台》的诗指出那里的居民多以艺花为业："叶叶复花花，临风烂若霞，色香成世界，烟雨足生涯，小住春如梦，重游鬓欲华，田间臣独惯，岁岁念桑麻。"潘挹奎当官不如意，于是羡慕起田园生活来。但有趣的是，他如实地记载

雪后美景

了当年京郊丰台一带是为京城人民生活服务的，那里有着传统的养花手艺。《查楼》，即写今之广和剧场："查氏楼名著，楼今署广和，管弦招胜侣，燕赵发悲歌。自昔环台榭，频年艳绮罗，登场看仔细，载酒漫经过。"这些更接近一般市民的生活，写出当年"查楼"之盛，当然借此亦抒发了个人的感慨。

写风景名胜的，还有《响闸》《四川营》等诗。前者写出当时北城风景是相当宜人的。德胜门月桥东的响闸，道光时名澄清闸。《四川营》传为四川石砫女帅秦良玉屯兵之所，营在虎坊桥西迤北，诗曰："纵横行万里，为一决雄雌。紫禁屯兵处，红颜转战时。男儿谁骥尾，将略此峨嵋。老树年年发，槎枒见义旗。"这为研究一代女杰提供了史料。

《文集》抄本一册，是潘挹奎的古文集，文学界认为其成就在诗歌之上，其中有的作品具有鲜明的民主思想，艺术上臻于上乘，如《荷迦者说》。

潘挹奎著的《武威耆旧传》属传记文学。他留意家乡文献及乡贤事迹的搜集，为清初到嘉庆间武威的六十位名人立了传，栩栩如生地塑造了一系列人物形象。潘的友人牛鉴为《燕京百咏》写序时说："发潜阐幽，无非善善欲长之意。而笔力雄健，得史迁、班令三味，往往以极琐碎细事传其人之生平，精神跃然于褚墨间。"除《武威耆旧传》是张澍出钱为他刻印的以外，其余都没有刊行，身后遗稿散失不少。在他留下来的书稿中，《燕京杂咏》《文集》两种，曾在武威李氏古槐堂珍藏，中华人民共和国成立后，李鼎文将此二书稿本赠给了甘肃省图书馆。

（齐作峰）

牛鉴河南治水患

牛鉴，是清代凉州名士，清朝两任帝师、朝阁重臣，后来因代表清政府同英国签订《南京条约》而饱受史学家批评与指责。但是，很少有人知道，他在做河南巡抚时曾因治理水灾，在当时河南老百姓的心目中却是一位令他们念念不忘的"大恩人"。

乾隆五十年（1785年），牛鉴出生于武威县城龙门街附近的普通人家。他幼年入私塾求学，用力甚勤，颇有学名。1812年，甘肃学政将牛鉴评为优等，成为"优贡生"，上报朝廷拟录出仕。第二年，牛鉴入西安举院参加乡试。九月初，乡试开榜，牛鉴中举。陕西巡抚、学政特置"鹿鸣宴"礼贺牛鉴。

道光十九年（1839年），牛鉴转调为河南巡抚。河南地处中原，地理条件和气候条件十分复杂，尤其到了近代，受政治、经济、社会等多种因素的影响，河南水灾频繁，是全国的重灾区之一。在赴任河南前，道光帝曾六次召见牛鉴，说："朝廷大臣有人推荐你，我知道你可用，所以用了你。你把官当好了，那我就算是知人善任。否则就是我不知人，过失在我。"牛鉴一到河南，就把治理水灾当成巡抚政务活动中的头等大事。河南武陟县沁河南北两岸堤坝与拦黄堤坝毗连，是防沁河和黄河水患的主要工程。由于年久失修，堤岸多残缺。牛鉴到任后，亲自找到管理河道的官员商议筹款兴筑，反复勘察核实应施工地段及所需工料数目，并将历年征派办法改为从历年所扣存的银两内支付，减轻了老百姓的负担。又上书纠正了为保证漕运将卫河民渠封闭不准灌田的陈例，改为按水量多少随时启闭。这样，既疏通了漕运，又便利了农田灌溉。

有一年，河南开封府祥符三十一堡黄河决口，大水直接冲向河南省城开封。《汴梁水灾纪略》就记载了这场可怕的水灾：发洪水时正值夜晚，在城楼上向下一望，月光照耀下，洪水水势如滚雪球般，一泻千里。河南巡抚牛鉴在决口处指挥疏通。不久，大水冲垮南门，城内被淹，巡抚衙门内的积水已经有八九尺高了。开封官民奋力堵塞了南门。牛鉴急忙向朝廷告急，上了《现在堵御情形》奏折。牛鉴乘着小船，被送到西城墙下，然后由守城官兵吊上城头。当时的难民因为害怕，哭声震天动地，上述

《纪略》中还记载"巡抚且泣且慰，百姓如获父母，簇拥不去""巡抚派兵分驻五城"，全面抗灾。曹门绅士献"六事策""颇为巡抚嘉纳"。当夜，牛鉴在关帝庙祈祷，写出一份感动全国的著名祭文，"如以为在劫难逃，则鉴惟有吁恳天恩，身先受罚，或遭雷击，或遭瘟疫，或发狂疾自捆，或自刎，或自缢，或子孙殃折，以冀稍回天怒，于民灾十分之中减轻二三"。道光帝看到河南民间传抄的这份祭文后，激动得热泪盈眶。抄读祭文时，满城百姓边抄边被祭文感动得大哭。

牛鉴果断采取有效措施，全力抗灾救民，大受乡民拥戴。牛鉴派人向难民投放大饼等食物，还动员大户制作馍馍向南城一带的难民散发。牛鉴写了《为劝谕激发天良免遭劫数事》的安民告示，遍贴全城。要求难民乘筏子集中到贡院干燥地带，开施粥厂，维持民生。牛鉴还严惩了弄虚作假的把总孙浩和河营参将邱广玉，派出各门负责防御人。牛鉴向道光帝呈上《力筹修守抚恤事宜》奏折，表明"城之存亡，即臣之存亡"的保卫开封的决心。道光帝发圣旨要求牛鉴"设法疏浚积水，守护城池"。至此，水淹开封已逾八日，而城犹在。百姓传说，那是因为巡抚牛鉴二十日来连夜祝祷精诚所至，感动了天神。

由于水势较大，最终大水冲毁了西北城墙数丈，情势十分危急，牛鉴带领文武官员和无数百姓，一夜不歇，投砖堵水。为此，牛鉴食宿都在城头最危险的西北角，没有下过城楼。次日，西北城墙再次被大水冲垮一百多丈，牛鉴在城头指挥官吏和百姓抢堵缺口。十九日酉时，西北城墙又被冲垮七八丈，牛鉴率民抢堵，至亥时才堵住。《汴梁水灾纪略》载："是夕，巡抚牛鉴饬令各街门首悬灯，以防不测。灯光照耀，不异元夜，然人心惶惶，境遇顿殊。"第二天又是大雨，晚上二更时，西北城墙忽然塌陷五丈多，大水直接入城，百姓纷纷逃往城头。当时，牛鉴正在草棚处理公务未睡。危急关头，牛鉴光着脚跑出来，手持令箭，望着塌陷的缺口，对着天空替百姓磕头求援，弄得满头是泥，他却不顾不管，口中不停地呼喊："皇天在上，请救救黎民百姓！救救黎民百姓！"城中富户纷纷带了家眷，开动船和筏子，准备逃命。满族举人札清阿立在城头大呼："巡抚大人在此，有令箭，船只如不返回，定以军法从事。"那些富人的船只才总算不敢动了。牛鉴在城头大声疾呼，呼吁老百姓组织抢险队伍。他还采取有偿招募的措施，开封各族百姓近千人，奋臂而起，发誓不受钱财，扛土背石，无不争先恐后抢险救灾。幸好老百姓踊跃抗灾，众志成城，不久塌陷的缺口就被加固好了。

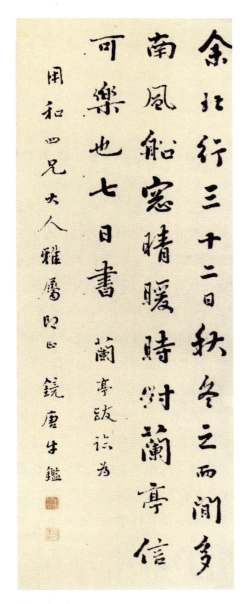

余北行三十二日秋冬之西间多
南风船窗精暖时对兰亭信
可乐也七日书 兰亭政误为
用和四兄大人雅属即正
镜唐牛鑑

牛鉴行书作品

开封百姓在牛鉴指挥下，一天之内，四次奋勇堵塞，战胜了大水。

直到二十四日，河水大落，巡抚牛鉴才下城休息，这是自十七日发洪水开始牛鉴第一次走下城墙。水灾平息，牛鉴向道光帝上《体察现在情形，大局无碍》的奏折。二十六日，钦差大臣王鼎到了开封，开封人民见到朝廷钦差大臣，纷纷感言巡抚之恩。有老叟十数人跪而哭诉，全赖牛大人及绅民昼夜督工，开封官民才得以平安。在牛鉴的坚持下，守城总共达六十多天最后终于战胜洪水，保住了省城开封。牛鉴升任河南巡抚期间，除整治洪水外，还整顿吏治，严格对各级官吏进行考察。特别关心百姓疾苦，扶持贫困地区，兴办教育事业，严禁官绅贪占教育经费。《清史稿》称牛鉴"整顿吏治，停分发，止摊捐；筹银二十万两，津贴瘠累十五县；筑沁河堤，濬卫河：甚有政声"。

道光二十一年（1841年）九月初五日，牛鉴调任两江总督。开封地区的士绅和百姓，听到牛鉴要调走的消息，星夜上书，请求留任。临行前一天，有上千人守在巡抚门前，哭求挽留，彻夜不散。牛鉴只好绕道而行，但沿途跪送的人仍不绝于途，钦差大臣、河东河道总督王鼎说："百姓对于抚军的离去，感觉就像孩子失去母亲一般痛哭流涕！"由此足见，牛鉴在河南巡抚任内，给人民办了许多好事，使当地百姓念念不忘。

（程对山）

李铭汉父子逸事

清嘉庆十三年（1808年），李铭汉生于武威。李铭汉的祖先原来居住在宁夏卫门城驿，明朝末年迁居凉州卫。

十岁的李铭汉第一天进入私塾，比在座的同学都要年龄大，也正是这一份成熟，让他与众不同。他学习十分刻苦，遇到不明白的地方，喜欢打破砂锅问到底，逐字逐句地问个究竟，"音训声义之未谛者，必再三询究，不得解不止"。与现在不一样，这在当时可不是一种优良品质，因此教书先生也嫌他烦，认为李铭汉是一个没有悟性的笨蛋，将来也不会有什么出息。李铭汉二十四岁时才第一次参加乡试，结果以失败告终，仿佛印证了老师的想法。可乡试失败后，李铭汉没有被挫折压倒，反而激发出他更大的学习激情，他愈加努力地致力于学问。同乡有一个叫尹世阿的，自江西罢官回家，其家中藏书多达十万卷，李铭汉经常去尹家借书阅读，向尹世阿请教。尹世阿见他态度诚恳，求学心切，便也乐意为李铭汉提供书籍、答疑解惑。一个午后，做完农活的李铭汉又急迫地跑到尹家，想在天黑前再读一点书。此时，尹世阿正在堂上品茶读书，看着看着竟悄然入睡。李铭汉走到堂前，见尹世阿手捧书卷，以为恩人正在苦读，便上前问好，不承想却打扰了尹世阿的清梦。被吵醒的尹世阿很生气，怒问对方，读书是为了做什么，有什么志向。李铭汉却未听出其怒意，认真答道："实事求是。"尹世阿听罢怒气全消，并称赞李铭汉是"真正读书的种子"。

二十七岁那年，李铭汉到陕西参加甲午科秋试，并拜见了同乡、大学者张澍。当时张澍正在编写《诸葛忠武侯文集》，见李铭汉勤奋好学，于是收在门下授业，并让其参与《诸葛忠武侯文集》及《蜀典》等书籍的校对。这天张澍收到老友陈世镕的来信，信上询问张澍近况，告知张澍自己将要被调往古浪任职的消息，并表示特别关心张澍作品的编撰情况。张澍便说起李铭汉。缺乏人力的陈世镕当即回信把三十二岁的李铭汉招到县署。李铭汉在陈世镕手下，深受教益。

经过长达三十年的不断钻研学习，李铭汉大器晚成，终于成了一名博通经史、才华出众的学者。他涉猎广泛，对于天文、算术、舆地、农兵、音韵、训诂之学都有研究。也许是老天不公，他在科举道路上走得十分艰难。他一生参加了八次乡试，都不得中，直到四十二岁才考了个副贡生。

李铭汉晚年主讲凉州雍凉书院、甘州甘泉书院，致力于教授生徒，著书立说，有《续通鉴纪事本末》《日知斋诗稿》等著作，尤以《续通鉴纪事本末》最为著名。

李铭汉的儿子叫李于锴，字叔坚。他天资聪慧，十四岁成为秀才，二十一岁时考中举人。光绪二十年（1894年），李于锴赴京参加会试。适值中日甲午战争爆发，他与时任都察院福建道监察御史的甘肃秦安人安维峻过从甚密，共同密切关注战争风云，忧心如焚，这些都反映在其《过夏日记》中。他还多次为安维峻及主战派大臣杨颐、董福祥代撰奏疏函稿，条陈抗敌、除奸、备战诸事，现存安维峻《谏垣存稿》中，有六篇是由他代撰的。次年一月，北洋舰队全军覆没。三月二十二日，李鸿章代表清廷签订了丧权辱国的《马关条约》。消息传来，举国愤怒。各省会试举人云集北京，进行

李铭汉故居

集会活动，提出拒签和约、迁都抗战、变法图强三项主张。光绪二十一年（1895年），康有为率同梁启超等数千名举人联名上书光绪皇帝，反对清政府签订丧权辱国的《马关条约》。这一运动被认为是维新派登上历史舞台的标志，也被认为是中国群众的政治运动的开端，这就是著名的"公车上书"。在康有为起草的上书署名的十六省应试举人中，就有甘肃举人李于锴的名字。他们还联名书写了《甘肃举人呈清政府废除马关条约文》，这个呈文，也是由李于锴领衔起草的。文章表达了反对赔款、反对割地、反对掠夺的鲜明观点，成为甘肃近代史上一篇重要的文献，闪烁着反帝爱国的思想光辉。

晚清吏治腐败，官场黑暗。李于锴在光绪二十四年（1898年）为官山东，历任三县一府，共十四年，从政期间他政绩卓然、蜚声远近，有"贤太守"之誉。他曾两次任蓬莱知县，第二次任职蓬莱时，正值清政府废科举，兴学校，李于锴创办了蓬莱学堂。在沂州任知府时，他决定开采凤凰蛋老屯煤矿，先后投公私资金白银两万余两。经过一段时间的试开采，终于取得成功，解决了沂州几十万户老百姓的燃料之难。后来他还用煤矿所得利润兴办了学校等，不向百姓收取任何钱财。他在泰安任上清理积案，捐资修堤，减少了水患的发生。在蓬莱任上李于锴还发展海运，平抑粮价，在当地官吏百姓间声望较高。民国二年（1913年），李于锴由山东返里，从此不再出仕。

（张颐洋）

镇番才子卢生薰

"谢家一门三知县，卢家拿了翰林院。惟有马虎不成材，襄阳府里做道台。"这是广泛流传在民勤县的一首妇孺皆知的民谣。为民勤赢得这一千载盛誉的，就是被誉为"第一翰林"的卢生薰。民勤方志学家谢广恩在《镇番遗事历鉴》中写过一段话，大概意思是，民勤人凡是说到文，必定"以卢氏生薰为最"；说到武，必定"推马公昭为巨魁"。为何这么说呢？这是因为卢生薰是民勤有史以来的"第一翰林"，而马昭则是民勤历史上的"第一将军"。

卢生薰，字文馥，号月湄，镇番（今甘肃民勤）人。他天资聪颖，五岁开始，就由他的父亲和兄长教着读书识字。他博闻强记，过目成诵。六七岁时就能联句作对，出口成章，八岁时就能写出像样的文章了。一次跟他的父亲到大哥二哥躬身务育的小菜园辅助劳动时，他的父亲见麻叶分五瓣，即兴出上联"路旁麻叶伸手要啥"，要他接对下联；他瞧见花椒开绽，随口对道"园内花椒睁眼望谁"。他的父亲和两位兄长非常高兴，惊叹他小小年纪才华不凡，对他慰勉有加。平日里，塾师时常面试联句，他均能随口应对，佳句连连，传到乡里，名盛一时，大家都赞誉他是个"神童"。

八岁那年端阳节，三嫂忙着在堂前端献粽子，他贪馋向三嫂要粽子吃。三嫂有意考他，要他对句，信口出了个五五上联："五月五日五叔堂前要五粽五谷六味。"答应他如果能立即对出，就给他五个粽子，对不上的话就不给粽子吃。他略加思索，随即对出了三三下联，笑着对道："三更三点三哥床上教三嫂三从四德。"三嫂羞红了脸，只得愿赌服输，给了他五个粽子，一时在乡里传为趣对佳话。

卢生薰敏而好学，康熙年间，考中了副贡生（副榜）第一名。雍正年间，又考中了举人，名列中式第十三名。他意气风发，又于同年高中进士，会试名列第十七名，殿试名列第二甲第五十四名，被雍正皇帝钦点为翰林院庶吉士。后来，皇帝派出的川陕使者到陕、甘两省视察，发现卢氏兄弟生华、生莲、生薰、生茭在会试中都名列前茅，名震河西，特加奖赏。主考官在卢氏兄弟考卷上总批道："人在长城以外，文居诸夏之先，历阅诸名作，令人作武陵桃源之想，其文章动人如此。"当时，民勤仅开设小学，因为卢生薰兄弟名声大噪，第二年，使者和学政奏请皇帝，特开大学。从此，民勤科举考试中往往人才辈出，赢得了"人在长城以外，文居诸夏之先"的美誉。

雍正二年（1724年）夏季的一天，卢生薰正在翰林院的课馆里专心致志地修缮馆课。不料雍正穿着便服突然来到馆里，站在他的背后，检视他的举动和室内陈设等，发现他的对面放着一个柳条篮子，就问："篮子里放着啥？"他漫不经心，殊不成礼地边作业边答道："是东西。"侍从者驱前怒报："圣驾到，是陛下在问话。"他这才从容地离席下跪请罪。雍正又问："为啥不放南北？"他随口答道："南方丙丁火，放火必烧；北方壬癸水，放水必漏。东方甲乙木，西方庚辛金，只有木和金篮子才能盛着。"当场引得侍从者转怒为笑，雍正皇帝龙颜大悦，笑道："真是个嘴巧舌辩的翰林。"他仍然从容再拜而奏："谢过腹大量宽的天子。"一时在宫廷中传为佳话。

雍正二年（1724年）十月初十日，卢生薰因为得病，在翰林院英年早逝，年仅三十六岁。第二年，皇帝颁布圣旨，朝廷派了十二名人员、马两匹、车一辆，护送他的灵柩到达民勤，礼部撰写了回籍入城治丧咨文。二月初八日，卢生薰灵柩回到民勤。四月初六日，在他父亲的墓旁，开了新茔安葬。人们都为之痛惜，感叹"倾泰山梁木之悲"。

（邱士智）

林则徐武威留墨

林则徐是清朝晚期的政治家、思想家和诗人，因主张严禁鸦片，实施"虎门销烟"，被誉为"民族英雄"。

小时候的林则徐是一个十足的"学霸"，他自幼跟随执教私塾的父亲学习，科举之路顺遂。林则徐学贯中西，曾组织幕僚翻译西方报刊和书籍。

林则徐一生力抗西方入侵，但对于西方的文化、科技和贸易则持开放态度，主张学其优而用之，是"师夷长技以制夷"的先驱，被誉为"近代中国开眼看世界第一人"。

林则徐抗英有功，却遭投降派诬陷，被道光皇帝革职，"从重发往新疆伊犁，效力赎罪"。他忍辱负重，于道光二十一年（1841年）七月踏上戍途。

在发配新疆伊犁的途中，林则徐曾到过西安、兰州、武威等地。"苟利国家生死以，岂因祸福避趋之"的著名诗句，就是林则徐在西安与妻子告别的时候所写。

行走了整整一年，林则徐一行才到达武威，进入天祝境内，夜宿乌鞘岭山脚下民房，早晨便开始攀登乌鞘岭。乌鞘岭给林则徐最深的感受，应该是"冷"，作为一个南方人，哪里遭受过如此寒冷？乌鞘岭虽然不甚险峻，但地气甚寒。林则徐带着他的二子林聪彝、三子林拱枢，还有十几个脚夫艰难行进。当时有大车七辆，车上拉着二十多箱书籍，果然是"孔夫子搬家——尽是书"。林则徐虽然身上穿着皮衣，但还是感觉寒风刺骨。

到了黄昏时分，林则徐一行抵达了黑松驿。在这里，林则徐受到了"超级粉丝"古浪知县陈世镕迎接。陈世镕非常仰慕林则徐，道光二十二年（1842年）八月十一日已探知到了林则徐的动向，十二日就在离古浪城几十里的黑松驿迎候。林、陈相见，互致问候，短暂钱迎后，陈世镕请林则徐换乘暖车。两人同车抵达古浪县衙，一夜不眠，谈诗论文，兴致甚高。当夜，陈世镕为林则徐题写了《题林少穆制军关陇访碑图》和《题林少穆制军边城伴月图》二诗。

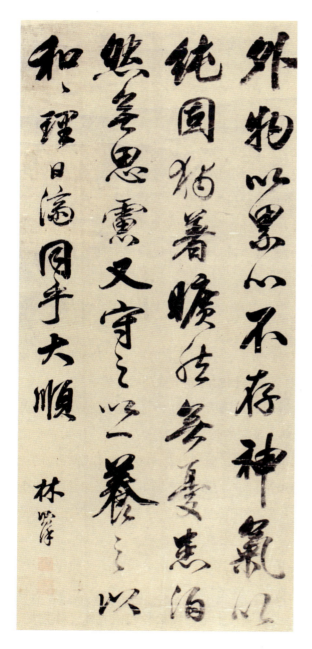

林则徐行书作品

八月十四日，林则徐到达了凉州。在这里，他受到了第二位"超级粉丝"郭柏荫的接待。郭柏荫时任甘凉道道台，是林则徐的同乡后辈。林则徐遂应邀住甘凉道署中，并在此重新整理了行装，换雇了大车。

八月十五日，恰逢中秋佳节，郭柏荫组织官绅，与林则徐共度节日。当晚，林则徐趁着酒兴，为陈德培作七律诗四首，题为《子茂簿君自兰泉送余至凉州且赋七律四章赠行次韵奉答》。

林则徐当夜住在凉州客舍内，专门借读了陈世镕的《求志居诗稿》稿本，并在稿本扉页题写"道光壬寅中秋，林则徐借读于凉州客邸"，又在题记的"则徐"二字上钤有"少穆"阳文长方章。过了几天，陈世镕获得这本珍贵的题记本，十分欣喜，珍藏起来。《求志居诗稿》是陈世镕任古浪知县前的诗作，后来被晚清武威名人李铭汉收藏，现藏在甘肃省图书馆。

陈德培，字子茂，也是林则徐的"超级粉丝"，当时任甘肃安定县（今定西）主簿。道光二十二年（1842年）七月二十六日，林则徐到达安定时，陈德培负责接送，并陪同林则徐一路西行。陈德培这个人仕途多舛，林则徐在第一首诗的末尾，题了小注："子茂来甘肃应即补官，而七年未有虚席。"表达了对陈德培的同情。

八月二十二日，林则徐离开了凉州，陈德培送至城西四十里铺。林则徐曾说"子茂送至此，与之共饭而别"。由此可见，陈德培从定西一直陪同林则徐西行到了凉州城西四十里铺才告别。

林则徐在凉州期间，先后看望了牛鉴的夫人及家属、凉州镇总兵，还为陕西会馆题写匾额。

十一月九日，林则徐到达了伊犁惠远城，结束了悲壮的近四个月的"荷戈西行"。在伊犁写的家信中，林则徐还在为牛鉴的遭遇打抱不平。

林则徐第二次来到凉州，已是道光二十六年（1846年）。林则徐这时已被皇帝赦免，并以三品顶戴署陕甘总督。这年正月七日，林则徐在凉州接印，正式署陕甘总督，驻扎凉州，办理"番务"。

当年林则徐被发配新疆，途经武威的时候，其实并不寂寞。有三大"铁杆粉丝"陈世镕、郭柏荫、陈德培陪伴，陈世镕出城远迎，郭柏荫中秋贺节，陈德培千里送君，都是佳话。林则徐被赦免后，曾以陕甘总督驻扎凉州一个多月，委派旧属黄冕仿照洋式，制造炸弹和陆路炮车，也算是在凉州开展"洋务运动"的先驱了。

（赵大泰）

杨成绪妙联傲物

清朝年间，凉州出了一位恃才傲物的"狂生"。他聪慧多才，但性格倔强，做事怪异，因此被当地人称为"凉州一怪"。他就是清代凉州人杨成绪。

杨成绪（1831—1919），字绍闻，兄弟中排行老四，凉州人也称其为"杨四爷"。

杨成绪喜欢借用典故讽喻讥评人事，为文厌弃循规蹈矩，不遵"八股"章法，故屡试不第。四十三岁时考中秀才，后又考中贡生。去西安乡试，因为在试卷中恣肆抨击时政而落榜。当时考官阅其试卷，读其文章，虽赞其才，但终不敢录取。杨成绪得知后不以为意，傲然一笑，回归乡里，从此绝意科场，隐身民间，靠写字卖文为生。

他为人耿介，一身傲气，不媚俗，不逢迎，仗义执言，扶弱济困，打抱不平，用手中的铁笔惩恶扬善，用锋利的语言揭评时弊。又因做事光明磊落，深得当地正直之人的赞扬。

杨成绪才思敏捷，文笔老辣，尤善吟诗联对。有一年冬天，凉州府衙的六位诰爷闲来无事，在衙门外晒太阳磨牙。其中一位诰爷鼓起嘴巴吟出一上联，要求大家对句。

上联为"兵、刑、工、礼、户、吏，六房六位案上"。大家一听，众口称赞，齐声说妙。几位诰爷抓耳挠腮，搜肠刮肚，捻须颔首，苦吟半天，也不能对出只言片语。正在此时，杨四爷悠然路过衙门。一位诰爷看到杨四爷，眉头一皱，心生一计。他叫住杨四爷，将那上联念出，要为难一下。谁知还没等诰爷念完最后一字，杨四爷便朗声哈哈大笑，说道："此联，简单也。"话毕，就高声对出了下联："马、牛、羊、鸡、犬、豕，一类一个圈中。"说罢，哈哈大笑。六个诰爷还没有明白过来，尚未走远的杨四爷回头又喊道："我再送一对：'稻、粱、黍、麦、菽、稷，一仓一类杂种。'"诰爷们听后这才恍然大悟，纵然恼羞成怒，却也无计可施，只好拢着袖筒灰溜溜地进了衙门。

这一年，凉州久旱不雨，当地官吏士绅不想办法兴修水利缓解旱情，却请来许多僧道，大摆祭坛祈雨。杨成绪见状，提笔挥毫写下一联："一坛上淫僧怪道吹吹打打，打走了风云雷雨；两廊下贪官污吏叩叩拜拜，拜出了日月星辰。"老百姓听到后，皆拍手称赞，且口口传诵，弄得那些官员狼狈不堪，面上无光，却又无可奈何。

有个鞋匠，与杨四爷同住在一个巷内，为人忠厚，生意日渐兴旺。某日，鞋匠想要扩大铺面。铺面修成后，他请杨四爷题匾、写联，杨四爷一口答应。第二天，杨四爷送来匾字和对联。匾字是"甲乙堂"，对联是："大楦头，小楦头，咔咔咔，打出去丧门吊客；粗麻绳，细麻绳，吓吓吓，拉进来福禄财神。"此联通俗易懂，店主人非常喜欢。可对于匾字"甲乙堂"，人们琢磨半天，也百思不得其解，有人去请教杨四爷。杨四爷道："甲者，鞋锥之形也；乙者，鞋刀之状也。鞋匠靠此两样家什为生，当不敢忘本。题'甲乙堂'者意在于此也！"店主与听者闻后无不敬佩得五体投地。

凉州北门外有一铁匠，也与杨四爷相识。一日，杨四爷路过铁匠家门，见吹鼓手吹吹打打，上前一问，说是给铁匠祝寿。杨四爷匆忙回家，急忙写了一副祝寿联，也赶去参加铁匠的祝寿活动。杨四爷一进门，那铁匠当即受宠若惊，赶忙请杨四爷进屋。杨四爷道："铁匠兄弟，秀才人情一张纸，今日老朽送上一副对联来给你祝寿。"边说边展开对联，众人一齐诵，但见那对联是："若非往昔，踢停咣啷叮当脆；焉有今日，唔不楞登咕嘟吹。"这倒是句实实在在的大实话，铁匠及众人一听便懂。铁匠拍手称喜道："我们是手艺人，凭力气干活，要想吃饱饭，就得叮叮当当响呀。"

杨成绪体恤底层人民的疾苦，总能和他们融洽相处，如遇到不平事，他往往能英勇挺身，仗义执言。最有影响力的事件是宣统三年（1911年），武威农民在齐振鹭、陆福基领导下掀起了抗税反清运动。在陆福基被捕解往兰州前，他特为陆福基写了申诉状。没想到陆福基还是被兰州昏官给杀害了，他死后，遗体运回武威时，杨成绪作文致祭，称陆福基为英雄。后来齐振鹭也被杀于武威大什字，暴尸街头，杨成绪义愤填膺，在大什字当着众人的面，毫无顾忌地脱下裤子拉屎撒尿。有人提醒他大什字人多要顾及形象时，他说："凉州城里哪里还有人?!"这一行动虽然狂颠，却充分显示出他愤世嫉俗的正义感，更加体现了他不畏权势的性格。

真名士自风流。杨成绪不仅一生才华出众，言行诙谐，行为坦荡，而且书法精湛。至今，他的书法墨宝散落保存于民间者甚多，武威市博物馆也有部分收藏。

万人枯骨皆无名，一代名士传百年。杨成绪不愧为一代名士也。

（徐芳凝）

老舍题诗咏古浪

著名文学家老舍，原名舒庆春，字舍予。抗日战争爆发后，他怀着极大的爱国热情，从济南到达汉口，参加了周恩来领导的抗日工作。"文协"总部迁到重庆以后，在理事会的历次改选中，老舍先生均被选为常务理事兼总务部主任。"文协"以老舍为核心，扎实地进行了大量的工作，且每一项工作都浸透着老舍先生的心血。1939年，瘦弱的老舍先生抱着"莫任河山碎，男儿当请缨"的志向，不顾身体多病，不顾路途颠簸，用他的一支笔请缨出战，加入全国慰劳总会组织的北路慰问团，欣然慰问西北广大的抗战军民。北路慰问团于1939年6月28日由重庆起程，经宝鸡、西安、洛阳、南阳、襄樊，而后再由西安北上。当慰问团离开兰州途经古浪时，正值重阳节，经霜的树叶在寒风中纷纷凋落，一团团阴云在天空中缓缓移动，散落在各处的村落、树林、山谷覆满了白霜，路边瞧他们车辆新鲜的孩童们，哈着冻红的小手，在冷风中瑟瑟发抖，而害羞的少女因却衣衫褴褛，让短墙替自己遮遮掩掩……老舍触景生情，一首七律蓦然显现在脑海中：

古浪重阳雪作花，千年积冻玉乌纱。白羊赭壁荒山艳，红叶青烟孤树斜。

村童无衣墙半掩，霜田覆石草微遮。周秦文物今何在？牧马悲鸣劫后沙！

老舍把这首诗定名为《过乌纱岭》，在1939年他随慰问团从革命圣地延安返回重庆后，将其发表在1940年的《新蜀报》上。诗的首联运用浪漫主义手法，将冬雪喻作春花，化用唐代著名边塞诗人岑参的"忽如一夜春风来，千树万树梨花开"之句，给人春意盎然之感；积满皑皑白雪的乌鞘岭（当时的官方文件中称乌鞘岭为"乌沙岭"，老舍误作"乌纱"），像是白玉堆砌；颔联色彩映衬鲜明，"白羊""赭壁""红叶""青烟"，勾勒出一幅宁静秀美的图画。首联和颔联写自然之景，表达了老舍对古浪山川的美好印象与赞美之情。颈联运用现实主义的笔触写社会之状：村女因为无衣遮体而躲在短墙后，落了秋霜的田地满是石块，贫瘠得连野草也长不高。老舍先生眼中的古浪大地如此凋敝，人民的生活竟然如此困顿！这与前面看到的景形成鲜明的对比，

昌灵山迎客松

以"乐"写"哀"，字字沉重，句句压抑，表达出老舍先生对社会现实的不满，透露出老舍先生对古浪人民深深的关爱之情。对于类似于这首诗的一些文学作品，老舍先生在《三年写作自述》中谦虚地说："战争的暴风把拿枪的，正如同拿刀的，一齐吹送到战场上去；我也希望把我不像诗的诗，不像戏剧的戏剧，如拿着两个鸡蛋而与献粮万石者同去输将，献给抗战；礼物虽轻，心倒是火热的……"

（李发玉）

实业县长牛载坤

牛载坤（1886—1934），字厚泽，狄道（今属甘肃康乐县）人。7岁就入私塾读书，他天资聪颖，19岁即应童子试，名列前茅。1902年赴兰州考入国文高等学堂。1908年入京师大学堂（北京大学前身）学习测绘。1912年8月，京师大学堂毕业后，牛载坤开始走上了教育救国、实业救国的道路，终生不渝。

1933年6月，牛载坤出任民勤县县长。在任期间，他走访各界人士和地方父老，关心民间疾苦，整顿吏治，改革陋习，创办学校，兴修水利，造林防沙，颇得民勤人民爱戴。民勤雨量稀少，气候干旱，水源缺乏，粮食产量低而不稳，百姓十分穷困，衣不蔽体，卖儿鬻女，多所常见。对百姓的贫苦，他深感不安。县府的"倒仓粮"，向来都被一些贪官私吞。牛载坤颗粒不取，悉数用来兴办公益事业。当地产粮不足，向来从武威一带籴进。粮价稍有波动，群众莫不叫苦连天。他倡办义仓，粮价低廉时，组织骆驼队运进粮食，大量存仓。青黄不接时，原价卖出，使贫苦农民避免了粮商的盘剥。

民勤"十地九沙，非灌不殖"，故水利之兴，为民勤农务之急。牛载坤到任后，带领群众疏浚原有水道，大兴河水之利。看到农民用桔槔漏斗提取地下水灌田困难，便从兰州聘来能工巧匠，大量制造"木刮子"（一种木制的畜力牵引汲水机械），利用畜力汲水灌田。他召集地方有丰富经验的老农献计献策，制订了造林计划，设立了苗圃，专门育苗。他还向民间收买各种树苗，从其他地区购买大量槐、榆树种，分发各乡和城周围栽植，积极进行绿化。东关水车园一带，最为显著，树木葱茏，郁郁成荫。

原先的民勤没有一所中学，小学亦寥寥无几，且师资缺乏。牛载坤利用杜公祠为校舍，创办师范讲习所一处（后改为民中），培养师资，普及国民教育，提高民众文化水平。并据地方需要，分区增设完全小学数所，于是全县学生倍增，文化程度日渐提高，民勤教育蒸蒸日上，气象一新。

民勤毗连沙漠，牧业较为发达。所产驼毛、羊毛除群众絮制衣被外，多为外商收

山村秋色

购牟利，不能就地加工制成商品以获实惠。他积极倡导创办"毛业传习所"。聘用技工，购买机器，并亲自手把手地给毛业传习所工徒传授捻驼、羊毛线的技术。生产出的毛褐、毛毡、毛衣、毛裤、围巾、毛袜、手套等毛织品，虽然质地较粗，但坚实耐用，风行一时。毛业传习所后来发展成为职业学校和惠民工厂。他还将在兰州"惟救工厂"生产的脚踏纺线车带来，让木工大量仿制，推广民间，进行毛织品生产。

过去的民勤街衢窄狭，乡村道路崎岖。他组织民众大加修筑，将阻碍交通的文庙凸出部分拆除，使东西大街笔直畅通，不但行走方便，而且整齐美观。他发动群众从县城到柳湖镇修筑了一条马路，长达数百里，便利了湖区和县城的交通。

有一年，民勤天花流行不止，危害人民健康。他托人从兰州采购牛痘苗，亲自动手示范，给群众接种。他看到民勤妇女普遍缠足，每到一地，就积极宣传，号召放足。

他为了民勤的事业，动员在兰州的亲友子侄为之奔波，请教师、购树种、办医药，举家全力以赴。他待人热情真诚，倘若部下渎职妄为，则严加训斥，决不姑息，全县士绅，咸敬畏之。他以清廉自持，如因公赴乡，百姓款以淡饭，亦必如价以偿。

他在民勤任职期间，由于爱民心切，办事认真，领导有方，措施得力，不满一年，就打开了政通人和、百废俱兴的良好工作局面。那时，骑五军有一个团驻防民勤，不时找县政府要粮要款，拉夫派差。牛载坤虚实应付，极力忍耐，而该团团长得寸进尺，有一次竟无理索要大车两百辆、民夫数百人，意在敲诈。牛载坤坚决不派，说："要马车，我有一辆，可以拉走，百姓的一辆也不给。"团长即派一个营长来叫牛县长去团部说话。牛载坤知道去了没有好事。当他走到街十字路口时，驻足大声向群众说："我是你们的县长，马团长要我派两百辆大车、几百民夫。我没有接到上级指示，有责任保护百姓，坚决不答应。无论我的吉凶如何，我不在乎，请父老乡亲们知道真相。"说毕，坐到地上，把帽子放在旁边，岿然不动。一时围观的人越来越多，议论纷纷。该营长慑于群众威力，恨恨而去，而牛载坤则回到县府。群众中不少人感动得掉泪，而军阀头目马步青则怀恨在心。

1934年6月，牛载坤请假回故里安葬父亲。在武威等候了几天，因有人作梗，他买不到汽车票。不得已，他便雇马车起程。6月5日凌晨，车经永登境内哈家咀，突然遭到暴徒袭击，牛载坤身中四弹，皆中要害，随即遇难，年仅四十八岁。

牛载坤遇难后，甘肃省府即派汽车把遗体连夜运到兰州，厝于荣光寺。邓宝珊将军亲临吊唁，深表惋惜。在荣光寺举行追悼会时，各界人士纷纷前往吊唁，深表敬仰与哀痛。噩耗传来，民勤人民无不哀伤恸哭。为纪念他的功德政绩，各界人士集资修建了一座牌坊，额题"甘棠遗爱"。

（邱士智）

于右任武威赋诗

　　著名政治家、教育家、书法家于右任与武威有着不解之缘。1941年9月18日，年届63岁的于右任等一行多人，自重庆乘飞机来甘肃视察。9月19日，驱车沿甘新公路西进，途经古浪，在县城小憩。时任国民政府古浪县县长陈邦启等要员和乡绅恭候于南关迎接。

　　于右任银髯拂胸，精神矍铄，行事不落俗套。他谢绝了陈邦启请他到县府休息的邀请，信步到大巷口上刘兆奎家歇脚。听闻于右任大名，古浪县各界慕名求字者接踵而至，围观的老百姓更是不少。因刘兆奎家住房窄小，于右任命人将方桌移至院中，不论贫富贵贱，只要敬上纸来，他都笔走龙蛇，或唐诗宋词，或警句格言，洋洋洒洒，一挥而就。晚秋的古浪县城已经略有寒意，但于右任有求必应，两个多小时的挥毫泼墨，为古浪留下了不少墨宝。可惜，所留真迹，大多散失，古浪民间只发现"神清心无累，德盛宠不惊"等两件条幅作品。

　　在古浪县城逗留期间，于右任兴致所至，挥笔写就《古浪道中赠一涵》：

　　　　古浪街头往复还，古浪河水声潺潺。乡村红叶杂黄叶，客路南山礼北山。

　　白发还期开世运，苍松应共挺人间。梨香瓜美山河壮，悔不同君出玉关。

　　于右任一行抵达武威后，游古迹、览名胜、访同乡、拜前贤，留下了许多逸闻趣事。

　　以卖凉面为生的武威人郭中藩，擅长字画，属市井中之雅人。于右任闻其名，与之倾谈大悦，评价甚高，特为其书一联："观其为文不随时趣，与之言事大有古风。"

　　于右任为文书字，忌讳病语和粗俗之辞。在武威逗留期间，与"陕西旅凉同乡会"董事长杨寿山交往甚密。临别时，杨寿山请于右任为其经营的"志成西"商号题"福禄寿祯祥"字匾。于右任满口答应，挥毫写成"福禄永康"四字。杨寿山大惑不解，于右任笑答："'寿'字你已经有了，老夫特祝你'寿山永康'。至于'祯祥'二字，既'福禄'又'永康'，岂不'祯祥'俱全了吗？"

　　过后，有人问及，于右任解释说："老夫最忌讳粗俗之辞，杨先生所求五字鄙陋粗俗，本不想题，但情谊难违，戏解几句而已。"

　　武威城中有一个卖软儿梨的老汉，用凉水化了几只软儿梨，请于右任品尝。打开晶莹剔透的薄薄冰甲，里面的梨儿酥软爽净，甘冽润喉。于右任大为倾心，大笔一挥，为卖梨老汉书写了一副对联："一统山河壮，中兴岁月新。"老汉如获至宝，分外珍惜，思考着如何让这副墨宝发挥出最大的商业价值。后来，老汉想出了一个好主意，他请人把这副对联雕刻在木版上，拓印后出售，这样又发了一笔小财。一个卖梨老汉竟然有这样的商业智慧，真是令人惊叹。

　　于右任离开武威后，仍念念不忘软儿梨的醇韵余香，后来写了一首诗《1941年于河西道中》，对武威软儿梨大为赞赏：

　　　　山川不老英雄逝，环绕祁连几战场。莫道葡萄最甘美，冰天雪地软儿香。

　　这首诗成了武威软儿梨最好的宣传语，被武威人民反复咏唱。

（赵大泰）

地名·传说

雷台出土铜奔马

东汉末年，在河西走廊的武威有一位驰骋疆场的姓张的将军，他勇猛好战，为武威的安定做出了不小的贡献。因为战功卓绝，他死后，皇帝下令厚葬他和他的家人，据说他的墓地就在今天武威城的北面。后来羌族人多次扰乱河西，张将军的后代与族人被迫背井离乡，离开了武威。时间长了，张将军的墓地便没人知道了。

明朝天顺年间（1457—1464），凉州城连年下冰雹，庄稼已经几年都没有收成了，老百姓苦不堪言。城里开始闹起了饥荒，官府不得不开仓救助。有一年春夏之交，冰雹又接连不断，民怨四起，官府实在没有办法，就广请道士设坛，以求上苍显灵，怜悯众生。拜坛的时候老百姓们哀号一片，涕泪涟涟。也许是被百姓的虔诚所打动，当天夜里，电闪雷鸣，有人看见有两个武将打扮的人出现在凉州城北的一座大土台附近。其中一个长着鸡嘴、肩带双翅、面目狰狞的武将手里还拿着一支长长的像笔一样的东西。到了第二天，人们发现这座土台的墙上被画上了一长串的符语，落笔有"辛天君、邓天君"字样。有见多识广的道士说这土台墙上写的"辛天君"，应该是雷部统管刮风、打雷、下雨的雷祖手下的大将辛环，他就是长着鸡嘴、有一对翅膀的模样；而另外一个"邓天君"，应该是雷祖的另一员大将邓

铜奔马车阵

仲。雷祖的部下显灵，那肯定是雷祖爷派来帮助咱们凉州百姓的。这事一传十十传百，很多老百姓听到后都欣喜若狂。说来也怪，从此以后，凉州城真的就再没下过冰雹了。既然辛环、邓仲在这个土台上显灵，说明这个地方很有灵气，是块风水宝地。于是老百姓们就合计你家出点钱，我家出点粮食，准备在土台上修一座雷祖庙，以祈求凉州城从此以后年年风调雨顺，再也不要下冰雹了。

辛环、邓仲显灵的这座大土台，在明代凉州城的北门外面。至于它是什么时候修的、干什么用的，老人们也说不清楚，只是说自己小的时候就在了，应该很久很久了。土台一带林木茂密，湖泊纵横，好像是一块风水宝地。

就在老百姓准备在这座大土台上修雷祖庙时，凉州城发生的这件神异的事件被官府报告给了当朝皇帝明英宗。因为英宗信道，一听是道教神仙显灵便龙颜大悦，特拨了一批银两，下令由当地官府主持修建这座雷祖庙，以使凉州从此以后物阜民丰。修雷祖庙时，辛环和邓仲的神像也被塑在了雷祖殿里，与雷祖一起接受民间百姓的香火。数百年来，雷祖庙里的信众一直不断，香火旺盛，每到庄稼缺水或有天灾的时候，老百姓就纷纷杀猪宰羊，吹吹打打，上雷祖庙祈求雷祖爷能保佑凉州城风调雨顺。因为这座土台上供了雷祖，老百姓就把这个土台叫作了"雷台"；又因为供的是道教的神，雷祖庙也慢慢被叫作了"雷台观"。

20世纪60年代以后，武威县（今武威市）金羊镇新鲜十三队的村庄就整体搬到了雷台观前的空地上，有些村民的院子距离雷台观的大门仅三米远。雷台周围也逐渐被十三队的农民开垦成了耕地，雷台观下靠东南一侧则被村民用围栏围起来当作了生产队养马的马圈。马圈里的马不多，总共就那么八九匹，但是这几匹马自从养在了这儿，就没有安神过，不是蹭栏乱跑，就是暴躁不安，生产队队长不得不派人把马圈栅栏加高。

到了1969年，全国上下响应"深挖洞、广积粮"的号召开始挖防空洞，新鲜十三队的村民们也不例外。在生产队队长王红上的带领下，他们也准备开挖防空洞。生产队周边全是平地，能挖防空洞的就只有这个供雷祖的土台子了。众人一合计，就准备在雷台下挖防空洞。可就在这天，生产队里的一匹母马和它刚生下来的小马驹突然都死了。

这第一镢头应该从哪里开始呢？队长王红上因为一下子两匹马都死了，心里有点烦躁。他脑瓜一热，指着马圈旁雷台拐角说："挖吧，就从这儿开始吧。"接下来的几天里村民们不停地往雷台里面挖。在挖了近8米后，感觉挖到了一堵砖墙，使劲刨了几下，"轰隆"一声，砖墙上出现了一个大洞。黑黝黝的，一股怪味扑鼻而来，好像一座砖窑被敲开了个洞。几个胆子比较大的村民提着马灯沿着挖开的砖洞钻了进去。"哎呀，里面有金马驹啊！"有人喊道。站在外面的生产队长王红上一听，不太相信："胡说八道，怎么可能呢？"迟疑之间，里面有人就真的拿出了一个绿莹莹的物件出来："队长，你看啊！"王红上一看真的是一匹锈迹斑斑的马，好像是铜的，然后里面又有人拿出了一辆车。后来王红上自己进去一看，唉，这马还不少呢，先拿出来再说。于是，在队长的吆喝声中，队员们拿着麻袋，把这些铜马、铜车以及一些坛坛罐罐运出来，拉到了生产队的仓库里。

这时候大家就开始七嘴八舌了：

"这么多的马，是不是老天爷知道我们的马死了，让我们买马的啊……"

"怪不得养的马不安宁，原来是旁边有'金马驹'啊……"

后来，武威文管会在听说这件事后，把这件事汇报给了上级部门。经文物专家考证后，新鲜十三队村民在雷台下挖到的所谓"砖窑"其实是一座汉代的古墓。墓中出土的马、车都是青铜铸造的，其中最珍贵的就是后来被定为中国旅游标志的铜奔马。经过专家考证，雷台汉墓的墓主是一位姓张的将军。从此，铜奔马和它的出土地"雷台汉墓"就广为人知了。

1981年9月10日，雷台汉墓被甘肃省人民政府公布为甘肃省省级文物保护单位。2001年6月25日，国务院又把雷台汉墓公布为全国重点文物保护单位。随着铜奔马知名度的提高，"雷台汉墓"也受到了国内外学者、旅游爱好者的广泛关注。

如今来到雷台汉墓的游客络绎不绝，大家在参观的时候都好奇一个问题，为什么一座道观会修在一座汉代墓葬的上面呢？其实啊，专家们早就考证过了，这座明代被用来修雷台观的土台，最早就是东汉时期这位张将军的坟冢。到了明朝的时候，一千多年已经过去了，沧海桑田，已经没有人知道这座土台子实际上是张将军的坟冢了。又因为传说雷部辛环、邓仲在这里显灵，就把这个雷台观修在了这座张将军的坟冢上面。如果不是1969年新鲜十三队的村民在雷台下挖防空洞，可能到现在都没人知道这座叫了几百年的"雷台"，会是这位汉代张将军的墓葬呢！

（王丽霞）

皇娘娘台尹夫人

在今天武威市凉州区金羊镇，有一处历史悠久的古迹——皇娘娘台。皇娘娘台在东汉时被称为窦融台，明朝改称刘林台。那么为什么老百姓都称它为皇娘娘台呢？原来这里有一个关于尹夫人的动人故事。

东汉初年，大将军窦融驻守河西，曾令军民用土夯筑了一座高大的点将台，用以训练兵马。窦融离开武威后，当地人民便将这座点将台称为窦融台。东晋十六国时期，窦融台又被称为尹夫人台。这个尹夫人是谁？为什么要把这座古台称"尹夫人台"？这还得从十六国时期河西走廊的几个割据政权说起。尹夫人是当时建都敦煌的西凉国王李暠之妻、西凉昭武皇后，她曾经在此台上居住过17年，自此后人称此台为皇娘娘台。尹夫人祖籍冀县（今甘肃甘谷县），尹文之女，是十六国时期杰出的女政治家。她容貌秀丽，才思敏捷，足智多谋。起初嫁给陕西泾阳仕宦马元正，马元正病故后，又改嫁给李暠。在李暠创建西凉大业的过程中，她出谋划策，成为李暠的得力助手。公元400年，李暠在敦煌称"凉公"，建立西凉政权。立尹氏为王后，共同参与朝政，故当时谚语云："李尹王敦煌。"意思是说西凉是"李尹政权"，时人尊称她为尹夫人。

在李暠创建政权、经营西凉的过程中，尹夫人起了很好的辅助作用，提出了许多积极的措施，而最重要的一点就是兴儒重农富国强兵的国策。她建议李暠广开言路，设立县学、州学和医学，广招学生。在各郡设置五经博士，负责传授经学。一时间西凉境内聚集了大批文人名流，敦煌一时成为中国西陲边疆传播汉文化和儒学思想的中心，为汉族文化的保存和发展做出了重要贡献。为了抗击北凉，李暠还采纳了尹夫人的建议，向东迁都酒泉。

417年，李暠病故，他的儿子李歆即位，尹夫人被尊为皇太后。可惜的是，李歆为人骄横自专，不修内政，却大修宫室，严刑峻法，逐渐丧失了民心。尹夫人多次劝说，李歆都不听。420年，北凉沮渠蒙逊使用声东击西的战术，攻打西凉。尹夫人极力劝阻李歆不要出兵，李歆不听。最后李歆兵败被杀，沮渠蒙逊随之占领酒泉，西凉灭亡。

西凉灭亡后，58岁的尹夫人和家人被俘至武威。由于尹夫人的女儿西凉公主嫁给了沮渠蒙逊的儿子，其身份特殊，沮渠蒙逊还是对她以礼相待。召见尹夫人后，沮渠蒙逊在武威窦融台上为她修建了房子，供其居住，实质上是将尹夫人软禁于窦融台。尹夫人从此便"无心恋明月，任他王侯与霸业"，开始一心皈依佛教，终日诵经念佛，不问尘事。这一住，就是17个春秋。也是从那时起，窦融台就被称为尹夫人台。由于尹夫人此前为西凉昭武皇后，民间也将此台俗称为"皇娘娘台"。

433年，沮渠蒙逊死后，沮渠牧犍继承了北凉王位。由于北凉控制丝绸古道，地理位置较为重要，为了安抚北凉，北魏太武帝拓跋焘将妹妹武威公主嫁给沮渠牧犍为妻。迫于形势，沮渠牧犍只好废黜尹夫人的女儿西凉公主，下诏将西凉公主和尹夫人从武威迁到酒泉。就这样，年已75岁的尹夫人走下窦融台，与女儿离开武威，长途跋涉，移居酒泉。

到酒泉不久，郁郁寡欢的西凉公主去世，尹夫人又暗中投奔伊吾（今哈密），和先前逃亡到那里的孙子李宝会合。由于年老体弱，再加上长途跋涉，到伊吾后尹夫人一病不起，不久后病逝，就此走完了她辉煌且凄惨的七十五载人生。

尹夫人虽然离去了，但古台还在，让无数后人凭吊和观瞻。大唐王朝建立后，开国皇帝李渊认为得到天下既是周密谋划、英勇血战的结果，也得益于先祖的庇佑，于是便追念先祖，感恩祭祀。由于西凉王李暠是西汉飞将军李广的十六世孙，李渊又是李暠的七世孙，李渊在追念祖先的过程中，对李暠之妻尹夫人也格外尊崇。由于尹夫人信佛，便下诏在尹夫人曾经居住过的武威尹夫人台的基础上，修建了一座寺院，起名为尹台寺，以示对尹夫人的怀念。

尹台寺规模宏大，香火旺盛，吸引了无数文人墨客，这其中就有唐代著名边塞诗人岑参。天宝十载（751年）三月，岑参于梨树花开时节游览尹台寺，作了《登凉州尹台寺》一诗：

胡地三月半，梨花今始开。因从老僧饭，更上夫人台。清唱云不去，弹弦风飒来。应须一倒载，还似山公回。

这首诗描绘了武威尹夫人台及尹台寺当年的情景。

明朝时，由于战备需要，尹夫人台又成为防守凉州、抗击残元势力的堡垒。凉州百户刘林率领部下占据尹夫人台，身先士卒，与敌激战，后战死于尹夫人台。刘林牺牲后，凉州百姓敬仰他舍生忘死、保家卫国的精神，于是把尹夫人台改称为刘林台，以示纪念。

1927年武威大地震后，台上建筑全部被毁，皇娘娘台也变得残缺不全。20世纪50年代在平田整地等生产建设过程中，残垣断壁的土台被拆毁，夷为平地。1985年，甘肃皇台曲酒厂在皇娘娘台遗址南边建厂，后来在厂内重新修建了尹台寺。从某种程度说，这也算是历史的一种承续吧。

（贾海鹏）

孟佗斗酒换刺史

东汉时，凉州葡萄已久负盛名，葡萄酒酿造水平和品质堪称天下第一。当时，有个叫孟佗的人，用一斛葡萄酒贿赂宦官张让，就换得了凉州刺史之位，一时传为奇谈。

孟佗，字伯郎，东汉末期扶风郡人，新城太守孟达之父。《后汉书·宦者列传》和《三辅决录》记载了孟佗的故事。孟佗非常想做官，但一时间通过正当渠道又无法办到，于是便打算倾尽家产来行贿，以换取官职。

在汉灵帝刘宏时期，宫中宦官中常侍张让因善于拍马逢迎，深得灵帝宠信。张让不仅独揽朝政，就连家中的管家也狗仗人势，有权有威。孟佗很快地看准了这个机会。

莫高酒堡

以他当时的地位，是无法直接接触到位高权重的张让的。于是，他便试着同张让家的管家拉关系。孟佗用家中的财产慢慢贿赂张让家的管家和众奴，和他们关系越来越好。后来，孟佗还与管家结为亲家，相互亲密来往。

孟佗因为贿赂众奴终于家产倾空，管家看到孟佗家产倾空，自觉惭愧，问孟佗自己能帮他做什么。孟佗直言："你们只需要以后见我行礼就行了！"管家觉得就这么点事，好像也没什么，便答应了他。

当时正好有许多豪门贵族求见张让，车辆在张让的府门口排队等候。这时，孟佗也来求见张让。众奴看到孟佗，都站立成一排，齐刷刷地向孟佗行拜礼。其他豪门贵族见此情景甚为惊诧，认为孟佗和张让关系很铁，便争先恐后地巴结孟佗，想通过孟佗结识张让，他们纷纷向孟佗敬献宝物。孟佗从此又集聚了丰厚的财产，他就拿出其中一部分财物敬献给张让，博得了张让的好感。后来孟佗与张让的关系也逐渐密切起来。有一次，孟佗精心选了一斛酿酒师酿造的凉州葡萄美酒送给张让。张让斟了一杯，慢慢品尝，果然甘甜纯美，余味无穷。张让越喝越高兴，即拜孟佗为凉州刺史。

孟佗以凉州葡萄酒赠送张让，因而得到提携成为凉州刺史。后来人们遂用"斗酒博凉州、一斗博凉州、一斗得凉州、一斗取凉州、一斗胜凉州"等谓以贿赂得官或形容葡萄酒之美。

正因为这个历史典故，后世也留下许多诗词佳句。唐代刘禹锡《葡萄歌》中有一句："为君持一斗，往取凉州牧。"北宋苏轼曾经感叹道："将军百战竟不侯，伯郎一斗得凉州。"北宋吴坰在《五总志》中写道："葡萄酒自古称奇，本朝平河东，其酿法始入中都。余昔在太原，尝饮此酿，有诗云：'孟佗爱官入骨髓，为官蹙眉曾未开。快遣葡萄百斛酒，换取凉州刺史来。'"宋代释文珦在《蒲萄》诗中写道："玉瀣乘旒晚，天浆满珞秋。孟佗消不得，压取换凉州。"陆游《凌云醉归作》诗中云："君不见蒲萄一斗换得西凉州，不如将军告身供一醉。"凉州葡萄酒，也因此美名远扬。

（张长宝）

唐玄宗夜游西凉

开元盛世，唐玄宗以清静无为作为治国方针，政治上任用贤能，改革官职，整顿吏治，励精图治，使大唐天下大治，国泰民安，经济繁荣。

盛世长安，"千百家似围棋局，十二街如种菜畦"。民生安乐，和谐安定，一派欣欣向荣景象。城内四街八巷，酒肆楼亭，飞檐翘角，莺歌燕舞，滴红流翠，尤其逢年过节，更是热闹非凡，游人往来熙攘。

国力强盛，经济繁荣，唐玄宗十分欣慰。

话说元宵节这天，宫中举办酒宴，唐玄宗把盏举杯。宴饮结束后，唐玄宗兴致更浓。随从前呼后拥，唐玄宗移驾到上阳宫，观灯赏月。

但见上阳宫自禁门至殿门设有巨大蜡烛，灿灿灯火，宛如长龙，又似银蛇。无数的花灯，璀璨一片，荧煌如昼。各具特色，平常所见者有之，别出心裁者有之。有白鹭转花，还有黄龙吐水、金凫、银燕、浮光洞、攒星阁等；更有甚者，还有利用热动力学催动花灯转动的"影灯"，有"五色蜡纸，菩提叶，若沙戏影灯马骑人物，旋转如飞"。真是巧夺天工，精妙绝伦。

众多花灯中，有一花灯，乃尚方匠毛顺心设计。但见此花灯，造型非常新颖别致，灯体构筑，有三十余间彩楼。彩楼间，金翠珠玉，间厕其内。楼高百五十尺，上面悬以珠玉金银，微风袭来，珠玉锵然成韵。其外表如龙凤螭豹腾跃，设计精妙，造型动人，疑似非人力所为。

唐玄宗看得非常高兴，愈发兴致大增，命人将圣贞观居住的道士叶法善召来，两人共同观赏这璀璨灯火点缀下的人间繁华。

这个叶法善并非凡夫俗子，他是当时非常有名的道士，道力非常，自小"好古学文，十一诵诗书，十二学礼乐，研究周易，耽味老庄，河洛图纬，悉皆详览"。据《旧唐书》记载，叶法善"少传符箓，尤能厌劾鬼神"。所以，这位叶道士有上天入地、腾云驾雾之非凡功力，可以说是无所不能。

面对长安城元宵节的灯火盛宴，冲天香阵，热闹非凡，唐玄宗叹为观止。他捻须赞曰："此情此景，盛况空前，真乃天上仙景，人间少有也。"

谁知，一旁的叶法善听了皇帝的啧啧赞叹，并未随口附和，只淡然道："长安影灯确实盛大，但我觉得凉州城的灯可以与它相媲美。"

唐玄宗一听，惊诧不已："听你此番言论，难道你常去凉州游览不成？莫非你刚刚从凉州回来？"

叶法善道："是的，我刚刚从凉州回来，便得到陛下的召唤。"

唐玄宗随即兴致大增，对叶法善道："真有这么奇异之事？朕今晚就想和你一起去观赏凉州灯火，亲眼所见，方能验证你所言真假。"

叶法善说："陛下，这件事很容易啊！"

于是叶法善就请唐玄宗闭上眼睛，并在耳边反复叮嘱玄宗，千万不可睁眼。如果睁眼，则会看见奇异的东西，难免受到惊怕，伤了龙体。唐玄宗额首应诺，刚闭上眼睛，就顿感足下生风，身轻如燕。不一会儿工夫，他们就从长安到了凉州。

南城门楼夜景

叶法善道士说："陛下，凉州城到了，可以观览了！"

唐玄宗便睁眼环视，但见凉州城里，灯烛绵亘数十里，酒肆茶楼林立，士女纷杂，游人比肩接踵，小贩叫卖，艺人杂耍，应有尽有。繁华热闹之情状，果真一点儿也不次于长安的壮观景象，玄宗连声称赞。

叶法善道士带着唐玄宗，在凉州城里穿街过巷。凉州城里，车水马龙，络绎不绝，各种花灯，造型逼真。吆喝声，唱曲声，混合成一片；划拳声，歌姬咿咿呀呀的歌唱声，混杂在一起。凉州的上元节，其繁华热闹景象，真是丝毫也不逊色于大唐长安。反倒因为陌生、新奇、遥远，对于唐玄宗来说，更有不同寻常的吸引力。

凉州地大人稠，两人溜溜达达，兜兜转转，走走看看，过了很久，才转完了凉州七城中的四城。唐玄宗发现，凉州不仅花灯耀眼，更具显明特色的是，四街八巷，三步两步，就有酒楼布局，真乃美酒之乡。

来到酒乡，怎能不畅饮几杯？唐玄宗于一酒家坐定，持玻璃七宝杯，饮凉州美酒，自感如饮玉液琼浆。饮至酣醉，顿生一念，将一铁如意悄然置于酒坛之中。

叶法善看唐玄宗添杯酣醉，又加上时候不早，便劝皇上御驾回宫。

叶法善道士说："陛下，我们该回去了。"

唐玄宗复又闭目，与叶法善道士腾空而上，不过是闭眼又睁眼的工夫，顷刻便回到了长安。人虽已到长安，但唐玄宗仍然感觉耳边歌乐声不绝，游兴未尽，仍似置身凉州。

次日，唐玄宗派人去凉州，如此这般叮咛前往之人。派往凉州的差使，果然从一家酒店的酒坛里，找到了唐玄宗放进去的铁如意。

从此，凉州美酒再度名扬天下，凉州灯会更是家喻户晓，世人皆知。

（徐芳凝）

大云晓钟警世人

凉州城东北角，坐落着一座颇具规模的佛教古刹，名曰大云寺。大云寺内，矗立着一座年代久远、古色古香的二层木质古楼阁。远远望去，古楼挺拔巍峨，廊楹彩绘，高高耸立，雄伟壮观，南向的匾额上能够清晰地看到飘逸隽秀、醒目大气的三个大字"古钟楼"。

楼为二层，四周绕廊，重檐山顶，五踩斗拱，下饰风铃。共有二十八根红色立柱支撑，其中一层有十二根，二层有十六根。上下层

大云晓钟

共挂有八块匾额，上层是"声震蒲牢""秀挹天山""古钟楼""金奏高宣"四块；下层有"大棒喝""慈海鲸音""声震陇右""玉塞清声"四块。年代皆可考，但悬于二楼的大铜钟，却因没有相关记录而被人们百般猜测。人们都议论纷纷，这口大钟到底是什么时候铸的？又是为什么而铸的？今天已经无人能知。

西晋初年，鲜卑贵族若罗拔能反叛，前凉王张轨派司马宋配征讨叛敌。在出征前，张轨命令工匠铸造一口祭祀用的大钟，但战事紧急，不等工匠们完成，宋配已经草草祭祀，领兵来到阵前。而等待他的这一仗，却与以往不同。

宋配带领凉州铁骑出城，扎营在祁连山下。夜晚星星照耀着连营，火光映在宋配

正在嚼牛肉的面庞上，条条沟壑显得更加坚毅决绝。帐外的马似乎也明白主人的心境，扬了扬蹄子。凉州大马的影子透在帐上约莫有三米高，发出的嘶鸣声更像是硬汉的低吼。宋配知道这样安静的夜晚，部队刚刚停下脚步，理应休整一番，而敌人也知道，这将是最好的劫营时机。天上的云朵飘忽不定，月亮也逐渐昏暗不明。

忽然帐外的马直立起身子，宋配一脚踢翻水盆熄灭了篝火，让眼睛很快适应了黑暗，一刀就让进帐的第一个鲜卑士兵倒在了地上。刚刚这把刀还插在炭火炙烤的牛肉上，刀不离手是西凉铁骑的习惯。杀出帐外，看见的是整个西凉军队已经厮杀起来。战斗十分激烈，一番激战后，敌人因战败匆忙逃走。

第二天早晨，天还没有全亮，战场已恢复平静。深蓝色的天空里一轮冷月当空，凌厉的西风狂吹。偶尔从头顶掠过的大雁发出几声凄厉的叫声，连绵起伏的山岭上百草凋敝，霜重地滑。宋配点兵再次出征，不做停留，壮怀激烈犹如易水之寒。

宋配登上点将台，心潮难平，豪情澎湃，只见得一面面飘动的战旗，猎猎作响；只听得一阵阵出征的号角，雄浑有力；还有那一队队随时准备冲锋陷阵的人马，那一把把寒光闪亮的刀枪……好一幅庄严、肃杀的画面。他下令让军队把鲜卑族士兵的尸体拖到营外安葬后，收拾队伍，继续行军。

本想着，迅速转移阵地可以摆脱敌兵的追击，可兵行至山腰，鲜卑族的军队又追了上来。宋配作为先锋部队带兵本就不多，鲜卑将领想为昨晚的失败雪耻，竟妄想一鼓作气拿下凉州，因此除了追上山来的先锋部队，还有山下聚集的数以万计的大军。

宋配正在疑惑这鲜卑族的军队是怎么发现的自己的踪影时，前方来报："鲜卑人率虎狼之师来犯！"宋配一听，说道："混账！你怎么能长他人志气，称敌兵为虎狼之师？""这……将军！您且亲自去看！"

来到阵前，山丛中不仅有鲜卑士兵，竟然还有虎狼野兽！传说，东汉末年就有南蛮族率野兽入侵，诸葛孔明使用火攻才让其败下阵来。可这山腰上树木丛生，若是使用火攻，必定两败俱伤。

宋配只得派出一队铁骑，绕到山后，去姑臧通报请求支援，自己率余兵抵抗。一战下来，再勇猛的西凉铁骑也抵不过真正的猛兽大军。将士们坐在地上，脱下戎装，累得躺在地上。校场中原本飞扬的尘土慢慢地落在地上，司马开始分发肉和酒。将士们一边吃喝一边听着宋配洪亮的点名声，参军一边记一边提醒宋配，哪些士兵已经年纪超过六十岁，或者是有重伤不能再出征，司马一边给他们最后的军饷一边激励他们。

张轨在姑臧得到前线战报后，忽生一计，命人将刚铸好的大钟雕上猛将降伏野兽的图案，派出增援部队，带着大钟赶到了祁连山。

出征数十年而未曾有此一战，在此战死也无憾！点完最后几人的名后，宋配不禁唉声叹气："阵亡的人竟达到三分之一。"他清了清嗓子，再一次大声地说道："现在不是想念家乡的时候！我们一定要保护好父老乡亲。"说着拔出宝剑仰天长啸。众军士也纷纷站起来，和将军一起叫："抗击外敌，保家卫国！"连着叫了十几声才回到营地休整，准备下一次血战。

正当这时，增援部队赶到。赶来的西凉铁骑奋力向山上同伴们的方向厮杀，进攻的鼓声混杂着大铜钟的巨响，如同天雷滚滚，砸得野兽四散而逃。宋配在山上看准时机，突破重围，与山下部队共同击退了鲜卑军队，换来了安宁。而那铜钟也随着将士们的凯旋回到城中，悬挂在高楼上。每有战事，人们就会敲响它，以显示西凉铁骑的威武，凉州城也有了"武威有个钟鼓楼，半截子入到天里头"的传说故事。

大云钟之花纹六面，面分上中下三格。其三面中格，均坐一披甲人，着靴，胯下各跪伏一人，两旁各侍二人，皆赤足、肉袒。披甲人，一持弓引满，一执短叉，一高举一椭圆形物。此三面上下二格，中间均有六爪花纹，爪尖折转，由花纹中伸出斜线，直达四角；又上面上格飞仙；下格云龙，姿势活泼可观；中格与前三面上下格同。又一面上格飞仙，下格武士持戈两旁，挺立左右，臂际有带如蛇，自上而下旋其尾，交穿于脑后。中格花纹与前两面同，每面每格下均有小格，有兽二，左独角张口，脊有鬐，虎爪蛇尾；右顶有长鬣张口，虎爪蛇尾。其余下格图案已磨损不全。

（张颐洋）

华锐走马扬天下

　　很早很早以前，一个名叫华秀的首领率部从阿尼玛卿雪山迁至三河流域。那里到处是茂密的森林、奔流的小溪，高山深沟中是水草丰美的大草原。华秀和他的三个儿子十分中意，整个部落便住了下来。华秀住在马牙雪山下，大儿子住在大通河流域，二儿子住在庄浪河流域，三儿子住在哈溪河流域，开始了他们的新生活。华锐地域辽阔，山大沟深，交通十分不便。同时，他们从阿尼玛卿雪山迁到三河流域时，马匹损失十分严重。大部分牧民无马可骑，只能徒步放牧，徒步出门。没有骏马的牧民，就像没有翅膀的鸟儿一样，永远飞不起来。人们的心中充满了惆怅。

　　有一年六月十三日，草原上举行全华锐赛马大会。当祭祀了山神之后，比赛便开始了。可惜只有十匹马，其中一匹还是从阿尼玛卿雪山迁来时立了汗马功劳的雪青色老骒马。会场上虽然扎满了花帐篷、白帐篷和黑牛毛帐篷，来观看比赛的人也不计其数，但跑马时的窘迫，使华秀及其后人们脸上无光，大家在这个喜庆的日子里却是闷闷不乐。尽管马少，但祖先留下来的规矩还是不能破。今天是阿尼格念山神的生日，哪怕只有一匹马，还得跑一趟。那时候，还没有走马，只有跑马。在浓浓的桑烟中，参赛马在白海螺的鸣响中从起点开始跑，会场上"拉加罗"的喊声响成一片，十匹马向终点跑去。正在这时候，从西面的天空飞来一匹白马，在赛马会场上空一声高亢的嘶鸣，使会场顿时鸦雀无声，连奔驰的赛马也停下来，望着天空发呆。白马又一声嘶鸣，便向马牙雪山深处飞去。此刻，雪青色老骒马也嘶鸣一声，纵身一跳，甩掉身上的骑手，向飞马的方向追去。那速度令人吃惊，众人十分惊疑。天马飞空嘶鸣，这是从来没有听说过的事情，是祸还是福，谁也说不准，人们的心上压上了一块石头。从此，雪青色老骒马失踪了，华秀因老骒马失踪而心神不安，派出了一批又一批的牧民去寻找，但都空着手回来了。时间一天一天过去了，人们都认为老骒马是回不来了，慢慢地也就淡忘了。

　　过了一个月，甘州官府来人寻马，说要寻找的是匹白色的儿马。自从西域买回来，它不吃不喝，只是嘶鸣不止。有一天，不见了踪影，有人说看见白马跑向东方，有人说飞上了天。因此，官府往东来找寻。人们将一月前赛马会的情景说了一遍，官府的人惊呆了，看来天马是飞走了。

三年过去了，马牙雪山下所有的马都不断地向西嘶鸣。奇怪的是华秀家日夜守护大门的名叫雪狮的白狮子狗也不知去向，神秘地失踪了。

到了第四年的赛马会，当人们祭祀了山神之后准备赛马时，天空中突然飞来一匹骏马，向着聚集在草原上的人们高声嘶鸣。人们举目仰视，认出了是前年赛马会上驰骋而来的天马。这时天马又向西飞去，在人们视线刚能看到的地方，像一朵白云降落在地面，和一群马一起向赛马场而来。原来的雪青色老骒马也在其中，身后紧跟着三匹马驹，雪狮狗欢天喜地地在前面奔跑着，人们都认出了老骒马。奇怪呀，失踪了三年的雪青色老骒马又回来了。在天马的带领下，雪青色老骒马和它的儿子们踏着对侧步快速从众人面前跑过，众人不约而同地惊呼："啊，这是走马！是快速大步的走马。"这几匹马在冒着浓烟的桑炉旁停了下来。满面喜气洋洋的华秀给天马和雪青色老骒马搭上了哈达，他的三个儿子和乡亲们分别给三匹小马驹和其他的骏马也搭上了哈达。整个赛马场沸腾了，牧民们喝着美酒，唱起了优美的歌，围着马，载歌载舞，热闹非凡。

这些马以平稳而极速的对侧步驰骋在赛马场上，不但姿态优美，而且人骑上一点颠簸都感觉不到。从此，华锐的走马越来越多，越来越有名，骑着走马参赛的人也越来越多。人们都说："华锐走马，名扬天下。"

（李占忠）

马牙雪山有传奇

从兰州沿着312国道向西进入天祝藏族自治县境内时，首先跃入眼帘的是西部一座银光闪闪的山峰——雄伟壮丽的马牙雪山。一座座雪峰，像一把把闪光的利剑，更像是一颗颗锐利的马牙，气势磅礴，直插蓝天。清代诗人杨惟昶曾有"马齿天成银作骨，龙鳞日积玉为胎。冰心不为炎威变，珠树偏从冷境栽"的诗句赞美马牙雪山。

马牙雪山有一段令人肃然起敬的悲壮故事。

那是很早很早以前，抓喜秀龙滩上生活着华锐藏族牧民，他们放着银白的牦牛、白云般的羊群，日出而作，日落而息，过着十分舒心的日子。没想到好景不长，离这儿五百里的黑龙潭住进了一个极其凶恶的九头妖魔。妖魔长着九个疙里疙瘩的头，十八只铜铃似的红眼，十八只毛茸茸的巨爪，九个血盆似的大口，口里长满了利刀似的牙齿。走起路来，地也颤动；大喊一声，山也摇摆；狂笑一声，人心惊胆战。它吃牛吃羊也吃人，吃了还不吐骨头。这一天它吃完了方圆百里的牛羊和牧人，仍然饥肠辘辘，牙齿咬得"咯咯"响，九双毛茸茸的利爪不停地挥舞，充血的眼睛骨碌骨碌转着，寻找新的猎物。说来也巧，正在这时候，一股北风轻轻吹来，风中飘来清香的奶味，还伴着牧歌和牛羊的叫声。它高兴得几乎跳起来，一骨碌钻出水面，拼命歙动鼻翼嗅着。啊，太香了，好久没有闻到过这样的美味了。啊，这是哪儿？真是天赐良机。它流着一丈长的口水，狂笑着腾上半空，口吐一团阴森森的黑云，罩起身子向北方窜去。

这一天，正值一年一度的赛马大会。抓喜秀龙滩上人来人往，妇女们穿着彩色的衣裙，佩挂着五光十色的首饰，不时发出银铃般的笑声；小伙子们显得格外威武，穿着豹皮镶边的彩袍，牵着打扮一新的骏马，掩饰不住内心的喜悦，准备和对手比个高低。还有信步观光的，席地而围坐饮酒唱歌的人，熙熙攘攘，格外红火。

欢度佳节的人们并不知道灾难将要临头。当明媚的阳光变成了巨大的阴影时他们才发现不对，不约而同地抬起头来，看见一块乌云在天空滚动，黑影遮住了阳光，人们不由得打起寒战，牧民们望着这块奇怪的乌云惊慌不已。乌云中的九头妖魔睁圆了十八只大眼睛窥视地面，那么多肥壮的牛羊，那么多健壮的人，不由得抹着嘴巴，流着口水，得意地狞笑。华锐部落有十三个兄弟，他们都是先祖华秀的后代，都具备剽悍勇敢的性格、勤劳诚实的美德和高超精湛的武艺。此刻他们也穿着节日的礼服，牵着矫健的骏马，准备在赛马会上大显身手。当九头妖魔驾着风云在会场上窥视时，最小的弟弟首先发现，他惊呼：

"你们看，云中有个妖影！"

"什么！"

兄长们顺着他指的方向仔细察看，终于看清了妖魔的身影，一副丑恶的嘴脸，不

可一世的神气。这时，小弟弟举起了弓箭，使尽全身之力，只听"嗖"的一声，箭如一道青光飞向天空，飞向妖魔。接着，传来一声"哎哟"的惨叫。这一箭正好射中了妖魔的肩头，但不是致命的地方，它发出一声震天动地的吼叫，口中喷出一股股熊熊火焰，张牙舞爪，扑向草滩。人们惊呼着四散逃走，只有十三兄弟抽出了锋利的战刀严阵以待。只见九头妖魔抓起了几个人狂笑着撕成碎片，塞进嘴里嚼得"咔嚓咔嚓"响，又提起一匹马，抛出了几里路，马被活活摔死。晴朗的天空被乌云遮住，鲜艳的花朵被冰霜冻杀，安宁的日子顷刻间消散。面对行凶作恶的妖魔，十三兄弟怒不可遏，我们美丽、富饶的故乡，决不能让妖魔蹂躏。只有消灭了妖魔，草原的人们才能过上

马牙雪山姐妹池

太平的日子。十三兄弟冲上去和妖魔展开了殊死的搏斗。

这一仗打了三天三夜，只见日月无光，飞沙走石，杀声震天，鬼哭狼嚎。当砍下了妖魔的第七颗头时，十二个兄长先后牺牲了，只剩最小的弟弟，但他毫不畏惧，独自和妖魔决斗。只见他机灵地躲过魔火，左杀右砍，只听一声惊天动地的杀声，随着一道寒光，妖魔的第八颗头像一块巨大的岩石一样冒着黑血在草地上滚动。受伤的妖魔暴跳如雷，大声号叫着更疯狂地扑向弟弟，恨不能把他撕成碎片。

此时，弟弟也已浑身是伤，筋疲力尽了，但当他看到被糟蹋的草原和死去的阿哥及乡亲们时，悲愤交加，浑身顿时充满了力量。他下定决心只要有一口气，就要血战到底。他又举起战刀奋不顾身地冲上去和妖魔厮打，又打了一天一夜，实在难以支持了。此刻，妖魔张着血淋淋的大口，伸出毛茸茸的巨手，向他猛扑过来。就在这千钧一发之际，他鼓起了最后一点力量，将利刃插进了妖魔的右胸。只听见一声惨叫，负伤的妖魔驾起乌云，向南仓皇逃窜。这时弟弟双目圆睁，右手握刀，像一尊石雕像立在草地上，仇视着逃窜的妖魔，一身血战到底的气魄。他就这样离开了他所热爱的同胞，为养育了他的草原献出了年轻的生命。悲痛的人们从四面八方涌来，给为华锐献出生命的十三兄弟举行了三天三夜的安葬仪式，献上了一条条洁白的哈达，他们的精神感天地、泣鬼神，永远活在华锐人民的心里。

过了几年，九头妖魔养好了伤，它念念不忘抓喜秀龙滩的肥沃。它望着自己被砍掉的八个头，咬牙切齿，要伺机报仇。

一年一度的赛马会又在热闹欢乐的气氛中开幕了，牧民们沉浸在愉快的节日气氛里。妖魔又偷偷而来，它想起小弟弟还有点心惊肉跳，不敢贸然下地。它在乌云中暗暗窥视，想瞅个机会。

人们发现天边的乌云，这次谁也没有逃跑，男女老少手持武器，准备和妖魔决一死战。这时妖魔报仇心切，悄悄驾着云朵向草原飘来。当经过13个兄弟的坟头时，只听"轰隆"一声惊天动地的巨响。随着出现了十三道红光，从地下冒出十三把战刀，刺向魔鬼，将它杀死，而这些战刀变成了挺拔凸起的石剑，这座山从此就叫剑锋山。后来，人们看山的形状像马牙，就改称为马牙山。

（李占忠）

天祝铜牛美名扬

　　早在一千六百年前，一个来自东北的鲜卑人氏族部落，经过几千公里的长途跋涉，终于在水草丰美、土地肥沃的甘青川交界处落脚了，并且建立起一个名叫吐谷浑的王国。吐谷浑国王雄才大略，治国有方，疆土不断扩大，东起陇东，西达河西走廊西端，一直到达新疆的东部，纵横几千里。吐谷浑人以畜牧业为主，间种些麦子豆类。

　　天祝的哈溪、毛藏、祁连一带被武威人称为凉州南山。这里草木茂盛，水源充足，是理想的放牧牲畜的草场，居住着许多吐谷浑牧民。当时佛教还没有传入吐谷浑，他们信奉的是本族的苯教。人们遇事总要请苯布子卜算吉凶，遭灾要请苯布子跳神禳解。

　　有一年春天，南山的牛羊成群地死亡，牧民们眼睁睁地看着，毫无办法，只得点起一堆堆柴火，祈祷上天保佑。人数很少的苯布子没日没夜地跳神禳灾，也不见缓解。

铜牦牛

143

后来一位德高望重、法术高超的老苯布子经过三天三夜的祷告，三天三夜的推算，终于算出上天要一头供自己乘骑的驮牛。这太好办了，只要能保住畜群，别说一头，就是十头百头他们也愿意献出来。谁都愿意献牛，但哪一头是上天喜欢的神牛呢？年老的苯布子骑着自己的花驮牛，一个帐圈一个帐圈地挑选。走到毛藏，在一群乏弱的牦牛中，他发现了一头公牛。这头牛鹤立鸡群般地与众不同。它高大雄壮，有着威武的双角，炯炯发光的大眼，银柱般的四肢，一身雪白的裙毛和尾毛在风中飘动，昂首一叫，声音洪亮，群山回响。老苯布子一见这头牛，两眼一亮，精神倍增。急忙向帐圈奔去，当他找到牛主人时，主人痛快地答应将它作为神牛献给天神。白牦牛温驯地接受了老苯布子对它的祝告和为它披挂的五色彩绫。很快，畜群的疫病停止了蔓延，牧民们心上的一块石头落了地。从此以后，这头神牛就不时地出现在南山各个牛群中，哪个牛群中出现了它，哪个牛群就兴旺起来。

许多年后，人们发现神牛不再出现了，心里头都开始惶惶不安。他们害怕神牛没了，灾难又会降临到自己头上，于是就去请教那位已经连牙齿都掉光了的老苯布子。老苯布子用毕生最后一点力气为他们跳了一次神，根据神的指示，可以造一头永不消失的神牛来保佑一方。老苯布子跳完神就去世了。人们既感谢他为大家指明了前途，又遗憾他没把事情说清楚就仙逝了。于是，大家围在一起商量，但没有一点办法。最后有人提议去请教住在"霍尔观巴"的仅次于苯布阿爷的霍尔阿爸。霍尔阿爸经过琢磨说道："神想要的不是永不消失的神牛吗？只要铸一个铜牦牛就能保证永远留存下去。"几个部落头领自告奋勇，到吐谷浑的首府去请能工巧匠。历尽艰难，头领们终于请来了一流的能工巧匠。但是工匠们谁也没见过神牛的样子，怎么铸造呢？于是他们走进牛群、访问老人，先用黄胶泥塑出一个牦牛，让老人们提意见。修修改改，经过三年，一尊栩栩如生的神牛终于塑造出来了。他们又翻山越岭，寻找铜矿，找来找去，终于在毛藏乡现在叫铜匠沟的地方找到了很好的铜矿。于是他们就开山取矿，砌炉炼铜。用了三年的时间，他们炼出了最好的青铜。又用了三年的时间，一头雄壮威武的青铜神牛站在了人们的面前，同时还铸造出了一匹铜马和一头铜骡，免得神牛孤单。人们欢天喜地地吹着海螺和牛角号，打着铜锣和牛皮鼓，把青铜神牛迎请到后来叫"霍尔观巴"的一座寺院中，供在大殿之上。它的左边是铜马，右边是铜骡，年年月月接受人们香火的供奉，护佑着一方生灵的安宁。

　　铸成铜牛一百多年后，吐谷浑国遭到了灭顶之灾，人们在战火中挣扎、逃亡。但是，无论如何，也不能让神牛被毁，这可是这一带吐谷浑人的命根子。霍尔观巴的老苯布子带着他的两个徒弟，用驮牛把铜牛、铜马、铜骡驮起来，向南逃去。他们翻山越岭，漫无目的地走着。经过几天几夜的担惊受怕和艰苦跋涉，年老的苯布子终于倒下了。两个徒弟见师父去世，路途又这样艰险，带着这么沉重的东西恐怕自身难保。两人决定卸下包袱，轻身逃命。于是他们就在一个向阳处挖了一个坑，把铜牛、铜马、铜骡埋起来，又在上面垒了几块石头作为记号。他们想等战乱结束后再来挖取，却没想到这两个徒弟一去不回，杳无音信。

　　日出日落，冬去春来，一次次的烽火硝烟，一次次的改朝换代。1972年，天祝藏族自治县哈溪公社峡门台生产队的社员们，在平整宅基地时发现了铜牛、铜马、铜骡。它们带着满身绿色的铜锈，重新看到了饱经沧桑巨变的人世。只可惜铜马、铜骡刚刚重见光明，又遭厄运，未能保存下来。只有这头铜牦牛几次都有惊无险地躲过了劫难，最终有了很好的归宿——天祝县博物馆，并被国家文物局确定为国宝级文物。铜牛并没有改变它的创造者们的初衷，仍然在造福于一方。它去兰州，上北京，东渡扶桑，西去欧洲，充当中国人民的文化使者，增进了我国与各国之间的了解，加强了中国人民和世界各国人民的友谊。

（李占忠）

石门龙珠天池水

古浪黄羊川有个叫菜籽口的小山村，村里的人个个聪明伶俐，健康长寿的老人随处可见，据说是跟村旁那条潺潺不息的药王神泉有关。关于药王神泉，稍稍年长的老人都会脱口讲出一个古老的传说。

从前，村里有个美丽、善良又孝顺的姑娘，叫彩虹。说起她的美丽，最娇艳的花儿也会低头；说起她的善良，最犟的马儿也会驯服；说起她的孝顺，天上的星星也会为之掉泪。彩虹自小死了爹，没了娘，年迈的奶奶是她唯一的依靠。

有一年，村里流行一种怪病，病人热的时候满头大汗，冷的时候浑身打战，人们把这种病叫风寒。所有的医生都没招，死了好多人。彩虹的奶奶年迈体衰也患了风寒，躺在炕上奄奄一息，彩虹急得哭出了声。

一天，彩虹对奶奶说，我要上山给你寻药去！说完就带上水和干粮出发了。一路上逢人就问，有没有治风寒的药啊？大家都摇头。但彩虹没有灰心，继续跋山涉水去寻药。这样一直寻了好长时间都没结果。有一天，她走到大森林里，感到又乏又累，就坐在树下睡着了。忽然她看见一位白发银须、仙风道骨的老人，背个竹篓专心致志地采药。彩虹就上前跪在他面前问："老爷爷，您知道哪里有治风寒的药吗？"白发老人慈祥地看着她说："你真是个孝顺的好孩子，你居然问到了药王面前，我能不告诉你吗？""究竟是啥药？"彩虹急切地问。药王捋了捋胡子，笑呵呵地说："祁连山里两件宝，看你会找不会找。石门龙珠天池水，天下何药比得了？"

说完化作一缕青烟不见了。彩虹猛然醒来，回忆梦中的情景无比清晰，就按照药王的话，去找天池水和石门龙珠。

她翻山越岭，穿峡涉水，费尽周折，终于来到显化山上。四周苍松翠柏，麋鹿成群，山上云雾飘绕，山下鸟语花香，景致很美。可就是找不到天池在什么地方，就向路边放羊的牧童请教，说："小哥哥，你知道天池在哪里？"牧童指了指远处的马牙雪山笑着说："天池水呀清又清，四面都是大森林。舀上一碗喝干净，满面红光无病痛。"

彩虹急忙告别牧童，向远处的马牙雪山走去。终于爬上山顶，找到碧水荡漾的天池。只见天池水波光粼粼，清澈透亮，水上天鹅啄翅，水下金鱼摆尾。彩虹没有多想，急忙把瓶子装满，匆匆往家里赶。一路走一路想，这下奶奶就有救了。

谁知刚进到村里，就听见邻居大嫂在屋里痛苦地呻吟，听声音病得不轻。彩虹心软了，进屋把天池水递给邻居大嫂一口气喝干。大嫂苍白的脸上渐渐有了血色，不一会儿，病情奇迹般好转。彩虹会心地笑了，可一想起奶奶的病，她的脸上又布满阴云，于是连家门都没顾上进，就匆忙去找石门龙珠。

她翻过大山，越过密林，涉过河流，终于来到石门峡口。只见两山对立，峡壁陡峭，如刀削斧砍，形成天然石门。石门中间流水声声，燕飞鱼跃，四周怪石嶙峋，翠柏常青，好似仙境一般。但彩虹不知道石门龙珠究竟藏在哪里，就问河边洗衣服的道姑："姑姑，你知道石门龙珠藏在哪里吗？"道姑抬起头，露出美丽的面容，说："石门龙洞深又深，一颗龙珠亮晶晶。化作清泉汩汩流，百病消除好精神。"

彩虹按照道姑的话，钻进岩壁上的龙洞，果然发现一颗闪闪发亮的珠子镶嵌在石

石门龙珠天池水

147

缝里。她高兴地把它摘下来，急忙钻出龙洞往家中赶。一路走一路想，这可是药王爷爷吩咐的唯——件宝物啦，这下奶奶就有救啦！转念一想，不行啊，村里还有好多病人在病榻上挣扎，我不能就这样回去。于是她重新来到马牙雪山，装了瓶天池水，匆匆向家中赶去。

彩虹一进家门就兴奋地喊："奶奶，奶奶，我找到治风寒的药了！"谁知屋子里静悄悄的。彩虹推门一看，太晚了，奶奶已经咽气了。

彩虹左手握着龙珠，右手提着天池水，怔在那里说不出话。她突然放声大哭起来，直哭得天昏地暗，雷鸣电闪。左手握的龙珠滑落到地上，砸开一个窟窿，右手提的天池水倒在地上，变成一眼潺潺流淌的泉水。泉水蜿蜒流过村庄，融入草地，汇成一条小河。村民们从四面八方涌到泉边舀水喝，不仅治愈了风寒，而且从此百病不生，健康长寿。因为此泉曾受到过药王的点化，于是人们把它叫作药王神泉。

就像那条从古至今奔流不息的泉水一样，美丽的彩虹姑娘舍己救人的故事，一直被人们传颂着。药王神泉里甘甜、清澈的泉水也成了人们向往的圣水。据说常饮此水，不仅能消除百病，还能延年益寿呢！

（李发玉）

传奇故事清凉寺

古浪流传着一段童谣："喜鹊喜鹊喳喳喳，门上来了个姑妈妈；姑妈姑妈你坐下，我给你说个唠叨话；昔日有个清凉寺，沙弥和尚把武习；那一年那一日，乌云遮日妖魔出；杀了和尚烧了寺，灰堆里长出一棵树。夜长干，日长叶，十年枝叶冒墙过，柏香飘飘家家乐。长城长，烽墩高，来了一只鹁鸪鸟；白日蹲树枝，夜里叫咕咕；咕咕咕，咕咕咕，金银财宝等着哩；谁能修起清凉寺，给他九井八涝池，落落墩底下取钥匙……"

相传大唐年间，五台山游僧花了近三十年时间，选址于历史文化名镇土门，布施化缘，募集善款，终于兴建了气势恢宏的清凉寺。据传，清凉寺建成后，从东面的和乐石河起到尹家庄的西滩，有近三里路程，占地数千亩，庙宇殿堂百余座，大小僧侣三百多人。一时间，清凉寺晨钟暮鼓，香火鼎盛，信徒众多。一直延续到西夏年间，清凉寺有僧侣千人之多，成了西北有名的佛教圣地。周边香客往来不绝，他们纷纷募捐施舍，清凉寺规模越来越大。清凉寺那时候有八百武僧，戒律森严，十八般兵器样样精通，尤其脚上功夫一流，轻功非同一般，被外界称为"西凉铁脚僧"。清凉寺武僧师徒传承，一边刻苦诵经习武，一边默默守卫着这方热土不受外界侵袭。

宋朝末年，元兵挥师西进，步步逼近西凉府，沿途抢杀劫掠，百姓苦不堪言。谁知他们来到土门时，却遭到清凉寺八百"铁脚僧"全力反击。众僧率队迎战，与敌鏖战数月，伤亡虽说不少，但也将元兵打得节节败退，最后终于离开土门一带退回到漠北。清凉寺"铁脚僧"由此威名远扬，受到朝廷嘉奖和百姓称赞。

谁知好景不长，半年后元兵卷土重来，用最优势兵力团团包围清凉寺，决意将"铁脚僧"消灭殆尽。元兵将清凉寺包围数月，断水断粮，他们不断向清凉寺进攻，但每次都是以失败告终。无奈之下，元兵恼羞成怒，干脆拉来柴火将清凉寺围起来，一把火连人带寺院付之一炬。熊熊烈火烧了三天三夜，可怜数百年香火鼎盛的清凉寺，就这样毁于一群顽劣兵士之手。清凉寺上千"铁脚僧"由此喋血就义，连同数百座寺院尽皆化为灰烬。

数年之后，在寺院废墟上长出了几棵茁壮的小柏树，经过了数十年的风霜雨露，它们长成参天大树。树上飞来了一群鹁鸪鸟，它们在柏树上筑巢垒窝，昼夜栖息。它们不停地鸣叫，叫声时而哀怨，时而忧伤，人们隐隐约约能听到它们歌唱："咕咕咕，咕咕咕，谁能修起清凉寺，给他九井八涝池，落落墩底下取钥匙……"

听着鹁鸪鸟的歌声劳作生息的庄稼人，把这棵青翠的柏树视为佛祖的灵光和寺院的化身。把这鹁鸪鸟视为"铁脚僧"的英灵，把它们的鸣叫当作烈士的呐喊。当地的人们都知道，落落墩的下面有九井八涝池黄金白银等财宝，等待着有缘人去修建清凉寺。

但是许多年过去了，仍然没有人站出来，把气势恢宏的清凉寺恢复原貌。在一个初夏的夜晚，佛光再没有显现，鹁鸪鸟也忧伤地停止了歌唱。午夜时分，鹁鸪鸟一反常态，抖动着银灰色的羽毛，站立在柏树顶端，左翅膀扇三扇，三十三辆铁车备齐全；右翅膀扇三扇，九十九匹骡马到车前；头儿点三点，三十三名车把式都争拿起赶车鞭；尾巴摇三摇，落落墩下的财门打开了，金银财宝滚出来。三十三辆大车装满了，鞭儿叭叭响，车队向西开拔了。

拉着金银财宝的车队，每天晚上乘着朦胧的月色西行。有一天夜里，地主家看护农田的伙计，隐约听到门外有车马行走的声音。于是穿衣起床去看，月色下看见一队马车从自己看守的麦田经过，便急忙上前拦住车队："你们白天不走，偏偏夜里走，糟蹋了我们的庄稼，该怎么赔偿?"

车把式态度和善，说话很有礼貌："我们的确压坏了你们的庄稼，我们情愿赔偿，请你到车上取一些想要的东西，作为赔资。"

护田人说不行，执意要他们去见庄主。车把式无奈，最后答应留下三辆马车，作为庄稼地的赔偿。但是护田人仍然不依不饶，他说自己是打工的做不了主，必须带他们去见庄主。护田人紧紧抱住一辆车的辕条不让走，两者相持不下，一直纠缠到五更。只听一个车把式走过来对带队的悄悄耳语，说再不走就天亮了。带队的点了点头，扬起马鞭呼叫了一声，马队强行前行。

护田人情急之下抓住车辕条上的遒桩，结果遒桩断了，护田人摔倒在路边，马队扬长而去。护田人站起来，气得把手里的遒桩扔到房顶，独自去睡了。

　　次日一早，护田人便忙回家向庄主报告。庄主一听，心生疑虑，认为护田人在说梦话。护田人为了证明自己说的全都是真的，便上到房顶去寻找自己扔上去的遒桩。谁知找到遒桩后，遒桩在阳光下光芒四射，原来是个赤金的。护田人手捧着赤金遒桩交给庄主，庄主才相信了原来是神兵运走了落落墩下的财宝，直怨恨守田人没有留下那三辆马车。

　　这个美丽又传奇的故事随着童谣一直在民间流传，就像那座气势恢宏、僧侣众多的清凉古寺一样留在人们记忆深处。在一段漫长的岁月里，它悠扬的钟声，时刻回荡在土门的每一个角落。清凉寺遗迹在今土门镇和乐村尹家庄。虽然曾经的古寺早已荡然无存，但仍有一棵翠柏历经千年的岁月沧桑，巍然屹立，而且已长成两人合抱的参天大树。它昂首云天，苍劲挺拔，酷似一位不屈的老人，向人们幽幽诉说着一个动人的故事。

（朱应昌）

海市蜃楼沙州城

相传很久很久以前，土门子城东四十里的沙漠里边，有一个繁华的城市叫沙州城。那里土地肥沃，水草丰茂，林木葱茏，四季如春，人气兴旺，商贾云集，麦黍飘香，是一个安居乐业的好地方。

附近"黑风国"的魔王看中了美丽的沙州城，时时垂涎三尺，做梦都想占有它。即使无法占有，也必须将它毁灭为快。

有一日，"黑风国"魔王阴谋计划成熟，并择定了毁灭沙州城的日子，吩咐属下准备灭城夺宝。"黑风国"魔王的阴谋被一个白胡子仙人探知。仙人欲救沙州一城善良而勤劳的人民，又怕"黑风国"魔王知道后对自己怀怨，便心生一计，摇身变成一个孤残的老道。他头戴铁冠，足蹬云靴，身着青色道袍，左手平托一桃，桃上有一叶，桃儿在手心里显得格外新鲜好看，而手却皮开肉绽，脓血模糊，一路行来，手上的脓血还不住地往地上滴。右手伸出，五指齐胸，双眼紧闭，步履蹒跚，边走边高声念道："桃好手不好，桃好手不好！"就这样，他在沙州城里的大街小巷转悠呼叫了三日。儿童们成群结队地跟在后面嬉戏，而大人们则在叹息着，以为老道可怜。他们终究不知其所以然，也不解"桃好手不好"有何玄意。

某天日落时分，老道还在无可奈何地高喊着"桃好手不好"，并向东门行去，身后跟着的孩童们越来越少。出了沙州城东门，老道回头一看，还有一个小伙紧跟在自己后面，双手紧盯着自己的坏手发呆。老道动心，就指着东门外的一棵大树说："小伙子，你围着这棵树打转，就可以活下来。"说完就不见了。

再说，小伙的爷爷看看太阳就要落山了，还不见孙子回来，一问街上的邻居，才知道孙子跟着老道出了东门。爷爷三步并作两步，急急忙忙地跑到东门，只见孙子在东门大树底下转圈。爷爷抱住孙子说："你这是在干啥？"小孙子就将老道的话一五一十地说给了爷爷。爷爷刚听完孙子的话，太阳就落山了，接着就刮起了黑风。这风越刮越大，越刮越猛，飞沙走石，伸手不见五指。爷爷领了孙子，围着大树一圈一圈地

古长城——古浪县土门镇段

转，一直转了一夜，黑风也整整地刮了一夜。

天明了，太阳出来了，风也停了，爷孙俩一看，都已被风刮成一个土人，站在大树梢旁边。整个沙州城已被风沙埋没得无影无踪了。周围尽是一个连一个的大沙丘，根本不见任何生灵，只有他们爷孙俩活了下来。经过一夜的折腾，爷孙俩已经筋疲力尽了，只好躺在沙坡上休息。不知过了多长时间，爷爷猛地从沙上爬起来说："我知道了！"同时孙子也恍然大悟。原来经过休息和回忆昨晚的遭遇，爷孙俩才悟出了老道的话。意思是：逃（桃）好，守（手）不好。只有逃出沙州城，才能活命。桃上一叶就是：只要逃出去一夜，就可以避开大难。总之，是让沙州城的人们逃往各地，出去躲避一夜也行，如果守在沙州城就不好了。至此，爷孙俩追悔莫及。爷爷绝望地指着树梢对孙子说："记住，这就是沙州城东门的照子（本地土话，意思是标记）。"

有人说，进沙窝打柴的人，有时还能听到沙州城里的鸡鸣狗叫声。也有人说，埋了沙州城，才显出了凉州城。这当然是一个传说，近年来开发的马路滩良田万顷，烟树人家，阡陌纵横，物产丰殷。在开发马路滩的同时，人们在其地下还发现了不少日用品残片及炉灶，证明先民们确实在这里生活过。

（马才元）

铁拐打掉狮子嘴

在昌灵山祖师殿门前两侧，立着两个石狮子，其中一个的嘴掉了。据说最早是用牛毛绳把打落的嘴巴绑在头上的，后来有了铁丝，就用铁丝绑，现在又用水泥把狮子嘴粘上去。无论怎样处置，人们总会发现它是一个掉了嘴的石狮子。这对石狮子据说是昌灵山的镇山之宝，它们警惕地注视着前方。

相传有一年，八仙去南海为观世音菩萨祝寿，路经昌灵山，深为昌灵山的优美风景所吸引。韩湘子赞美地说："啧啧，沙漠边上竟然还有这样一处世外桃源，不知叫什么地方。"吕洞宾说："人小事老，你自然不知道，那就是当年西王母丢失的那块绿宝石，现在叫昌灵山。"蓝采和说："咱们在这里歇息歇息，欣赏欣赏风光如何？"汉钟离瞪了一眼说："年轻人总贪玩，别忘了我们今天有要事在身。"曹国舅说："这个地方太偏僻，我没有来过。咱们说定，明年的今日午时三刻，咱们都来游山，一言为定，不见不散。"张果老拍着铁拐李的葫芦说："把酒装满，来他个一醉方休。"这番话引得何仙姑咯咯地笑了。随着笑声，他们已经远离了昌灵山。

俗话说，墙里说话墙外听。八仙的这番对话被这两个石狮子听在耳内，记在心中。

一年快过去了，在八仙约定游山的前一天，立在左边的石狮子对同伴说："你还记得吗？八仙约定明天的午时三刻要来游山哩！"右边的那个说："天机不可泄露，不要多嘴。"第二天的午时三刻，果然八仙来到了昌灵山。他们经过南天门、玉皇阁，一路来到祖师宫。不想有个小道童慌慌忙忙地跑了出来，迎着八仙扑通一声跪倒，一边磕头一边说："知道八位仙长今天前来游山，我是祖师宫的小道童，特来伺候，听候众仙长差遣。"八位仙人一听都傻眼了。这件事情只有我们八人知道，是谁多嘴告诉了这个道童，真是太不严守"机密"了。铁拐李急匆匆走了过来，大喝一声，说："呔，你这个小娃子，是谁告诉你我们是八仙，又是谁告诉你我们今天要来游山？"小道童一看铁拐李满脸络腮胡子，手提铁拐，凶狠狠的，吓得战战兢兢，只好照实说来。他说："不瞒众位上仙，小人有个爱睡懒觉的毛病，每天中午总要找个安静的地方睡一觉。昨天中午在这门旁的小树林里睡觉，正睡得迷迷糊糊，忽然听到有人讲话，睁开眼睛一看，不见一人，原来是两个石狮子在说话。"铁拐李紧逼一步问："它们都讲了些啥？""一个说八仙明天午时三刻要来游山，一个说天机不可泄露，不得多嘴。"铁拐李又紧逼一步问："是谁说我们要来游山？"小道童看着两个一样的石狮子，记不得是哪个说的，又不敢迟疑，顺手指着右边的狮子说："就是它！"铁拐李满腔怒火，举起手中的铁拐说："多嘴！"便打了一拐。想不到用劲太大，打得石狮子的嘴滚到了一边。何仙姑心中不忍，拉了铁拐李一把说："何苦发这么大的火。这只护山石狮子虽说泄露天机，但它勤勤恳恳守护山林，可见它多么恪尽职守，李道长的惩罚未免太重了一些。"何仙姑这几句公道话呛得铁拐李说不出话来。张果老赶忙打圆场说："事已至此，不再说了，这就当是对泄密者的惩罚。"吕洞宾对跪在地上的小道童吩咐说："起来，今天的事，你只当没有听见，也没看见，不可重蹈石狮子的覆辙。快去伺候你的师父吧！"小道童如获大赦，赶忙磕了三个响头，待爬起身来，已不见了八位仙人。

小道童本来想为八仙提茶斟酒，以此结识上仙，找个成仙得道的门路。谁知竹篮打水一场空，心中十分懊悔。再看那个被打掉嘴的石狮子，眼里淌出了两行热泪，如泪泪泉水，叮叮咚咚掉在石板上。小道童看了，有些不忍，便把滚在半山坡上的狮子嘴拾来，解下腰里勒的一截毛绳，对好茬口，用心给它捆绑起来。干完这些，心里好受多了。他因为受到上仙的警告，从来不敢对别人说这件事。直到这个小道童苦修了一辈子，临死时才对他的徒弟讲了这个故事。他还再三叮咛徒弟，为人切不可多嘴，切不可泄露秘密，否则迟早会遭惩罚！

（杨常青）

仙翁对弈不老台

昌灵山上有块平如棋盘的巨石，据说待在石上一天，世上就过了一年，因此名曰"不老台"。离不老台不远有个百子洞，洞前修了三间出檐殿堂，人称"百子宫"。百子宫里供着个送子娘娘。过去讲究多子多福，为了生儿育女，来这里求儿女的人不少，因此香火十分旺盛。有一对甘州夫妇，在这里求了儿女，回去后生了一个儿子，长得聪明伶俐，十分可爱。

孩子长到十三岁那年，两口子为了报送子娘娘的恩情，决意千里迢迢来还愿报恩。六月初一是昌灵山的庙会，他们领着孩子，先到百子宫还过愿，顺便转到了不老台。这时候不老台上坐着两个老道，鹤发童颜，精神矍铄，正在那里下棋。这孩子在家时就爱看人家下棋，有时候还要和大人下两盘，大家都夸奖他是神童。现在逢其所好，一看二位老者身手不凡，着数高超，便站在那里不走了。大人知道孩子的爱好，也不忍把他拖走。六月天气，骄阳似火，热得人口中冒烟。听说下面山洞里有清泉，夫妇俩叮咛孩子不要乱跑，等他们喝些水上来再领他到别处去玩。孩子说："你们去，我在这里看一天棋也不会乱跑。"夫妇俩顺着山间小路去找水，由于道路不熟，颇费了一些时间。等喝了水，他们顺原路回到不老台，一看孩子不见了，两个对弈的老者也不见了。这可吓坏了夫妇俩，一边寻找，一边扯着嗓子喊："小宝！"找了一个下午，找完了昌灵山的沟沟岔岔，就是不见小宝的踪影。他们找昌灵山住持求援，住持听了也很着急。他马上敲钟召集全山和尚，要求他们以慈悲为怀，打着灯笼火把，连夜去找，决不能让野兽吃了孩子。这一声令下，全山的出家人都动起来了，山岭处处可以看到灯火。整整折腾了一夜，结果是令人失望的，"生不见人，死不见尸"。这孩子到哪里去了呢？夫妇俩只有这么一个命根子，直哭得死去活来。大家安慰他们，在山上多住几天，大家帮着找，总会有个水落石出。夫妇俩一连在山上住了五六天，还是杳无音信。庙会也完了，游客也走了。住持安慰他们说："回去吧，我们替你们继续找。"他俩只好怀着悲痛的心情踏上了回家的路。

　　一晃三年过去了，孩子还是没有音讯。他们想，神灵能赐给他们第一个孩子，就能赐给他们第二个孩子，于是打定主意再到昌灵山百子宫求告送子娘娘。他们风餐露宿，六月初一又赶到昌灵山。先到百子宫向送子娘娘许了愿，挂了红，又去不老台悼念他们丢失的孩子。

　　到了不老台，眼前的情景使他们夫妇惊叫起来。三年前他们看到的那两个老道又在下棋，小宝坐在棋盘石旁正看得出神，听到父母呼叫，赶快跑过去问："你们咋了？"父母把他拉到怀里，左看右看，一点不错，正是他们三年前丢失的小宝。丢失前在庙会上给孩子买的杏子，还装在红肚兜囊囊里，依然十分新鲜，就像刚从树上摘下来的一样。孩子疑惑不解地问："爹，妈，你们怎么了？"他妈说："宝宝，我们找你找得好苦。你丢了整整三年了，这三年我们是流着泪活过来的。当年我们千叮咛万嘱咐，叫你不要离开这里，你到哪里去了？"小宝惊奇地说："我哪里也没有去，就坐在这里看两个爷爷下棋，他们的一盘棋还未下完。"孩子这么一说，他们回头再看那两个下棋的老道，已杳然不见了踪影，只剩下那块棋盘石。夫妇俩才知道这两个老者绝非等闲之辈，他们问孩子："你听见那两个老爷爷说了些啥？""他们只顾下棋很少说话。只听那个穿蓝袍的爷爷说，北极佬看炮，那个穿黑袍的爷爷说，南极佬看马。再什么都没说。"

　　夫妇听完之后恍然大悟，他们听说神仙中有南极仙翁和北极星君，想来定是他们二老了，于是领着孩子面向南北方向叩头致谢。自此以后，人们把这块地方叫"不老台"。这真是"山中方七日，世上几千年"。

　　小宝和仙翁有些机缘，想来定会前程似锦。可后来听说他也只是个平常老百姓，不过寿数挺大，活了一百多岁。他一生酷爱象棋，棋艺高超，从来没遇到过敌手。

（杨常青）

奇花异草香古浪

古浪南部山区属祁连山东端支脉，自古以来便被葱茏苍翠的松柏和密密匝匝的灌木所覆盖。林木之下，山水之间，到处生长着野生植物，其中有柴胡、秦艽、赤芍、升麻、人参等药材，还有一些叫不上名字的珍奇花木，其形状、颜色、特性各具特色，各领风骚，不由得让你产生无尽的遐思。在寺洼山、显化山、昌灵山、香灵寺等地，到处流传着许多关于珍奇花草的动人传说。

心不甘

在古浪昌灵山的岩缝里，生长着一种筒子形簇状的野花，具有极强的生命力。有时连根拔起，放置多日，照样能开花。人们将这种花叫"心不甘"。

关于这种野花，有一个凄美的爱情故事。这个故事的主人公名叫王杰，是咸阳城里有名的举人。他才华横溢，文章盖世，可就是怎么也考不上进士，为此他感到很懊恼。后来听说腾格里沙漠边上有座昌灵山，山上有个魁星阁，阁内供着个手持毛笔、脚挂书斗的魁星，凡秀才举子来此烧香许愿，必能新科登第，非常灵验。于是王杰便千里迢迢，专程来此烧香许愿。

烧香拜神之后，王杰感到十分口渴，就到山南面的涝池找水喝。远远看到个年轻女子在涝池里洗澡，他感到很奇怪，便悄悄凑了上去。只见那女子天生丽质，冰肌玉骨，秀发披肩，长得跟天仙没啥两样，王杰感到从没有过的脸红心跳。那女子见有人偷看，忙害羞地将身子藏在水中，恳求他把岸上的衣服递给她。

王杰调皮地问："请问小姐家住哪里？如何称呼？"那女子脸红耳赤，说："我叫杜娥，家住龙家坡，还不快将衣服拿来！"王杰厚着脸皮说："给你衣服不难，愿不愿做我的妻子？"

杜娥起初有点为难，转念一想，自己已经被这个青年看光了，便只好答应。待穿戴整齐，相互通报了籍贯年龄，便一起去见杜娥的父母。

　　杜娥的父母见女儿领来个仪表堂堂的书生，十分欢喜，便择定吉日，请来亲朋好友，为他们举行了婚礼。夫妻俩如胶似漆的日子没过上半年，科举考试的日子来临了。王杰恋恋不舍地告别自己的新娘，收拾盘缠，赴京赶考。杜娥泪水涟涟，一直送到村口。王杰挥泪许诺，若能考取功名，必先速来接她。

　　谁知一去三年，王杰杳无音信。杜娥日思夜想，茶饭不思，日日站在金鸡岭上向东远眺，望断秋水，仍盼不来王杰的影子。

　　有一年，村里来了一队官兵，这些人冲进家中，不由分说，将杜娥绑了起来，拉到金鸡岭上，准备从速处斩。待问明原因，方知是当年王杰进京赶考，独占鳌头，中了新科状元，被逼招为驸马。只因儿女情长，相思难断，夜夜泪湿方枕，梦中低呼杜娥的名字，凄苦万般。被公主发现后，只得以实相告，乞求公主能让他回去。谁知公主心胸狭小，暗中派人来杀杜娥。

　　杜娥满面凄凉地跪在金鸡岭上，苦苦哀求让她再见夫君一面，便死而无憾，否则于心不甘。官兵哪里肯应，手起刀落，杜娥的首级便滚下石崖，鲜血直冲九霄，落在

山花烂漫

昌灵山的沟沟岿岿。所溅之处，皆长出一种筒形簇状小花，长约三寸。将此花连根拔起，倒吊数日而不干。用红线吊开红花，黑线吊开黑花，啥线吊开啥花，奇特无比。当地官员觉得这是个稀罕植物，便采上最精致的一朵，一级级呈送到皇帝手中。

皇帝请来文武大臣一同观赏，果然颜色百变，艳丽多姿。当驸马爷王杰凑近观看时，只听花蕊中间传出几声"夫君——夫君——"，声音凄惨无比，摄人心魄。大臣们面面相觑，感到十分奇怪。声音过后，只见那朵艳丽的花朵顿时枯萎了。

于是人们就将这种花叫心不甘，即不见夫君心不甘。

益母草

古时候，古龙山下住着一位老妈妈。她生了五个女儿，好不容易才盼来一个儿子。可是儿子到了五岁还不会说话，原来他是一个哑巴。

老妈妈对哑巴百般疼爱，有好吃的不让女儿们吃，一定给哑巴留着，有好布料，一准先给哑巴做衣服。哑巴从小聪明伶俐，勤劳能干，对老妈妈非常体贴。几个姐姐相继出嫁，唯有哑巴没娶上媳妇，老妈妈为此愁白了头发，愁瞎了双眼。在哑巴二十岁那年，老妈妈离开了人间。五个姐姐纷纷前来吊孝，趴在妈妈的灵柩前放声痛哭，边哭边诉说妈妈的养育之情。哑巴对妈妈的感情最深，可就是怎么也哭不出声来，那泪流满面的样子，没有人见了不心酸的。

老妈妈的坟选在了风景秀丽的古龙山脚下，哑巴心里难过时，就到坟头上去坐一坐，老半天舍不得离去。坟边的山坡上，遍地长着一种柳叶形状的小草，哑巴顺手掐了一片叶子放在嘴边闲吹，没想到这一吹竟吹出呜呜的响声，再吹则吹出伤心的调子，吹出他对母亲的哀思之情。

从此，哑巴天天来坟边拔柳叶儿草吹。有一天，吹着吹着竟睡着了，梦里遇见双目失明的老妈妈，对他打着手势说，用这种柳叶草泡龙泉里的水喝，他就能说话了。哑巴一觉醒来，回忆梦中的情景，依然清晰无比。于是他就抱着试一试的心态，拔了几根柳叶草，舀了几瓢龙泉水，回家煎药喝。没喝几顿，果然能开口说话了。后来他娶妻生子，终于过上了好日子。

后来人们将这种柳叶草叫作"忆母草"，后来写作"益母草"。据说妇女产后煎药喝，可补血养颜，强筋壮骨，是一种名贵中药。

香草

在寺洼山上所有植物中，最芳香的不是月季花，也不是芍药和杜鹃，而是生长在岩壁石缝间一种极不起眼的小草——香草。它们汲取的是石壁上最清淡的营养，而散发的却是人世间最浓郁的芳香。

相传香草原本是王母娘娘洗澡时专门伺候搓背的侍女，爱贪图小便宜。每次待王母洗完澡，香草便趁职务之便，偷偷抹一些用百花精华酿造的胭脂。天长日久，她慢慢变得俏丽起来。后来被王母发现，一怒之下打入凡间，将她安排在高山崖壁上，好让她独自去要俏！

夏天，总有不少人攀上石崖寻找香草。将巴掌大的香草采回家，阴干，装进布袋做成香袋，搁在书桌上，满屋清香准能保持大半年。每逢端午节，妇女们把它装进各式各样的荷包里，用花头绳挂在孩子们的脖子上，不仅美观漂亮，而且清香四溢。

人参

从前，古丰川里住着一位妈妈，很年轻时就守了寡。她含辛茹苦将唯一的儿子拉扯大，还没来得及享享清福，就重病在身，奄奄一息。她的儿子很伤心，整日茶饭不思，闷闷不乐。一天，他正准备攀上石崖去采药，忽听身后传来童子的笑声，回头一看，却不见人影。他好生奇怪，循声找去，只见草丛中站着一个眉目清秀、身高五尺的童子，头上扎着一条红丝巾。那童子望着他说："嗨！向东走七七四十九步，就能找到救你母亲的灵药了，快去！"说着便一蹦不见了。青年好生纳闷，就按童子说的向东走了四十九步，果然发现一棵开着红花的茁壮人参。回家煎药给母亲喝，不到一个时辰，母亲的病便奇迹般地好转了。

那些千姿百态的树木、默默无闻的小草和漫山遍野的野花，为古浪南部山区谱写了无穷无尽的乐章；那些争奇斗艳的花草，扑朔迷离的故事，同时也为古浪地域文化增添了如诗如画的色彩。

（李发玉）

天祝雪山"姐妹池"

天祝境内大山连绵，峻峭壮丽。马牙雪山便是其中最为著名者之一。马牙雪山有许多个天池，但其中最为有名的是古古拉天池。它分上下二池，人称"姐妹池"。关于"姐妹池"流传着一个美丽的传说。

在很久以前，有一年雪山周围久旱无雨，大片草场枯萎干死，牲畜大量死亡，广大的百姓挣扎在死亡线上。人们在绝望中向苍天祈祷，叩问大地，拜求神灵，几乎用尽了一切办法，但仍见不到一滴雨星。正当人们求天天不应、求地地不灵的时候，草原上来了位仙人。他指点牧民们，说天大旱，久不下雨，是因为上天专管降雨的玉龙久睡不醒，所以没有雨水。要想老天降雨，除非有人去敲响远在千里之外的阿尼玛卿雪山的"天鼓"惊醒玉龙，上天才会降下雨来。但是阿尼玛卿雪山那么遥远，中间隔

雪山

着无数座崇山峻岭，又有许多激流险滩，还有数不清的毒蛇猛兽。

人人都知道去阿尼玛卿雪山的路上充满了艰难险阻，九死一生，难以回还。许多人都没有勇气去完成这个使命，人们甚至说，与其去送死，还不如等着，或许有点希望。就在大家都十分为难的时候，草原姐妹代木乔拉措和拉姆兰措挺身而出，表示愿意前往阿尼玛卿雪山去敲响天鼓。

姐妹俩告别了乡亲们和阿爸阿妈，毅然踏上了千难万险的路。一路上她俩不知翻过了多少座山，也不知涉过了多少条河。她俩拼着性命，战胜了毒蛇和猛兽，千辛万苦终于到达了那遥远的雪山。十天过去了，灼热的太阳仍然烤炙着草原；二十天过去了，蓝天上仍然没有一丝云彩；一个月的最后一天，草原上的人们突然听到从那很远很远的西方传来了咚、咚、咚三声沉闷的天鼓声。天鼓响过之后，人们一起仰望烈日炎炎的天空，只一会儿工夫，天上突然飘起了云朵，紧接着布满了阴云，大雨开始降临了。这雨一直下了三天三夜，干枯荒凉的草原重新现出了生机。草原上的人们欢呼着，跳跃着，奔走相告。大家聚集在一起，为拯救草原的英雄姐妹祈祷，祈祷神灵保佑她俩平安回到家乡。

草原的英雄姐妹历经磨难，终于回到了家乡。在大伙欣喜无比、手捧哈达欢迎姐妹俩的时候，那随风飘荡的桑烟，突然凝聚到一起，变成两朵洁白的云朵，飘到两姐妹脚下。她俩被云朵慢慢从地面上托起，徐徐地升上空中，越升越高，然后悠悠地飘向马牙雪山，轻轻地降落在山顶上，随即化为两个海子。从此，这两个海子永远伴随着雪山，用它们那清澈的池水滋润着草原。

后来，人们为了纪念两姐妹，每年都要上山祭"姐妹池"，以此表达草原牧民的怀念之情。

（李占忠）

土族人民跳安召

安召是广泛流传于土族聚居区的一种古老的民族舞蹈。逢年过节，或遇喜庆之事时，土族同胞便会聚集在庭院或者打麦场上，唱起欢快的《安召索罗罗》，跳起欢乐的安召舞。安召是土族最常见、最喜爱的舞蹈，男女老少，人人会跳。

跳安召舞时，由一两个人领唱领舞，其他人跟着载歌载舞。舞蹈时，频频弯腰，摆双臂，向右旋转，然后双臂上举，呈圆圈状，绕桑炉、花园或者篝火不断舞蹈旋转。安召，曲调高亢嘹亮，舞姿轻松优美，整个歌舞在鲜艳的土族盛装五彩花袖衫的映衬下，令人眼花缭乱。

关于安召，在天祝流传着这样一个动人的传说。

清代的时候，在与天祝毗邻的永登县连城附近的水磨沟里，住着一个叫王蟒的人。王蟒无家无舍，独自一人住在山洞里，靠打柴为生。有一天，上山打柴的王蟒感到饥渴难耐，发现一块巨石上的深凹处有一汪清水，便爬上去大口大口地喝了起来。喝过水的王蟒渐渐感到浑身有些不适，慢慢地感到全身都在长大，最后变得头如麦斗，嘴如盆口，手如簸箕，力大无比，面目狰狞。原来他是喝了毒蟒饮剩的天水。

从此，王蟒成为一个杀人吃人、无恶不作的人间妖魔。他平时躲在洞中，发现过往行人便掳进山洞，闹得方圆几里地人心惶惶，人们都不敢到这里行走。为了除去这一大害，连城鲁土司衙门贴出告示，悬赏降魔。有许多人千方百计降伏王蟒都没有成功，还有人为此送了性命。

这年，有个姓麻的土族姑娘，决心为民除害。麻姑娘俊秀端庄，智勇双全。她动员了村里的土族姐妹们，准备一起来降妖。这天，她们身穿艳丽的五彩花袖衫，颈项上都戴着一条明晃晃的银项链，怀里藏着快刀利斧，抬着成坛的烈酒和整块的牛羊肉，一起来到水磨沟的王蟒洞前。

她们在山洞前的河滩上载歌载舞，好不热闹。刚从睡梦中醒来的王蟒走出山洞，看到有那么多的漂亮姑娘在歌舞，高兴极了，摇摇摆摆地来到姑娘们中间。这时，领头的麻姑娘迎上去，十分殷勤地对王蟒说："王大人啊王大人，你身高力大，本领高强，是个大英雄。姐妹们今天是专门来看望你的，给你唱歌跳舞。你看，还有那么多的好酒好肉招待你。"王蟒听了麻姑娘的奉承非常高兴，一边喝酒吃肉，一边欣赏姑娘们的歌舞。姑娘们轮流着不断地向他敬酒。不大一会儿工夫，王蟒就有点晕乎乎，酒性开始发作了。麻姑娘趁机对他说："王大人，听说你的舞跳得天下最好看，让我们一起跳吧。"姑娘们便围上来给王蟒穿上了准备好的花衣裳，又把一个大铁链当作项链套在他的脖子上。

酒后的王蟒忘乎所以，跟着姑娘们跳起来。姑娘们一边跳，一边还给王蟒敬酒。越喝越醉的王蟒弯腰摆臂，学姑娘们跳舞，转啊转啊，铁链子滑下来，箍住了两臂，他那笨重的身子也被旋转得晕倒了。这时，麻姑娘喊了两声："安召！安召！"大家便趁势围上来一阵刀斧将王蟒砍死了。

麻姑娘带领姐妹们巧计斩王蟒，使土司十分敬佩，也十分仰慕，向她求婚，愿结为百年之好。后来麻姑娘便做了鲁土司的夫人，人们称她为麻太太。据说现在安召舞的这种动作姿势，就是麻太太她们巧降王蟒时流传下来的。"安召"是土语"阿角"的音译，含有"斩杀"的意思。后来，土族人民便以跳安召舞来欢庆胜利和节日。

（李占忠）

苏武牧羊故事多

"苏武留胡节不辱,雪地又冰天,穷愁十九年。渴饮雪,饥吞毡,牧羊北海边。心存汉社稷,旄落犹未还……任海枯石烂,大节不稍亏……"

这支悲壮苍凉的《苏武牧羊》曲,传唱了一代又一代,向人们讲述着苏武牧羊的千古传奇故事。在民勤县城东南,有座全国唯一一处以汉代名臣"苏武"命名的苏武山。相传这是西汉中郎将苏武牧羊之处,当地也流传着许多有关苏武牧羊的动人传说。

西汉前期,民勤是匈奴休屠王的牧地。汉武帝时,中郎将苏武奉皇命持节护送匈奴使者归胡,不料被匈奴单于无理扣留。单于派叛徒卫律劝降,苏武大义凛然,义正词严地痛斥叛徒的卑劣行径。单于见苏武不降,就把他丢到大窖中,断绝饮食,迫使他屈服投降。天下着大雪,苏武团雪和毡毛一起咽下,过了多日还不死。单于以为苏武是天上的神仙下凡,既不敢杀死他,又不想放他走,就将他流放到北海边上让他放羊。到北海后,单于为了刁难和威逼苏武投降匈奴,竟给苏武放牧一群羝羊,放言只要羝羊能下羔,苏武方能回汉。北海人迹罕至,牧野千里。苏武赶着一群羝羊,晨曦初显,手持汉节登上山顶仰望长安;皓月当空,与羊为伴思念故乡。风沙撕破了他的衣裳,岁月染白了他的鬓发,连白亭海的水也干涸了,在海边留下一条长长的牧羊小道。春去秋来,光阴荏苒,转眼过去了十九年。汉昭帝即位后,派遣使者去匈奴找苏武。声称天子在上林苑打猎时,射下了一只大雁,大雁足系帛书,从帛书上知道了苏武所在的地方。单于大惊,赶紧放还了苏武。后来,苏武回到了久别的京师长安。皇上嘉奖其气节,封为典属国。现在的苏武山就是当年苏武牧羝羊之处。

苏武留胡节不辱,遂以"一代忠良"名扬天下,民勤百姓更是仰慕至极,盛赞他"英爽疑随川岳在,传闻尽与史书同"。为纪念这位"忠肝百炼"的英雄名臣,当地百姓在苏武山修苏公祠,建苏武庙,立"苏武山铭"。人们把苏武视为"忠贞"的化身,世世代代奉之为神,以求护佑国泰民安,风调雨顺,世道兴旺,事遂人愿。在当地民间,留下了许多关于苏武牧羊的动人传说故事,世世代代口口相传,日渐丰富多彩。

苏武山因苏武而闻名，因苏武而精彩。

羊路的传说

苏武山下，白亭海边，有一条长长的牧羊小道，当地人叫"羊路"。相传为苏武牧羊时常走的小路，民勤境内原有羊路乡，后改为苏武镇。苏武常牧羊的山丘，当地人叫"苏武山"，山脚下有个村叫"苏山"。山下有"龙潭""蒙泉"，相传泉水温热甘冽，饮食沐浴能除百病，苏武常来此饮羊。后人敬仰苏武坚贞不屈的民族气节，在山上修建苏武庙、苏公祠。庙内塑苏公杖节牧羊神像，既怀念忠臣，也祈求神明保佑大地丰收，畜群平安。

野鸽子墩的传说

春去秋来，花开花谢。苏武长年在荒野牧羊，受尽磨难，吃尽苦头，思念中原故国，日日登高远眺家乡，痴心不移。他心想，这个地方，如果能筑起一个高高的土台，不就可以望见故国了吗？他的赤诚感动了上苍，一夜之间筑成了一座高墩。第二天，

青土湖

苏武登上土墩，只见极远极远的地方，山川树木，楼台栉比，亭阁林立，彩舟画舫，往来如织，街市人流如潮，车马络绎相继，好不真切！苏武激动地高喊："啊！那不是我的故国吗？那不是我的故国吗？"从此，苏武常登台远眺家乡。从此，每当他思念故国亲人的时候，苏武就赶着羊群到这里来，登上土墩，望一望，心里就舒服多了。过了不久，墩上飞来几只鸽子，在这里安了家，"咕咕咕"地叫，成了苏武放牧的羊群以外亲密的好伙伴。鸽子久而通灵，为苏武传书，汉昭帝得到信息，与匈奴修好，苏武才回到了汉廷。人们就把这个土墩叫作"野鸽子墩"，又名"望乡台"，又称"苏子岩"。人们为了纪念苏武，在它脚下修了一座巍峨的苏武庙，还立了一座石碑，上刻"汉中郎将苏武牧羝处"。直到今天，那座高台还高高耸立在蓝天白云间。

蒙泉的传说

苏武牧羊，水干草枯，口渴难忍，羊群奄奄一息，他仰天长叹："苍天有眼，就赐给你的生灵水吧！"话音刚落，脚下就冒出了一眼碧波粼粼的甘泉。苏武俯身掬起清清的泉水送到嘴里，甘甜无比，顿觉精神倍增。苏武一声呼哨，羊儿便从四面奔涌而来，尽情地喝起了清洌的甘泉。自此以后，那眼神泉水天涝不增，天旱不减，汩汩涓涓地流个不停。后来人们称它为"蒙泉""苏泉"，也称"神泉""灵泉"，并在神泉侧畔筑了一座彩亭。《镇番遗事历鉴》记载，当地的老百姓相传，这里的泉水冬温夏洌，色淡味甘，可以治疗腹疾。当地的驼户，每当出外远行时，就把骆驼赶到泉上来饮水，并用壶灌满泉水，说是可以降伏"渴魔"。

鬼井子的传说

苏武在山上放羊，东游西逛，没有个定点。有一天，天气炎热，他赶着羊走远了，转悠到沙窝里，口里发渴，羊也渴得咩咩直叫。正无计可施的时候，苏武忽然眼前一亮，就在他的脚下发现了一个小水坑。水坑里清冷冷的水满当当的，苏武高兴极了。但转而一想，这么一小坑水，两瓢就可以舀干，够谁喝呀？这时候，有只绵羊发现了水，跑过来低头大口大口地狂饮。苏武不忍心拦挡，任它一气饮干再说。谁知道这只羊饮了一阵抬起头来，那坑水还照样满当当的，一点儿都不见浅。羊儿一只一只地挨个饮好喝足了，那坑水还是照样满当当的，这可把苏武看呆了。他大声说："神泉！

神泉！真正的神泉呀！"他趴在水边，美美地喝了一顿，立刻精神焕发，气力充足，一点儿也不感觉疲乏了。

这个小水坑，舀也舀不干，填又填不住，真叫人奇怪。从此，他不时赶着羊到这里，总要美美地喝一顿这水坑里的清水。

可是，你要专门去找它，怎么也找不着，只有来往行人无意之中而且是十分饥渴的时候，才能碰到。因此，人们把这个小坑叫作"鬼井子"。

无节芨芨草的传说

苏武在山上放羊，成天在石滩上跑来跑去，衣衫褴褛，鞋帮跑散了，鞋底磨通了，他只好光着脚跑。唉！这光着脚走路的苦楚可不好忍受呀！夏天，滚烫的砂石烫得脚底起疱；冬天，遍野的积雪，冻得两脚皴裂。眼看不能再熬下去了，他拿起破烂的鞋，想把它缝补一下再穿。可是，哪来的针线呀？他在石滩上找来找去，想找一个可以替代麻绳用的东西，马莲、冰草、沙竹，都是一拉就断，或者一扯就折，根本不能用。后来他找到了芨芨草。芨芨草茎柔软坚韧，只可惜它全身有节，遇到有节的地方，还是容易折断。苏武气得把烂鞋撂在芨芨墩旁边，仰天长叹。

夜里，苏武梦见天上的织女说他忠诚可敬，把自己纺的丝线送给苏武，让他补衣缝鞋。

第二天，苏武到芨芨墩旁边去取鞋，忽然发现那芨芨草变了样子：油绿的缨子青青翠翠，金黄的茎干耀眼发光。连他折断在一边的一段段芨芨草，也连接起来放在那里。更奇怪的是芨芨草茎油光光的没有节了，他高兴得什么似的，坐在那里，用一根根芨芨草缝补起鞋来。

从此，他就用这无节芨芨草缝补衣服鞋子。据传，只要是忠诚信义的人，就能在苏武山上遇上这种灵异的无节芨芨神草。

苏山双羔的传说

匈奴单于扣留苏武后，劝苏武投降，苏武宁死不降，单于大怒，罚苏武去放羊。派人给了苏武一群羊，一半是母的，一半是公的，但要求不论公母，都要一羊一羔，否则，就永不得回汉廷。苏武明知这是故意刁难，可也只好听天由命。谁知道到了母羊产羔的季节，羊群里的母羊不仅都下了双羔，而且双羔中的母羔又特别多，单于对他无可奈何。

从此，人们就传说苏武山上放的羊，母羊多下双羔。每当母羊生下双羔时，人们就说："这是苏武爷赐给我们的。"

发菜的传说

苏武山一带产发菜，因其色泽乌黑、丝长柔韧、形色酷似头发而得名。相传苏武牧羊，"心存汉社稷，旄落犹未还。历尽难中难，心如铁石坚"。日日夜夜手持使节标志的旄旌，旌毛脱落光了，他就剪下自己的头发，系于杆头，夜里抱住它睡觉，白天拿着它牧羊。风吹沙打，旄旗上的头发也吹落了。落下的头发，在荒原上，草墩下，一束束，一丛丛，扎根生长。这些"头发"落在哪里，便长到哪里。

苏武发现了，便小心地采撷它，系在杆头，不仅作为使节标志上的旄旗经久不衰，饿了还用它来充饥，滋养身体。后来，人们把它叫作"发菜"。

据传，当年苏武牧羊，羊鞭丢到哪里，哪里就长出毛条，当地的黄羊也是苏武所牧羊群的后裔。另外，还有汉节与毛条的传说、三果酒的传说、神祇显灵的传说等等。

千百年来，苏武感人的传说故事在民勤传唱千年而不衰，其人格魅力在百姓心目中已被神化得完美无缺，成为永远不朽的榜样。

（邸士智）

石羊引水润绿洲

祁连山是一座银色的宝库，从它的宝库里流出了很多条河，其中一条叫石羊河。石羊河滋养着凉州大地，把荒漠变成了秀丽的绿洲。这条河为啥叫石羊河？要知它的来历，说来话长。

很久以前，凉州一带的人把祁连山称作南山。传说，南山下居住着一户姓石的人家。石家祖传石匠出身。石家世代只生一子，唯有到了石福这代，生了两个儿子，老大叫金钻，老二叫银钻。石福一生为人诚实，手艺高超，教子有方。他家凿的石磨，推出的面又白又细；他家制作的碾子，碾出的米没一粒碎的，也没一粒带壳的；他家锻的手磨，磨出的麦索不粗不细，磨出的豆腐不软不硬；他家雕的柱顶石，放进地基，顶起木柱稳如泰山；他家雕的石狮，威风凛凛，活灵活现，就跟真的一样；他家雕的龙能腾云驾雾。由于他手艺精湛，干活卖力，为人厚道，从不投机取巧，多收价钱，因此周边乡亲都想请他家的人去干活。石福不仅赢得了左邻右舍的信任和好评，而且生意兴隆，日子过得富富裕裕。

正当金钻、银钻年富力强、手艺娴熟时，父亲石福突然生病，卧床不起，咳嗽不止。尽管儿子请医抓药，一心想把父亲的病治好，可是石福的病情却日益恶化。他自知医治无效，就把一对钻儿叫到身旁，再三叮嘱："你们要苦钻苦研，千万不能把咱家的祖传手艺失传；要靠手艺吃饭，千万不能偷奸耍滑，欺骗乡亲。咱们村的人都靠天吃饭，乡亲们的日子都不富裕，父老乡亲们叫你们干活，千万不能多收工钱。"老人每说一个"千万"，两个儿子就点一次头，表示牢记心间。

料理完父亲的丧事，金钻和银钻把一位秀才留下来，请他把父亲的遗言写在一块石碑上，兄弟俩连夜雕刻好，立在堂屋，每天拜一次。

兄弟俩不仅把父亲的话雕刻在石碑上，而且牢记心头，照着去做。乡亲们有事，昼请昼到，夜叫夜去，叫干什么活，他们就干什么，叫干成什么样子，他们就干成什么样子，真是石板上打眼——实打实。在宽裕的人家干了活，从不多收半分毫；谁家日子过得紧张，一时交不上工钱，拖欠下也行；实在穷得交不起的，就不收了。当地乡亲们都夸奖他俩说："石家风水好，他们生的后代一代比一代强，真是百里挑一呀！"

那几年，凉州一带不仅风调雨顺，而且南山也为当地百姓造福。每当需要水的时候，山上就发来山水，浇灌庄稼。庄稼一丰收，乡亲们就纷纷上石家门，有的请他们锻石磙，有的请他们打石磨，打桩的请他们雕刻石狮，刻龙画凤。兄弟俩起早睡晚，从不偷懒，干得挺欢，乡亲们满意，他们的日子也过得蛮红火。

光阴似箭，日月如梭。当金钻、银钻已成年时，老天爷翻了脸，春天老刮风，夏天热死人，秋不落雨，冬不落雪。每到夏末秋初还会动不动落下核桃大的冰雹。南山，顿时变得格外吝啬了，就像生病的奶婆娘，孩子急需奶汁，可她就是不应求。四乡百姓，眼巴巴看天望山，天上不挂一丝云彩，山上的雪水日益减少。

南山下的一户牧主，截引仅有的一点雪水，要浇灌草场，但北塬上的一处庄园，却急需要水浇灌庄稼。庄主一看水断源绝，就敲响了龙王庙的大钟，集合百姓，去跟牧主争水。沿干河而上，到了牧场，一看见白花花的雪水，庄主分外眼红，商谈不妥，就打起水仗。庄主与牧主争水，苦了百姓，经过九天九夜的厮打，人畜死亡惨重，血流成河。就这还不罢手，从山下打到山上，还放火烧了山林，把林间的石羊，都烧得焦头烂额，咩咩直叫；其他野兽，逃的逃，伤的伤，死的死。漫天大火烧了九九八十一天，难以扑灭，老天发怒，又下了九天九夜的冰雹，才把南山大火扑灭。从此火烧过的南山就像铁石似的，寸草不生。

自此，水源断绝，山下大片草场良田变成戈壁沙滩。草原上的牧主带着剩下的牛羊东迁西移，转场放牧，过起游牧生活；北塬的庄主，眼看不能务农，组织骆驼队经商做买卖，从外地运粮吃；当地百姓，弃家带眷，进南山淘金。

土地荒芜，颗粒无收，石家门上断了脚踪。仓里无粮，谁找石匠锻磨制碾、打桩盖房呢？金钻、银钻失了业，只好随乡亲进南山，兄弟俩来到双龙沟居住下来。双龙沟的水，人们都说是从深山老林里流出来的两股神水，又分又合，人们才给它起了双龙这个名字。

乡亲们都在泥里水里淘金，而金钻、银钻却心神不定，整天发呆，吃不下睡不稳。有天夜里，仰卧在双龙河畔的两兄弟，连翻身子，合不上眼皮，眼望苍天，月明星稀；

耳听河水，声如雷吼。老大扯一扯老二的衣角说："银弟，你听着河水声音多大呀！这双龙河不知流向何处。要是能流到我们家乡多好呀！"银钻翻了身，对哥说："是呀！要是我们家乡有了这河水，乡亲们还跑到这儿干啥？"金钻痛心地说："乡亲们拖儿带女，远离家乡，累死累活，还淘不到多少金子。就是淘到金子，远水解不了近渴，它是能顶吃，还是能顶穿？"银钻认为金哥说得在理，可乡亲们不淘金又有什么办法呢？

金钻一骨碌坐起来，跟银弟合计："我们沿着双龙河去踏勘踏勘，看它究竟流向何处。"

银弟明白哥哥的心意，整理好行李，两人就上路了。兄弟俩沿着双龙河左拐右转，绕过高山峻岭，穿过峡谷，忽而向西，忽而向东。他们沿着河岸前行，逢山过山，遇峡过峡，绕过九十九座山，穿过九十九条峡，随河水来到一座齐天大山前，便无路可走了。双龙河被大山挡住，形成一座偌大的海子。海子一片碧绿，深不可测，山上云

航拍石羊河

雾，天上的霞光，全部倒映在水中。好像水中有一只石羊，在晃动身子，白色的毛，锐利的角尖，高高的鼻梁骨，一双圆突突的眼睛，似卧非卧，似站非站。银弟惊奇地叫道："金哥快看，那半山腰有一只石羊，像卧着，又像半站着，它头上的双角一圈一圈盘起来，还闪着银光呢！"

起初，金哥全神贯注地看着水里映出的石羊，到后来，脑子里想的就多了——想起四处流浪的乡亲们，想到父亲的遗言，想到荒芜的田地，想着想着又收回目光，盯在碧绿的湖水上。他心里说："要是能把这水引回家乡，该多美呀。可它偏偏让这光秃秃的大山给挡住了。这山不知究竟有多宽，有多高，能不能打通它？"心里琢磨着，手不由得摸着装在口袋里的钻头。是啊，好长时间没使过斧钻了，手心里怪痒痒的。

"金哥，你快看呀！"银弟见金哥不作声，便大声吆喝起来。

"你大惊小怪的，让我看什么？"金钻抬起头白了银弟一眼。他暗暗埋怨弟弟心里不放事，家乡没水浇，乡亲向外逃，可他竟一点不发愁。

银弟手指大山说："你看，那半山腰有只石羊。"

金钻不高兴地说："我早看过了，它还在轻轻摇动身子，还有两只大盘角在头上哩。"

银弟觉得奇怪，他从没向山上石羊看过一眼，咋知道那石羊在动弹呢？

金哥说："银弟，不看石羊了，我们想办法摸清这山的情况，看看能不能钻通它。"

弟弟吐了吐舌头，没有作声，同哥哥肩并肩爬山了。哥俩爬了九天九夜，才翻过这座大山，站在山顶上向下望去，家乡景物尽收眼底。这下他们心中有底了，只要把这座山凿通，水就能一直流到家乡的土地上。

金钻拍着银钻的肩头说："银弟，我看咱俩把这座山打通，把水引回家乡去，为乡亲们造福吧。"

银弟一听又吐舌头又摇头。

金哥说："人家愚公能移山，为啥我们就不能钻山？"

兄弟俩说干就干，他们干了几天几夜。有天夜里老大和衣而睡，眼睛一闭，梦见一只石羊向自己走来，走到跟前说："金钻哥，你别那么费力气了，你帮我雕好碰折的腿，再锻好碰折的一只角，我就会把山顶通，把双龙河水引到你们家乡去！"

金钻不解地问："这块石头好硬啊！你的角能把它顶通吗？"

石羊舔一舔金钻的手说："我是龙宫派到人间来的。龙王爷给我两只神角，不巧一只角被雷公的冰雹打坏了，一条腿让森林大火烧伤了。要不然，我早把这河水引到你们家乡去了。"

金钻从梦中醒来，天刚蒙蒙亮，看着半山腰的那只石羊，他自言自语道："说不定，这真的是一只神羊呢！"他准备去找银弟，为石羊雕腿锻角。金钻还没动身，银钻手提斧凿，气喘吁吁跑来说："金哥，我昨天夜里梦见一只石羊跟我搭话。"

金钻一听，银弟说的跟自己梦见的一样，于是他俩给石羊修角补腿，又把粘连它的顽石斩断。那块烧焦的石头刚一脱落，那只石羊忽地从山上站起，用高高的鼻梁顶着金钻、银钻说："金哥、银弟，你们去双龙沟，让乡亲们快回家，我尽快顶通这座大山，把这海子的水引到山外的大地。"说着，石羊撒了个欢儿，跳进水里，忽听地动山摇，齐天大山从两边的凿口处裂开一道口子。天惊石破，一股巨浪冲出山外。石羊在前头引路，它走到哪里，双龙河水就跟到哪里，一直来到北边的沙塬上，流进金银兄弟的田里，流到众百姓的田里。

石羊并没有停步，带着双龙河的水，一直向腾格里、巴丹吉林大沙漠流去。它来到沙漠，骄阳似火，汗流浃背，索性钻进地底下，河水便跟它流进沙层底下。

从山上下来的庄稼人，又在家乡的沙塬上开荒垦田，栽种树木，防风固沙，打桩盖房，休养生息，恢复生产。

金钻、银钻凭着记忆雕刻了一只石羊，供在众人修的龙王庙里。从此，人们就给流出山外的双龙河，起名为石羊河。

（潘竞万）

蔡将军守蔡旗堡

民勤一直流传着这样的民谣："先有蔡旗堡，后有镇番城。"

在民勤县城西南约一百里的地方，有座古城堡，名为蔡旗堡。蔡旗堡古来即是兵家争战之地，为明、清时营所，驻重兵防守。蔡旗堡是在原休屠王城和阔端太子行营的基础上，加宽加高加固，扩展而成，墙垣高厚。同时，在四围约五千米的地方建有四座烽火台。堡内有公署衙门、仓、场、商铺和道观寺院、文武圣庙，一应俱全，规模较大，号为"镇番首堡"。蔡旗堡处于民勤、武威、永昌交界处，素有"鸡叫三县明"的说法。

说起蔡旗堡的由来，当地流传着一个传说。据说很早以前，此地山水秀丽，草木丰茂，气候适宜，是种植庄稼、放牧牛羊的好场所。这就吸引了许多中原的老百姓，到这里开荒种地，安家立业，渐渐繁盛起来。可惜那时候中原政权离得太远，鞭长莫及。因此，北地的匈奴常常到这里来侵袭，附近的土匪贼盗也常常到这里来骚扰，这儿的人们不得安生。

有一个姓蔡的后生，生得魁梧英俊，自幼练下了一身好武艺，有心出来保卫自己的家乡，可惜只身一人，孤掌难鸣。敌人来了，还是没办法抵挡。他气愤不过，就备了一点盘缠，只身进京去搬救兵。走呀，走呀，不知走了几个月，吃尽了千辛万苦，好不容易走到京城。有一天皇帝上朝的时候，他冒着生命危险，闯进了金銮宝殿，差点叫御林军抓起来杀头。幸亏有一位正直的大臣救下了他，问明情况，把他领到皇帝面前。皇帝问他干啥来了。他就把家乡遭受匈奴侵扰、百姓受苦受难，他自发进京搬救兵的事情说了一遍。皇帝听了，把他夸奖一番，封他为镇远将军，允许他就地招兵买马，镇守家乡。

姓蔡的后生回来以后，四处宣扬，得到了家乡老百姓的拥护。真是"插起招兵旗，就有吃粮人"，没过几天，就有好几百个年轻小伙子报名当兵。他们很快立起了旗帜，成立了蔡旗军。老百姓不但筹集了军饷，而且自愿奉献，出人出力。很快就筑起了一

蔡旗堡

座蔡旗堡，修了营房，让蔡旗军驻在里边，终日操练。

北地的匈奴王听到了，怕他们真的成了气候，就带领三千骑兵攻打蔡旗堡，想把蔡将军的队伍消灭干净。蔡将军率领他训练的八百蔡旗军，迎头痛击。蔡将军用兵得当，一马当先，武艺超群，八百壮士个个奋勇杀敌，终于把匈奴三千骑兵打得落花流水，丢盔弃甲，向北逃窜。蔡将军率领将士，直追到白亭海以北才凯旋。这一战，蔡将军威名远扬，附近的土匪贼盗，再也不敢冒犯。

蔡将军又在蔡旗城周围几十里的地方，修了好几个烽火台，随时报警。蔡旗城南门外，修了一座蔡旗墩，把蔡字旗高高插在墩上。从此，这地方安定了好几年。

岁月如梭，虽然蔡将军已年老去世了，可蔡旗墩上的蔡字大旗仍插在上面，随风飘扬。这座城堡，就叫蔡旗堡，一直叫到现在。

（邱士智）

神奇膏药王蛤蟆

凉州城里有一户姓王的人家，世代专门制作膏药，医治百病。此膏对无名肿毒之类疾病，疗效颇佳；对治疗风湿关节痛，犹如神手一把抓。究竟灵不灵，有诗为证："烧炉炼丹妄用功，神仙难医关节痛。蓬莱瑶池无妙法，良药原在凉州城。"

此药名为"蛤蟆膏药"，人们把制卖蛤蟆膏药的王氏家族，称为"王蛤蟆"。王蛤蟆膏药，为啥这么灵？传说它是铁拐李下凡传授给人间的神药。

在很早很早以前，凉州一带地热潮湿，气候寒冷，是名副其实的凉州。这一带人民多以放牧为主，随水草而迁，过着游牧生活。人们常常肚胀腹泻，关节疼痛，不得不进城买药，医治此病。有个王氏家族，世代行医，为人所尊。王氏家族中有一人得知此情，便千方百计试制医治此类疾病的药膏，并开设专售此药的店铺"万寿堂"，决心为民根除此病。有位叫"金不换"的老道，专程来凉州，给王氏家族传授制膏药技艺。王氏家族之人虚心求教，细心研制，终于制成了医治腹胀、关节痛的膏药。此事一经传出，四方百姓，八方牧民，纷纷来王氏"万寿堂"买膏药治病。可是，此膏疗效欠佳，只能治表，不能治本，肚胀、关节疼痛之疾难以彻底根除。

这时，凉王在雷湖大兴土木，修筑雷台，四方百姓云集雷台湖边。时值初春，湖水上涨地表渐湿，民工肚胀腹泻，腰酸腿痛，都瘫痪在地。监理官令王氏药店星夜赶制药膏医治民工疾病。尽管药店都已腾空，却还是难以满足需要。恰巧有位肩挎药葫芦的瘸腿老人，这时一瘸一拐，来到雷湖边。他看众民工瘫倒在地呻吟不已，有的肚子胀得像罗锅，有的关节麻木难以动弹。瘸腿老人询问道："你们重病染身为啥不去医治？"众民工照实说来："凉州城里只有王氏一家专门卖膏药的，如今敷药人多，膏药一抢而空，却难治愈此类疾病。"

老人一听，面对雷湖，两掌紧合，对准鼻梁口念咒语。时过片刻只见一只碧玉蛤蟆，从天而降，落在老人右肩药葫芦嘴处。它张开大嘴连吐串串金珠注入葫芦嘴中，直把葫芦装满，然后跳入雷湖中。瘸腿老人放下双手，睁大两眼，从肩上拿下药葫芦，口对葫芦嘴吐入唾液，轻轻连摇数下，药葫芦中的金珠，便化作不稠不稀的药水。他倒滴药水涂在民工疼处，药到病除，瘫痪在地的民工个个从阴湿地上站了起来。瘸腿老人又让肚胀腹泻的民工张开嘴巴滴进药水，胀者连放几个响屁胀气大泄而尽，腹泻者再也不拉肚子了。

众民工正要酬谢瘸腿老人，可他倏然而去，究竟去向何处，谁也不知。原来他来到了王氏药店门口，笑着道："掌柜的，你卖什么药？"

王掌柜如实回答："我出售的是王氏膏药，此药是金不换老道所传，医治无名肿毒、关节痛之类疾病。"

瘸腿老人笑道："人说王婆卖瓜，自卖自夸。你这王掌柜卖药也是自卖自夸。"王掌柜自谦道："鄙人所制膏药可治轻伤，对重伤重病实难以奏效。"

"快拿张狗皮过来！"说着，瘸腿老人从肩上取下药葫芦将其药膏全部倒在狗皮上，"这才是真正的神丹妙药。"

王掌柜看他那副长相，笑言道："你这膏药治何疾病？"

王掌柜话声刚落，有一牧民打扮的中年汉子一瘸一拐地向药店走来，一进药店就大声质问药店主人："王掌柜，你卖什么狗皮膏药，吹得多好多好，实际不顶屁用！"

瘸腿老人扶这牧民坐在凳上，让他挽起裤腿，问道："什么地方痛得厉害？"

牧民指着肿大的膝盖说："此处最痛！"瘸腿老人剪了一帖狗皮膏药，贴在他的膝盖上。汉子猛然觉得有一股热气穿心，疼得发麻的双腿顿觉舒展轻松多了。

王掌柜一看患者病除，对拐腿老人刮目相看，马上请他进店，准备好好地酬谢一番。

老人婉言谢绝，小声言道："此药用完后，去雷湖中，求见蛤蟆。"说罢，飘然而去。

王掌柜拿过药书细细查看，画在书上的蛤蟆映入眼帘：它皮黑肥胖，遍体疣斑，十分丑陋。再瞧文字，药书中写道："蛤蟆，亦作蟾蜍。"于是，他从蟾蜍想到嫦娥奔月的事。嫦娥的丈夫请人求药于西王母，那药不就是蟾蜍吗？嫦娥偷吃此药才奔入月宫，再未下凡。今天赐膏药的瘸腿老人，是不是嫦娥所派？要不就是八仙之一的铁拐李，从长相看一定是铁拐李，他为何来凉州？莫不是他上西天参加王母娘娘的蟠桃盛会路过此地？

179

正在此时，从街里传来一阵嚷嚷声："王掌柜，听说仙人赐你神药，快卖我一帖！"

"王掌柜，听说铁拐李专程来你店赐药……"王掌柜应接不暇，仙人赐的药膏一售而空。

王掌柜遵照瘸腿老人所嘱，挑着药桶向雷湖走去。来到湖边，汲了半桶水，刚放稳当，正往湖中察看，忽见两只蛤蟆从湖水中跳到药桶上，把闪闪发光的金珠吐入桶中。桶中哗哗作响，桶水涨满，蛤蟆又跳进湖中，不见踪影。

王掌柜挑桶入店，珠化水变成膏药。从此，他的药店生意兴旺起来，声誉渐高。

于是，王掌柜请能工巧匠雕刻一尊蛤蟆，上涂金料，供在药店里；又用琉璃瓦制了一只蛤蟆，镶嵌在门口。那活灵活现的蛤蟆口含金珠，闪闪发光，店铺内外，顿时生辉，吸引众多商旅。从此，王蛤蟆膏药，远销各地，声誉日隆，名扬四海。

（潘竞万）

大佛爷与黄羊河

在武威城东南约五十千米处，有座大山陡峭峻拔，高入云霄。山上有石阶，阶似天梯，拾级而上直通九天，故称天梯山。天梯山，也叫大佛山。为什么又叫大佛山？因山壁上凿有石窟，窟里有一大佛，身披佛衣，安然端坐，左手平放在膝盖，略出膝部，右臂微抬置于膝上，手掌外撑，向对面的山推去。大佛右手所指之处，先是湖滩，然后是一道川，叫张义川。张义川西有一座山叫磨脐山。

为什么天梯山上要凿窟塑佛，而佛爷又手指磨脐山？这里面有一个很有趣的传说。

很久以前，天梯山一带风调雨顺，气候宜人。春季，雪化冰消，草木苏醒，天梯山变成了翠绿色的山；夏季，细雨润万物，天梯山变成了花果山；秋季，花结籽，果成熟，天梯山成了金色的山；入冬后，天梯山银装素裹，像一位身披白色盔甲的将军，显得威武雄壮。

天梯山下，随着季节变化，也是气象万千、多姿多彩。山前的河滩，冬春雪飘冰封，夏秋碧水荡漾；山后的黄羊滩，草木茂盛，牛羊肥壮。

山前山后，有两个大户。他们虽然各有一座庄院，但都想占山为王，你争我夺，互相倾轧。最后因嫉妒心理驱使，不知谁一把火烧了山上的森林，两败俱伤，好端端的天梯山，从此变得"遍体鳞伤"。天上不落雨雪，山下水枯草干。山前的张义川，因有磨脐山的雪水灌溉，水足土肥，人口稠密，牧草丰盛，马肥牛壮，好一派繁荣兴旺的景象。而山后的滩上，因天不落雨，磨脐山的雪水又被天梯山阻挡，真可谓水断源绝，贫瘠干旱，只有黄羊出没，所以人们把这滩叫作黄羊滩。

滩上那个姓满的大户，因争山失利，得罪了山神，又得罪了当地百姓，一时落得人财两空，名誉扫地，连长工也雇不起。留住滩上的几户，成年男女都去南山淘金，谁也不愿给他当帮佣。姓满的庄主正在发愁，忽然有个男孩登门讨饭。一询问，才知他姓李，是从外乡流浪而来，便收留他当了放羊娃。黄羊滩上，缺水少草。狠心的牧主，不管山高路远，道路艰难，硬逼李娃把羊从山后的滩上赶到山前的川里放牧。李娃无奈，只得服从。他起早摸黑，风餐露宿，不顾人困羊乏，翻山越岭，向张义川进发。

一天中午，放羊娃刚把羊赶到天梯山下，忽然从山下刮来一阵冷飕飕的风。他抬头一看，山头浓云翻滚，电闪雷鸣，转眼间即下起瓢泼大雨。久旱盼雨的放羊娃不顾雨点大、来势猛，把瘦削的脸仰起来，张开干裂的双唇，让雨滴落进苦涩的嘴里，拼命吮吸着。他刚尝到点水味儿，接着乒乒乓乓的冰雹砸了下来。有一个鸡蛋大小的冰雹不偏不倚砸到放羊娃的嘴上，把他的一颗门牙打了下来。冰雹把羊打得晕头转向，他立即把羊赶到一起，去一山崖边躲避。待到冰雹变小，放羊娃才觉得浑身疼痛，他顺手拔下一撮止痛草含在嘴里，过了片刻，才好受些。正在这时，从山壁上传来一阵奇怪的声音："开不开——开不开……"放羊娃打了一个寒战，定睛寻找，看不见人影，以为是自己虚惊之故，随着怪声消失，便不放在心里。

他在山上找到一处躲避的地方，这里尽管草水稀少，倒也可以使羊儿充饥度日。过了一夜，第二天早起，吃过干炒面，他赶着羊在坡上放牧。

俗话说，羊儿吃的走马草，越吃越肯饱。他跟着羊群跑了大半天，到了中午时分，羊儿吃饱了，可自己却肚饿身乏。于是，他把羊拦在山崖下，解开炒面袋子，刚把一撮干炒面放进嘴里，忽然狂风吹来，弄得他两眼直流泪。他抹去泪水，睁眼一看，山的西边乌云滚滚，笼罩整个山头，转眼又落下冰雹。放羊娃连忙脱下上衣，顶在头上，急忙赶羊去山洞躲藏，可是羊群宁愿挨冰雹，也不愿进黑咕隆咚的山洞。他只好自己钻进去躲避，刚把脚跟站稳，又传来昨天那个"开不开"的怪声，一声接一声，越听越逼真。他感到奇怪，心里好生纳闷。

冰雹过后，放羊娃出了山洞寻找被冰雹打散的羊只，途中他遇见了一位白胡子老人。那老人身材魁梧，头戴白帽，身着白袍，手拄银杖，满面笑容。他捣捣银杖，手捋着山羊胡子说："这位后生，你为何惊慌失措？"放羊娃说了刚才听到的怪声和羊群失散之事。白胡子老人听后点了点头，说："那声音来自天上，三天之内，天梯山上必有大变。"并且叮咛他，明日若再听到"开不开"之声，就答"快开——快开"。

第三天午后，太阳刚被乌云吞没，狂风骤起，雷电紧跟，天又下起冰雹来，直打得羊只四处逃窜。放羊娃追赶一阵，收不拢羊，只好又钻进那个山洞。他刚刚站定，又一个炸雷从山头劈面而来，忽见山前滚动起一个个火球，像西瓜般大小，在山坡上横冲直撞。他定一定神，自言自语道："这莫不是山里人说的'滚地雷'?"此时，一个个火球直向天梯山北侧滚去，滚到山岸旁，又一动不动地停住。忽然，天空响起"开不开——开不开"的怪声，而且声如霹雳，直震得他双耳失聪。

放羊娃猛然想起白胡子老人教的办法，急忙从怀中摸出一个硬馒头，走出山洞，面对混浊的苍天，一边使劲掰馒头，一边大声应道："快开吧，快开吧，快快地开吧!"话声刚落，只听轰隆隆十声巨响，天梯山裂开一道大口，喷出一股清水，沿着裂开的山峡，向黄羊滩流去，色如银涛，声似雷吼，呼啸而去。

放羊娃站在山前，向水湖滩望去。眼看张义川尽头的磨脐山向裂开的水峡口移动，大有堵住水峡之势。放羊娃急得团团转，一时不知如何是好。

说时迟那时快，正在放羊娃干着急时，一位大佛爷传道路过此地，见此情景，盘腿稳坐山坡，抬起右手掌向前一推，磨脐山稳稳地站住不动了。而从水峡口流出的水，一直流到黄羊滩，淹没了满家庄。从此，滩上的草木复苏，万物长势旺盛，从滩上逃走的庄稼人又回到家乡，开荒种地，建家立业，又过上了美满日子。百姓传唱："张义川，水湖滩。大佛爷手指磨脐山。山峡开，流水欢，黄羊河灌溉黄羊滩。"

当地百姓为了感谢大佛爷的恩惠，在天梯山上凿洞塑佛，以镇邪保民，并把天梯山称为大佛山，把从山侧峡口流出的河，命名为黄羊河。

（张长宝）

美丽神奇乌鞘岭

乌鞘岭，被人们称为丝路险关、河西走廊的门户，以山势峻拔、地势险要驰名于世。说起它的来历，有这么一个神话传说。

很久很久以前，这儿没有一山一岭，地势平坦，风景优美，森林茂密，绿草如茵。从森林里流出的溪水汇成一条小河，清澈见底，湍流不息，浪花朵朵，向北流去，人们把它称为银河。银河流向哪里？说是经过北海龙宫，流向遥远的天边。北海龙王的公主从宫里出来玩耍，看见这条银光闪闪、会唱优美动听歌曲的河流，非常喜爱，经常逗它的浪花，学它唱歌，天长日久，她跟银河建立了感情。银河呢，有意放慢速度，让她看个够，最后干脆停下它的脚步，向她微笑着，荡起涟漪。公主看着它想："这河究竟从哪儿流来？它的发源地在何处？"有了想法，她便要去追根求源。于是，她站起身来，向上游走去。走着走着，她的双脚被眼前突然出现的森林挡住，抬头一看，苍松耸立，山杨挺拔，柏树翠绿，林中野花争艳。她高兴极了，像一只百灵鸟那样又跳又唱，她悠扬的歌声向辽阔的草原飘去，一直飘到草原深处的金湖畔。

这时，有一位英俊男子正坐在碧草如茵的湖畔，他睁大双眼，舒展龙眉，聚精会神地看着湖水。湖水平静如镜，清澈见底，映出一副英武俊美的脸庞。

一阵悠扬的歌声像一粒凭空而来的金石投入水中，平静的湖水翻起涟漪，金光闪闪，细波粼粼。他顿觉丢魂失魄，站起身来，循声而去，走着走着，目光被一片森林阻挡。他低着头，猫着腰，钻进森林。透过林隙一看，唱歌的原来是一位美貌女子。她拿一束鲜花，坐在泉眼旁，逗水唱歌。

"哎，你是谁家的百灵鸟？"他的突然发问，使这女子一时不知所措。回头一看，原来是一位英俊的青年男子。她有点紧张，就顺势跳入水中。河水猛涨，水势变大，哗哗流响，飞溅起的浪花映出五颜六色——白的洁白似雪，红的艳红如脂，黄的黄灿灿。

小伙子向五颜六色的浪花紧追而去。可水的流速比他跑的速度要快得多，他怎么也追不上，只好目送着她。直到目不所及，他才停下脚步，喘喘气儿，灰心丧气地返回。

第二天，小伙子又来到金湖边，刚要跳进湖中游泳，马上想起昨天的所见所闻，尤其是她那娓娓动听的歌声，叫人一听就像醉了似的。于是，他便小声学唱起来。连学数遍，觉得有那么点味儿了，便放大嗓门唱起来。他浑厚的歌声，飘过森林，飞到泉边，惊动正在发呆的姑娘。这姑娘此刻正沉醉在昨天那场虚惊的回忆之中。昨天，藏在笔直山杨中的那位美男子，究竟是哪家青年？尽管她只看了他一眼，可他那鼻儿眼儿，全印在她脑海里。正在她想入非非之时，突然被粗犷洪亮的歌声震慑。她从回忆中醒过来，更是吃惊：这歌声为啥跟自己唱的一样？是哪个男子在唱？最好是昨天的那个男子。说不定是他昨天躲在什么地方偷学的。于是，她向歌声飞来的地方走去——猫着腰，从林间穿过去，向唱歌的男子走过去。她走着，忘情地走着，头上的龙花被树枝撞落了瓣儿，她没发现；身上的龙衣被松柏枝刺破了几处，她顾不得。从树林的北边走到树林的南边，透过间隙一看，前面豁然开朗，一片绿茵茵的草原向远处的雪中伸去。草原上百花盛开，争鲜斗艳。这哪是一块草原，简直就像是仙女织的地毯。突然变低的歌声又高扬起来，这歌声把林中的鸟儿都吸引住了。它们闭上了自己的歌喉，伸长脖子，聚精会神地听着小伙子歌唱，原来歌声来自湖边。这湖远远看去，像镶嵌在草原上的一块明镜，闪烁着金光。她踮着脚尖，轻飘飘地走去。来到湖边，看见一位小伙子坐在湖畔，尽情地唱着歌儿。她欣赏片刻，急着向前迈步，刚迈出脚，又收回来，欲进却没胆量，欲退又不甘心。就这样，她犹豫了半天，最后还是恋恋不舍地回宫了。

一天，小伙子脱去衣服，刚要下湖游泳，忽听湖中水响，一朵含苞待放的荷花从湖底慢慢往上升起。转眼间，荷花绽开，一位美女端坐于花盘，黑发高高盘起，披着粉红色的轻纱，含情脉脉，又唱起了那支优美动听的曲子。小伙子看她身披睡衣，袒胸露怀，很不好意思，只好赶紧离去。小伙子来到林中，在一棵松树旁隐蔽起来，小声唱着，与湖中传来的歌声应和。唱着唱着，打起盹来。

他从梦中醒来，突然闻到一股奇异的香气。睁眼一看，自己躺在一条绣着龙的毯子上。毯上的绣龙活灵活现，抬头一看，一个绣花荷包在松枝上随风摆动，这股香味就是从绣花荷包里发出的。他在琢磨，是谁给自己铺上了绣龙毯？又是谁在松树上挂了绣花荷包？地毯上绣着双龙戏珠，荷包上绣的也是双龙戏珠。这金珠很像是草原上的金湖。草原上的那个金湖在阳光照射下很像是一颗滚动在草原上的金珠。这龙莫不是我和那位小姐的象征吧？龙宫的人都叫我龙太子——南海龙王的儿子，而她呢，是不是北海龙王的公主？一定是她。那天见她一纵身跳进河水中一直向北游去，今天又见她坐在金湖荷花中唱歌。我和她同爱金湖、金泉、银河。双龙戏珠戏的就是金湖，金泉的水来自金湖，又流入银河。

　　美男子鼓足勇气，向金湖走去。来到湖边一看，金湖恢复了原样，清澈见底，平静如镜，却不见姑娘。他扑通一声跳入湖中，坐在花毯般的荷叶上，抖动着那个装着

麝香的荷包。

　　此时的荷花姑娘却坐在金泉边梳洗着。她浓密的头发乌黑发亮，落在瘦削的肩头，仰起红润的脸蛋，睁大丹凤眼，望着瓦蓝瓦蓝的天空。忽见淡淡的白云中飞着一条龙毯，龙毯上坐着那位美男子，他手拿喷香的荷包，像飞仙似的向金泉飘来。眨眼工夫，落到姑娘身边，她想躲也躲不及了。

　　这位美男子用手抓住她的衣角，轻轻地说："公主，别怕，我是南海龙王的儿子。"公主打量着自己亲手绣的荷包，像有一股蜜水流进心田，激起甜蜜的浪花，撞击着心灵。

美丽的乌鞘岭

这时，一股狂风吹来，树林飒飒作响，金泉涌出波涛。原来是北海龙宫的虾将在到处寻找公主，一看她和南海龙王的公子依偎坐一起，浓情蜜意，互诉恩爱，便回宫禀报龙王。此时，南海龙王正在北海龙宫赴宴。他们听后大为吃惊，觉得太子和公主这样行事，有失体面。一气之下，南海龙王将夹着雪豹肉的筷子向金泉扔去，北海龙王把提起的酒壶也向金泉掷去。倏地，地动山摇，雷声大作，壶、筷撞击，发出火光，金泉边的森林顿时燃起齐天大火。

从昏迷中醒来的太子和公主忙用双手捧起金泉水，向大火泼去，在火光水花中一座乌黑的大山从金泉拔起。这座山就是当年的洪池岭，今日的乌鞘岭。岭南的金湖化作金强河，向南流去，注入黄河；岭北的金泉，化作清水河，向北流去。

岭上的白雪，是龙太子哈出的气，化作雪花落在岭顶；而岭下的喷泉，是公主流不尽的泪水。

(潘竞万)

188

药王神泉千古传

武威城西南隅古有"西截把营堡",今称为西营镇,立于祁连山间。

两千多年前,祁连山下沃野千里,碧草连天,是游牧民族的理想牧场,戎、羌、乌孙、月氏先后在此生活,成为祁连山下早期的游牧部落。公元前161年,匈奴的老上单于即位,他热衷于扩疆拓土,月氏是他向西征伐的最大目标。在乌孙部的帮助下,匈奴人挥师西进,大败月氏,祁连山下的千里沃野尽归匈奴所有。得胜的匈奴人分别给几座山命名:祁连山、焉支山、合黎山。匈奴人称其王为"撑犁孤涂单于","撑犁"意为"天","孤涂"意为"子"。称王后为"阏氏",即"地之后"。"祁连"实际是"撑犁"的不同版本音译。也就是说,祁连山就是匈奴人的"天山"。

被这座"天山"环抱着,西营河从山间蜿蜒而过,风景秀丽,宛若仙境。上有终年不化的雪山巍峨矗立,下有药王神泉坐落其中,留下了许多美丽的传说。

相传隋朝末年,由于朝廷衰败,十八路藩王割据中原,大凉国拥兵反抗,宣布脱离隋王朝统治。

大凉太祖李轨,突然身患疥癣,不仅面目变得十分难看,连脾性也变得暴躁乖张。请太医看过,连吃数服中药,不见好转,暴跳如雷的李轨将药罐摔得粉碎。朝堂上下深感忧虑,惶恐不安,为此下诏,通报全国,广招名医,为太祖治病。但天下名医,各显神通,均未奏效。

李轨看数位名医医治无效,也就不抱任何希望,整日里唉声叹气,愁眉苦脸,不思朝政。大臣们看在眼里,急在心头。有一位大臣想出一个办法,跟其他朝臣合计后,便上奏太祖:"近日有龙盘于西方,想必是陛下真身前来相助。"李轨一听,细细思忖,便采纳往西方寻药的建议了。于是李轨备装行车,在兵将护持下,来到祁连山,访医求药。

到了河西走廊,李轨抬头看去,一座蜿蜒起伏的大山,沿走廊向西延伸而去,座座雪峰,威武挺拔,十分壮观,便好奇询问:"这是何山?"随从的一位武将答道:"祁连山。因峰入云霄，故又叫天山；又因坐落在走廊南边，也称南山。"

李轨心头一动："何不到山上看看？"

于是李轨骑马朝大山奔去。登上马牙雪山，翻越雷公山，穿过古浪峡，观赏了天梯山，游览了莲花山、昌灵山，来到了一座无名的山中。

忽然，山中乌云骤布、大雨滂沱。道路旁一衣衫褴褛的老者骑着老虎前行，采集的药草已被风雨从箩筐中刮出，刮得漫山遍野，只见他依然不慌不忙地采集药草。文武众臣见状，齐呼："护驾！快走！有山洪！"却见那老者慢慢直起腰来，胸有成竹地说："别怕，这是病龙行雨，一会儿就停。"李轨见状，认定了他是位老神仙，便命人助其捡拾草药。

此时，谷水龙君正奉玉帝之命，带病行云降雨，在空中听到老者的话，好生奇怪："一个凡人郎中怎知我生病了？"于是，摇身一抖变为白头老翁，坐在山下路口，等待众人路过。

老者见一白发白眉白须的老人求医，急忙放下药篓。一诊脉，知其是龙君，便道："若想治病，请现原形。"谷水龙君的确口中有病，久治未愈，带病行令，被他识破；变为人身治病，又被他把脉所知。"这绝非人间一般郎中！"龙君心中嘀咕，却也治病心切，便就地一滚，现了青龙原形。李轨感慨："此乃吾真身也！"龙君首肯。

老者让其张开龙口，遂从背囊中取出太乙神针施诊。龙君受针后立见奇效，昂首曲体，腾空而起。刹那间，祥瑞之气布满天宇。万道霞光中，青龙缓缓吐出龙涎落于山脚，祁连山下就出现了一条长长的从石岭上流出的松柏水，汇集到山崖，倾流而下，发出清脆的叮当之声。

汇聚到池中的泉水，犹如一面平放的圆镜，把雪峰、山岭映入其中。老者告之："在此沐浴可除病。"

时值正午，骄阳当空，恰是山中沐浴的好时机。李轨褪去衣服，跳入池中，洗了个痛快，穿衣回到驻地，又美美地酣睡一夜。翌日清晨醒来，李轨便觉浑身如蜕了一层硬邦的皮，舒畅极了，对镜一照，疥癣竟痊愈了。后来李轨才知山中偶遇的骑虎老者便是药王孙思邈。

药王孙思邈，于北周静帝大象三年（581年）出生于京兆华原（今铜州市耀州区），为我国著名的医药学家和养生学家，被唐太宗敕封为"真人"。医药界尊称其为"苍生大医"，民间通称"药王"。

据史书载，孙思邈"七岁就学，日诵千余言"，被誉为神童。少时因病学医，对医学深有研究，医术高超，不慕名利，倡导医德，为民治病，药到病除。他博涉经史百家学术，兼通佛典。他一生虽经历北周、隋、唐三个朝代，朝廷多次请他出山，但他谢绝不仕。为总结唐以前的临床经验和医学理论，收集药方、针灸技术等内容，他不远万里，涉足大江南北，行医川陕陇上。

李轨欲报除病之恩，却寻人不见，只好率众臣在这里久住下来希望再次遇见，并把此泉定名为药王泉。

自此，药王泉水四季不断，水温如沸，神奇莫测。后人有诗赞曰："药王当年神游地，坐虎针龙得龙涎。神龙西跃升天去，留得药泉万古传。"

（张颐洋）

灵羊引路杨家将

古浪为古藏语"古尔浪哇"的缩读音，"古尔"是黄羊的意思，"浪哇"是沟壑川滩的意思，合起来就是黄羊出没的地方。关于这个地名，民间流传着一个黄羊帮助杨家将的动人故事。

相传北宋年间，西夏势力日渐壮大，不断蚕食大宋疆土。北宋王朝任命杨宗保为元帅，带兵西征。杨宗保带兵出金城，过黄河，穿过地势险峻的虎狼关，浩浩荡荡向河西挺进。谁料西夏兵狡诈无比，设计将宋军围困在雄州一个叫金山笼的险要地方。

杨宗保急忙向朝廷求救，宋天子得知此情，立即召集朝中大臣商议对策，但朝中武将都不敢带兵出征，杨家男儿大都阵亡，只剩孤儿寡母。穆桂英得知丈夫兵困雄州，便主动请缨，带领杨门女将周夫人、孟四娘、邹兰秀、耿金花、单阳公主、马赛英、重阳女、黄琼女、杜夫人、杨七姐等赴雄州相救。

将士们以十万火急之速，浩浩荡荡，旌旗飘飘，翻过乌鞘岭，进入山高水急、群峰耸立的古浪峡。穆桂英眼见古浪峡峰陡峡窄，高崖坠石，两山夹水，风寒云低，水恶浪险，是个一夫当关万夫莫开的雄关隘道，便急忙命令将士减速慢行。将士们顺峡谷一路西行，远远望见层峦迭嶂之中，横空伸出一个悬崖，欲坠欲落，陡立的石壁上隐隐约约有"滴泪崖"三个红字。将士们正在纳闷，忽听一声炮响，霎时，东西两山的松林中冒出无数西夏兵。只见旌旗飘摇，号角争鸣，战鼓擂动，杀声四起。一时间，整个峡谷如炸开了锅一般，连树木石壁都震颤起来。宋军无奈，只得挥剑舞刀，同西夏兵展开生死拼杀，终因寡不敌众，惨遭失败。

穆桂英一看众将士伤亡惨重，十一女将纷纷落难，心中十分着急。她急忙指挥将士从峡谷中火速撤出，在峡谷南岸的营盘台上安营扎寨，另找出路。

那时，古浪峡又称虎狼关，山高路险，易守难攻。无奈之下，穆桂英一面命令将士们在营盘台休养，恢复士气，一面派人四处寻找向西突围的路径。一连几日，除了后撤，再找不到突围的办法，急得众女将日不能食，夜不能寐。

　　一日，士兵在山脚下发现一群黄羊下山饮水，急忙挽弓搭箭，向那群黄羊射去。不料，箭矢快要接近黄羊时，像中了魔似的纷纷跌落，士兵们大惊失色。那群黄羊体格魁梧，毛色金黄，眼睛炯炯有神。它们神态自若，悠然饮水，即使军士靠近它们，黄羊们也不慌不忙。领头的头羊居然用眼睛定定注视着靠近它们的士兵，似有隐情相告。头羊仰头咩咩大叫，其他的黄羊也纷纷跟着大叫，样子十分奇怪。黄羊的声音在山谷间回荡了片刻，越发引起兵士们的好奇。

　　黄羊们怪异的举动，引起带头勘察路线的将士的警觉。他对其他士兵说："莫非这些黄羊知道我们突围的道路？它们是要帮我们向西突围？"

　　正在此时，他看到那只头羊望着他，仰天又"咩、咩、咩"长叫三声。

　　将士大喜，感觉自己判断正确了。于是他们跟在这群黄羊后面悄悄行走。黄羊在前面走，军士们在后面跟。他们绕过一条崎岖的羊肠小道，慢慢爬上巍峨的大横山。站在山顶，眼前豁然开阔，原来山的背面就是开阔的河西走廊。终于找到向西突围的道路了，探路的士兵们高兴极了。回头再找那群引路的灵羊，早已消失得无影无踪。军士们便知是神羊引路帮助他们战胜敌人的，于是越发有了信心。

　　探好向西突围的道路，士兵们急忙回去向穆桂英报告。穆桂英闻讯大喜，急忙调兵遣将，于次日黎明拔寨起兵，沿黄羊小道向大横山进发。大军翻越横山，行走二十余里，来到哨马营古镇。与清凉寺铁脚僧较量了一番武艺之后，借宿古城百姓宅院，

黄羊雕塑

休整数日，待士气恢复，急忙向西行军。

驻守在古浪峡的西夏将士，以为杨家将打了败仗，便高枕无忧了。他们做梦都没想到，穆桂英会带领军士们绕了一大圈，从暗门一线迂回到古浪峡北口。穆桂英乘敌不备，突然袭击，将西夏兵打了个措手不及，成功夺取了虎狼关。

这就是传说中的杨家将"倒取虎狼关"的故事。

佘太君闻讯赶来，与夺下虎狼关的穆桂英及众将会合在石崖上，又喜又悲。喜的是杨家将倒取虎狼关，大败西夏兵，悲的是众将战死沙场，杨宗保兵困雄州，生死不明。众将悲喜交加，泪水涟涟。一颗颗晶莹的泪珠，从石崖下落入半山腰，化作一个欲坠欲落的大石崖，从此人们又将这里叫作"滴泪崖"。与其说他们滴的是伤感的泪，还不如说是胜利的喜泪，是忠贞爱国的热泪！

（张奋武）

状元崖下读书郎

状元崖位于古浪县黑松驿镇龙沟堡南五千米的河西岸。崖高约十米，旁有一石洞，洞底距河床三米左右，洞深约三米。洞内有烟熏火燎的痕迹，石崖上有刀凿斧削的竖匾残留。经年日久，上面的字迹被风吹雨淋，剥蚀殆尽，早年还依稀可见"状元崖"字样。

传说明朝时候有一个王妃，因宫廷政变，独自一人逃出皇宫，隐姓埋名，流落民间。经数月的辗转流离，来到战事较少的凉州龙沟堡一带，在河边石崖上伫立良久，感慨万千。面对离乡背井、孤身漂泊的凄凉情景，回想往昔岁月，泪如泉涌，心如刀割。本想一头扎进崖下了此余生，怎奈身怀六甲，不忍断了王爷的根脉。踌躇再三，她毅然下定决心，咬紧牙关，坚持活下去。

当时，她已行动不便，恰好石崖旁有一天然石洞，她就在这里住了下来。白天出洞到周边村落乞讨度日，入夜后回到石洞居住。为防野兽袭击，她将洞门用石块和树枝遮挡；为驱寒冷和潮湿，她捡回柴火在洞中生火取暖。两个多月后，苦命的婴儿在石洞中呱呱坠地。附近一些憨厚善良的大婶大娘送来米汤锅盔，帮她度过了分娩后最艰难的一段日子。

孩子的出生给王妃带来了希望和寄托，更增添了她顽强地生活下去的勇气和信心。她暗中发誓，一定要将孩子抚养成人，让他做一个顶天立地的栋梁之材，以告慰王爷在天之灵。

王妃在崖顶的山坡上开荒种地，一锄一锄，一天一天，顶风迎日，挥汗如雨，艰难吃力地开出了一片属于自己的地，播下了希望的种子。从此，便在此地开始了母子俩的定居生活。

孩子长到四五岁时，她便开始了对孩子的启蒙教育，既教他识字读书，更教他做人处世。从《三字经》《百家姓》到"四书五经"，从孟母三迁到悬梁刺股，倾其所学，精心教诲。孩子亦不负懿训，日渐长进。没钱买纸笔，就以木棍代笔，以沙盘作纸。闻鸡即起，秉烛苦读。日复一日，年复一年，母子俩相依为命，过着饥寒交迫的苦日子。

光阴荏苒，日月如梭。转眼之间，孩子长成了十六岁的英俊少年。那一年，正值春闱开科，母亲为儿子精心制作了一件蓝布长衫，打点起简陋的行装，在石洞家门口千叮咛万嘱咐，含着眼泪把儿子送上了赴京赶考的漫漫路途。

功夫不负有心人，苦日子终于熬出了头。数月后，儿子金榜题名，中了状元。皇帝得知新科状元的境遇后倍感怜惜，格外开恩，特许回乡省亲，夸官三月，接母回京。

状元披红戴花，骑着高头骏马，在一班随从的前呼后拥下，敲锣打鼓，来到石洞门前。两鬓染霜、望眼欲穿的母亲站立门前，泪水像断线的珠子一般。

跟班人马即刻动工，在河滩宽阔处扎起帐篷恭请老夫人和新科状元临时暂住。状元郎焚香祭祖，跪拜高堂，并对附近村民一一探视答谢，还请戏班搭台唱戏。地方长官也前来恭贺，士农工商前来观瞻状元风采者络绎不绝，龙沟一带热闹非凡，胜似集会。三月期满，状元与其母一起回朝赴命。

当地民众感状元之恩，昭王妃之德，将状元母子所居洞旁石崖凿削如洗，撰文刻字，名为"状元崖"。

沧桑巨变，时过境迁。状元崖碑文虽已被雨打风吹去，但王妃含辛茹苦教子成才，状元郎披星戴月、十年面壁的动人故事在当地群众中却流传不衰，视为佳话。母子俩身处逆境，不畏艰辛发愤图强的进取精神，时时激励着状元崖周边的人们生命不息奋斗不止。

（崔振兴）

武威满城三百年

在武威市区东北约三里远的凉州区金羊镇新城村，有一座至今保存完好的古城池。城墙全用黄土夯成，墙体高大宽厚，城垛整齐，远远望去，古城巍峨耸立，厚重肃穆。这就是被甘肃省人民政府列为省级文物保护单位的"武威满城"，当地人也叫"新城"。

满城是清代驻防全国各地的八旗官兵及其眷属的居住地。武威满城始于乾隆二年（1737年），这一年满城修筑完成，八旗官兵正式入驻。自此，武威满城开始了三百年的风雨历程。

其实，清朝政府扩大武威驻军规模的考虑，始于雍正十三年（1735年）。那年三月，清兵刚刚平定准噶尔叛乱，具有战略眼光的雍正皇帝就看到了凉州地理位置的重要性，萌生了扩充在凉州驻扎八旗军规模的意图，并以口谕的形式命军机大臣讨论。经过讨论，确定扩大在凉州的驻军规模，具体事宜由西安将军秦布根据实际情况制定方案。

这年五月，西安将军秦布拿出了扩大驻军的方案，并经办理军机大臣议准。由于驻军扩充，先前城内的兵营已难以容纳，只好将军队移至城外驻防。

武威满城从着手规划、选址到修筑，共经过两年时间才完成。修好后，八旗官兵正式进驻。在武威重兵驻防，并将其提升到将军级的驻防级别，可见清政府对武威战略位置的重视，其目的就是控制和治理这一地区，作为向边疆用兵的军事基地。

武威满城的修筑规模较大，格局也十分规范，初为砖包城墙，城高墙坚，固若金汤。但经过时间的洗礼和人为的破坏，现在的城墙外面已经没有了青砖，只剩下黄土夯成的土墙，而当年的护城河也早已干涸，难寻踪迹。《凉州府志备考》中提到满城东门外曾立有两块《乾隆御祭碑》，但时过境迁，也难觅踪迹。

厚重的城墙见证着时代的变迁。武威满城从筑成之始，一直就是军事重地。在清代它是满洲八旗兵及其家属的驻地；1931年以后又成为马步青骑五师的军营，原来城内的全部旗人被迫搬出满城，散居城乡。1941年马步青调往青海，国民党的"中央军"

又入驻武威满城。新中国成立以后，人民解放军将其作为驻军营地。

经历了三百年风雨沧桑的武威满城，如今依然矗立在凉州城东。漫步城下，抚摸着斑驳陆离的城墙，仰望着巍然屹立的城垛，心中便多了几分敬重，也多了几分遐想。当年那边关冷月、旌旗猎猎、马蹄声碎的场面早已淡出历史的镜头，如今映入眼帘的只有宁静与安详。

一座古老的城池，承载着一段厚重的历史。走进满城，就是走进历史，更是走向辽阔，走向高远。

（李元辉）

后 记

　　武威，古称凉州，是国家历史文化名城、中国优秀旅游城市、中国旅游标志之都。在漫长的历史长河中形成了深厚博大的历史文化底蕴，留下了许多流传久远、脍炙人口的故事和传说。这些故事和传说，有的是对名胜古迹的来历做了饶有风趣的解读，有的赞颂了先民们的高贵品质和道德情操，有的记载了历代开发建设者的卓著功绩，有的反映了生活在武威的各族人民友好团结及其对美好生活的向往和追求，有的则寄托着武威人民对改造自然的憧憬和希冀。这些故事和传说有着丰富的想象和浓郁的地方乡土特色，不仅有一定的艺术价值，而且对研究武威的地理历史、风俗人情等方面也极具参考价值。

　　武威市委四届四次全会确定了"走生态优先、绿色发展之路，努力建设经济强市、生态大市、文化旅游名市，全力打造生态美、产业优、百姓富的和谐武威"的总体思路。发展文化旅游产业成为新时代武威培育发展新动能，推动经济高质量发展的现实选择。为深入挖掘凉州文化，讲好武威故事，推进文旅产业融合发展，武威市委、市政府决定编撰《武威故事》（第一辑）。这是挖掘凉州文化内涵，打造凉州文化品牌，彰显凉州文化深厚底蕴，展示武威形象，宣传武威人文资源优势，助力文化旅游名市建设，繁荣和发展凉州文化的重要举措。

　　武威市凉州文化研究院制定编写方案，邀请三县一区的20多位作者参与编写。本书借鉴和参考了20世纪八九十年代文化工作者搜集、整理、出版的本土民间故事和传说，涵盖凉州区、民勤县、古浪县、天祝县的历史、名人、地名、传说等故事，融史料性、知识性、趣味性、可读性于一体，内容生动活泼，情节引人入胜。经过广大编写人员的共同努力，《武威故事》（第一辑）即将付梓出版。在编写出版过程中，本书得到了武威市委、市政府领导、相关部门单位、社会各界的大力支持和帮助。武威市委书记柳鹏，武威市委副书记、市长周伟高度重视，亲自安排编写工作，对编写体例、内容提出要求。武威市委常委、宣传部部长，武威市凉州文化研究院党组书记、院长梁朝阳，武威市政府副市长费生云精心策划故事选题，并召开专题会议解决具体问题，推进编写工作。初稿完成后，邀请李学辉、王其英、罗文擘、宋振林、李发玉、王丽霞等专家学者和同志进行统稿、审稿工作。其间，武威市委宣传部陈昱川、高小华、吴子胜、田茂同志审阅书稿，提出了意见建议。刘忠同志为本书提供了大量图片。本书完整丰富的内容，彰显出武威故事强大的生命力，体现了时代特色。在此，向为本书编写出版付出辛勤工作的领导、专家和编写人员表示真诚感谢！

特别要感谢，中国艺术研究院原院长、中国非物质文化遗产保护中心原主任连辑为本书题写书名。

由于本书编写时间紧，工作量大，加之水平所限，差错失误在所难免，恳请广大读者批评指正。

《武威故事》（第一辑）编委会

2019年12月

图书在版编目（CIP）数据

武威故事. 第一辑 / 武威市凉州文化研究院编. --
兰州 : 读者出版社，2020.1
ISBN 978-7-5527-0587-4

Ⅰ. ①武… Ⅱ. ①武… Ⅲ. ①民间故事－作品集－武
威 Ⅳ. ①I277.3

中国版本图书馆CIP数据核字（2020）第012980号

武威故事（第一辑）

武威市凉州文化研究院　编

策划编辑　王先孟
责任编辑　漆晓勤
封面设计　禾　木
封面题词　连　辑

出版发行　读者出版社
地　　址　兰州市城关区读者大道568号（730030）
邮　　箱　readerpress@163.com
电　　话　0931-8152180（编辑部）　0931-8773269（发行部）

印　　刷　深圳市国际彩印有限公司
规　　格　开本 787 毫米 × 1092 毫米　1/16
　　　　　印张 13　插页 2　字数 231 千
版　　次　2020 年 7 月第 1 版
　　　　　2020 年 7 月第 1 次印刷
书　　号　ISBN 978-7-5527-0587-4
定　　价　98.00元